山河回望

王若冰 著

王若冰说大秦岭

陕西新华出版传媒集团
太白文艺出版社

图书在版编目（CIP）数据

山河回望：王若冰说大秦岭 / 王若冰著. -- 西安：太白文艺出版社，2018.10（2023.2重印）
ISBN 978-7-5513-1517-3

Ⅰ.①山… Ⅱ.①王… Ⅲ.①随笔－作品集－中国－当代 Ⅳ.①I267.1

中国版本图书馆CIP数据核字（2018）第195615号

山河回望：王若冰说大秦岭
SHANHE HUIWANG: WANG RUOBING SHUO DAQINLING

作　　者	王若冰
责任编辑	李　玫　谢　天
出版发行	陕西新华出版传媒集团 太 白 文 艺 出 版 社
经　　销	新华书店
印　　刷	三河市嵩川印刷有限公司
开　　本	787mm×1092mm　1/16
字　　数	260千字
印　　张	17
版　　次	2018年10月第1版
印　　次	2023年2月第2次印刷
书　　号	ISBN 978-7-5513-1517-3
定　　价	49.00元

版权所有　翻印必究
如有印装质量问题，可寄出版社印制部调换
联系电话：029-81206800
出版社地址：西安市曲江新区登高路1388号（邮编：710061）
营销中心电话：029-87277748

序 言

李晓东

天水市作协主席王若冰老师的随笔散文集《山河回望——王若冰说大秦岭》辑录完成,嘱余作序。

中国作协有项制度,到一个地方出差,要做到"三个一":看望一次老作家,到作协机关拜访一次,开一次青年作家座谈会。我到天水挂职,虽未带此项任务,但习惯和责任所至,和天水的作家有些接触。见面既多,友情渐进,我对他们的钦佩之意亦越来越浓烈了。

钦佩之一,天水竟有如此整齐的作家队伍。专业作家制度取消后,传统文学领域以写作为职业者,渐次零落,反倒是网络文学中职业写手甚多。天水的作家们,同样有自己的本职工作,有教师,有公务员,有事业单位工作人员,也有自由职业者。大家为了文学的目标,自觉自愿,笔耕不辍。不图以文进身,求取利益,唯愿文以载道,道以弘文。钦佩之二,天水竟有如此深厚的文学传统。中国文学之起源,传说大禹治水,经年不归,其妻涂山氏登高而呼"候人兮猗",中国诗歌由此而生。大禹所治之水,即洮河,在与天水邻近之临洮县。李白祖籍陇西成纪,即今天水市秦安县。安史之乱中,杜甫流寓秦州将近半年,写下117首陇右诗。一地而与李白杜甫同有缘的,天下唯天水。2017年春节,天水籍著名文学史家霍松林逝世;前不久,天水老作家庞瑞琳逝世,都引起广泛关注。《天水文学》及其前身《花雨》,培育了一批批诗人作家,扬起绵绵璀璨的丝路花语。钦佩之三,便是王若冰老师。鲁迅在著名演讲《未有天才之前》中，呼吁自觉做泥土，培育新苗；宁夏文坛称张贤亮是"一棵树"；甘肃文联、作协举办过多次"八骏"评选。我感觉，在天水文坛，王若冰老师既是"土"，又是"树"。他不仅自己数十年笔耕不辍，在诗歌、散文、文学理论评论等多个领域取得了显著成就，而且关注新作，扶持本土作家，积极培育新人。他供职的天水日报社，主编的《天水日报》副刊，成为天水文学爱好者展示习作的第一块园地，初登文苑的第一枝春芽，进入文学殿堂的第一级台阶。而他经过多方努力，在市委、市政府大力支持下创办的"中国天水·李杜诗歌节"，弘扬"李杜光芒，诗意天水"之主题，举办了省际诗人采风交流、优秀诗作评奖颁奖、诗歌朗诵推广等系列活动。"李白祖居地"石碑，在高铁秦安站站前广场高高矗立，颂扬诗仙风流，延续诗圣光焰。

唯一"不像"的是"骏马"。我不知在多次甘肃文坛"八骏"评选中，王若冰老师是否入选，也没去查。因为他的样子实在是太敦实了。虽然我和他年龄有些差距，但在中国作协工作多年，老作家见得很多，一熟悉，就轻松了，相见时常开玩笑。王老师矮而敦实的身材，圆而敦实的脑袋，短而敦实的头发，黑而敦实的面容，尤其稀罕的是粗而敦实的手指。第一次见面，依礼节握手，一握，大惊，偷眼窥，乃知天生异相，自非常人也。后来渐渐知道，这个敦实的，走路都一挪一挪的"槽头老牛"，却做出了骏马事业。他独自一人，无车无从，矮矮的身躯背着大大的旅行包，历时两个月，奔波6000余公里，深入到大秦岭的山梁沟坎、森林河流、城镇农村、栈道遗迹，仔细考察体会，梳理辨析，用汗水、心血和危险，亲近认识着这条横亘在华夏大地腹部的崇山峻岭。慢慢发现，"天下之大阻"原来是"天下之大父"。黄河孕育了华夏文明，秦岭挡住了北来风沙；黄河是摇篮，秦岭是臂膀；黄河是滋养，秦岭是呵护；黄河是九曲十八弯的眷恋，秦岭是深邃浓郁的牵念。所以，王若冰老师提出了"秦岭是中华民族父亲山"的概念，并多方呼吁，不懈弘扬。现今，互扫微信二维码已成了陌生人见面的必然程序，一看王若冰老师的微信名，我哑然失笑——秦岭之子。有一位作家，也是天水人，笔名"秦岭"，比若冰老师年轻，他二人也是很好的朋友。我把微信通讯录里紧挨着的两个名字给他看，他敦厚地笑笑，不说话。我建议他改改，若冰老师依然笑笑。后来对他的创作经历有了了解，我越来越明白这个看似有些矫情的微信名对于他刻骨铭心的意义。

辛苦跋涉、细致考察成果丰硕。一部《走进大秦岭——中华民族父亲山探寻》，不仅向世人全面展示了1600余公里大秦岭的自然、人文、历史及现实，更是展示了它的温润雄浑、气象万千，而且把作者在文坛的根基夯得更加扎实了。其后，一发而不可收，担任中央电视台大型文化纪录片《大秦岭》撰稿，在陕西、甘肃等多地宣讲弘扬大秦岭文化。可以说，王若冰老师近20年的生命，与大秦岭血脉相连，真把这座中华民族父亲山当作父亲，从心里自认为是秦岭之子。微信名，不过言志而已。

除了皇皇巨著外，王老师还写了众多与大秦岭相关的文字，这部《山河回望——王若冰说大秦岭》便是零散文字的合集。时间跨度既久，题材区别亦大，风格也称多元，但有一个共同的核心，那就是大秦岭。又想起鲁迅"土"和"树"的比喻，这些篇幅不一、题材各异的文章，是生长巨著大树的泥土，同时，也是大树上落下的花叶，落英缤纷，清香怡人。任意撷取一瓣，无不映照出莽莽秦岭的风貌气质。孔子论《诗经》曰："迩之事父，遐之事君，多识于鸟兽草木之名。"秦岭为父亲之山，阅斯文则事父；伏羲乃百王之祖、万帝之先，来天水祭伏羲，则事君。文集中有关大秦岭的知识非常丰富，可谓包罗万象，林林总总，一卷在手，如观秦岭古今全图。秦岭古名昆仑，毛泽东词云"横空出世，莽昆仑，阅尽人间春色"。秦岭苍莽，万万千千说不尽；若冰敦厚，字字句句见童心。其中滋味，唯开卷方知。

是为序，知人论文，知文论人也。

2017年6月于天水

李晓东，作家、文学博士，中国作协《小说选刊》副主编，2016至2018年挂职中共天水市委常委、副市长

目 录

山水秦岭

003　大秦岭概说
005　中央山脉
008　天下大美　尽在秦岭
013　草木有情
017　秦岭无闲草
025　秦岭的山
029　大秦岭的高度
033　北方与南方的标识
038　秦岭与渭河
042　谁能说清一座山的高度
050　有灵魂的树
056　圣山太白

人文秦岭

- 063　肇启中华文明的精神高地
- 091　太白山宣言
- 095　中华圣山
- 099　从马夫到帝王
- 106　大汉之根
- 110　诸葛亮到底败给了谁
- 113　秦岭帝国
- 116　红军老祖
- 120　秦岭为何叫"秦岭"
- 124　不朽的汉字
- 128　为山河立传
- 137　山水精神
- 144　苍老的古道
- 148　父亲山的精神之书

我与大秦岭

- 155　我所有的幸运来自大秦岭
- 160　和康健宁一起走进《大秦岭》
- 166　探寻中华民族精神之根的成功尝试
- 169　大秦岭是中国的，也是世界的
- 175　我主张终南山申报世界自然和文化双遗产

附录

185　秦岭是中华民族父亲山
190　大秦岭和阿尔卑斯山同样伟大
193　我触摸到了秦岭的灵魂
198　开创"中华民族父亲山"的文化建构
205　一位行者的背影
208　从大秦岭到宝天的文化相依
211　从批判到热爱
215　多伦多遇见大秦岭
217　八集纪录片《大秦岭》解说词（一至四集）
260　后记

山水秦岭

大秦岭概说

鸟瞰华夏版图，莽莽昆仑盘踞西部，滔滔江河滚滚东流。就在昆仑俯首、天阔地开之际，一条气势磅礴的巨大山系在中国大陆腹地中轴线蜿蜒崛起，将中国大陆分为南北两半。这条如苍龙奔腾的山脉，就是"中华民族父亲山"，中国大陆南北自然、地理、文化的分界线——秦岭。

古老地理学认为：中国大陆山脉的根系在昆仑山，所以秦汉以前秦岭也被称作"昆仑"。《诗经》《山海经》等典籍因秦岭主峰太白山矗立于秦国都城之南，所以又称秦岭中段为"南山""终南"。

"秦岭，天下之大阻也"句。据此可以断定，"秦岭"一词最早出现于东汉时期班固的《两都赋》，亦即《西都赋》中的"睎秦岭，睋北阜"和《东都赋》中的"秦岭九嵕，泾渭之川"句。广义的秦岭是指崛起于迭山与昆仑山断层带，自甘肃省临潭县北部白石山向东绵亘，南以嘉陵江、汉江北岸为界，北止于渭河南岸，东至伏牛山，横跨甘肃、陕西、四川、湖北、河南五省，绵延1600多公里，为中国大陆中东部最绵长挺拔的庞大山系。狭义的秦岭指陕西中部，介于关中平原和汉水谷地之间，以太白山为主峰，东西两翼集合了鳌山、首阳山、终南山、新开岭、蟒岭山、华山、凤岭、紫柏山、大散关等山岭的秦岭高地。

秦岭孕育的年代最远可以追溯到20多亿年前的远古时代。根据李四光地质力学理论，秦岭崛起于第四纪冰川期，印度板块与欧亚板块的碰撞挤压让雄伟壮丽的秦岭崛起于中国大陆腹地，构成了中国大陆主体骨架。《禹贡》介绍秦岭时说，昆仑有三龙，秦岭为中龙；葱岭有三干，秦岭为中干；中国大陆山脉有"三条四列"，秦岭居中，为中条；秦岭还是中国大陆地络阴阳的分界。有了秦岭，四川盆地才繁花似锦，华南大地才温暖如春，华夏故国才江山竞秀、气象万千。因此有人说，中国许多山虽然有名，但大多数山假如从不存在，对中国也没什么，可是假如没有秦岭，中国将不成其为中国。

没有任何一座山岭像秦岭这样对中国自然生态系统产生如此深刻的影响。秦岭是黄河、长江水系的分水岭，也是黄河和长江的重要支流渭河、嘉陵江、汉江发源地。以太白山为最高点的秦岭是中国大陆变迁的地质博物馆、亚洲生物基因库和珍稀动物乐园。秦岭中生长着3800多种植物，470多种兽类和鸟类。秦岭主峰太白山海拔3771.2米，是青藏高原以东最高峰，中国中东部唯一能看到雪山景观的山峰。太白山峡谷纵横，重峦叠嶂，林莽草甸，飞瀑雪山，万千物种各得其所，仙山美景瞬息万变，是大秦岭地质变化和生物多样性集中展示区，是亚洲天然植物园。山林里生活着金丝猴、大熊猫、羚牛等珍稀动物，生长着1850多种种子植物，其中不少是亚洲起源最为古老的孑遗种类和太白山独有的稀有植物。唐代，孙思邈长期隐居太白山，凭借太白山丰富的中草药资源完成了我国历史上第一部临床医药学著作《千金要方》。因此，说秦岭是中国内陆仅存的"绿肺""中国人的国家中央公园"，不仅言之有据，而且言之凿凿。

秦岭还是肇启华夏文明的龙脉，中华文明孕育萌芽、发展壮大的母床。中华民族的进步与辉煌度和秦岭息息相关：蓝田猿人、大地湾人、半坡人创造的远古文明，周秦汉唐的绝代风华，佛道儒交相辉映的文化光芒，甚至"秦人""秦朝""汉人""汉朝""唐人""唐朝"这些标志着中华民族精神高度的称谓，都诞生在秦岭的怀抱。莽莽秦岭造就了中华大地千秋不朽的人文地理、自然万象，是中华民族精神情感堆积起来的文化圣山。秦岭是睿智神圣的圣贤，更是忍辱负重、襟怀辽阔的父亲。

本文系应邀为太白山景区山门文化墙撰写的大秦岭简介

中央山脉

——陕西电视台十集航拍艺术片《大美陕西》第一篇章解说词

高山孕育出河流，也勾勒出中华大地山川起伏、江河纵横的磅礴气势。

然而从空中鸟瞰，纵横中国大陆的众多山脉中，有一条对中国大地和生活其间的生灵万物是不可或缺的。它就是横亘中国版图中央、将中国分为南方和北方两大板块的南北地理分界岭——秦岭。

秦岭山脉崛起于甘南高原昆仑山断层，而它高峰林立、山重水复的精彩华章，却集中在世界著名古都长安以南的陕西境内。

在中国大陆中东部，没有任何一座山峰可以和秦岭主峰太白山一争高低。

太白山3771.2米的海拔高度，不仅是青藏高原以东中国大陆海拔高度的极限，也诞生了中国大陆中东部唯一的雪山景观。

东西绵延1600公里、南北最宽可达200公里的庞大身躯，使得秦岭足以对横跨甘、陕、川、鄂、豫五省的中国大陆腹地的自然物象、动植物分布格局产生巨大影响。

四亿年前的第四纪冰川，让众多物种从地球上消失。但秦岭温暖的怀抱，却让许多物种幸免于难。直到现在，亚洲大陆许多濒临灭绝的珍稀植物、中国大陆数千公里范围内生长的多种植物，都与这座苍莽山岭相依为命，生生不息。

从高空领略峡谷纵横的终南山仙境，让人惊心动魄，也让人心境辽阔。更多令人惊异的生命，隐匿在丛林深处。它们是在这片中国大陆中央崛起的高地生活了800多万年的大熊猫、100万年来不曾远离这座山岭的金丝猴，以及羚牛世家独一无二的种群——秦岭羚牛。

30年前发现于洋县的世界上最后七只朱鹮，现已是拥有1600余只之众的庞大家族，是这座中央山脉独有气候与地理条件创造的生命奇迹。

动物学家和植物学家的调查结论告诉我们，有超过470种兽类、鸟类和3800多种种子植物在这里繁衍生息。

河流、瀑布孕育了渭河与汉江。它们因秦岭而生，并紧紧追随秦岭高迈挺拔的身姿向东奔流，不仅让这条绵亘中国大地中轴线的南北自然地理分界线更为明晰，也让黄河与长江拥有了奔流到海不复回的力量和勇气。

2000多年前，我们先祖已经意识到秦岭对中国自然万象的深刻影响。所以《禹贡》告诉我们：昆仑有三龙，秦岭为中龙；葱岭有三干，秦岭为中干；中国大陆山脉有"三条四列"，秦岭居中，为中条，是中国大陆地络阴阳的分界。

这里的阴和阳，是指中国大陆的南方与北方。

因为秦岭的存在，陕西成为中国唯一一个同时兼有温带、北温带和亚热带三种气候类型的省份。秦岭山脉影响力所及的中国西南大地的命运，也被彻底改变。

冬天，来自蒙古高原的寒流横扫中国大地，严酷的霜冻天气越过南岭，直逼北回归线横穿而过的广东。令人惊奇的是，远离北回归线的四川盆地却百花争艳，遍地流芳，成为中国大陆除海南岛以外唯一免受霜冻之害的省份。

面对这种现象，《中国国家地理》执行主编单之蔷深有感触地说："中国大陆众多山脉假如不存在，都无关紧要，但假如没有秦岭，中国将不成为中国。原因是如果没有秦岭，黄土高原将向南扩张，把四川盆地填满；滚滚寒流也将顺势南下，四川'天府之国'的美誉将不复存在，中国气候及自然多样性也将随之消失。"

从空中鸟瞰，这座很容易让人联想到阿尔卑斯山的中央山脉所创造的生命传奇，远不止这些。

战国时期，秦国军队借助修筑在崇山峻岭之中的褒斜道征服了巴蜀，但当"明修栈道，暗度陈仓"的故事成为历史之后，这些穿行在秦岭深处的中国古代国家高速公路，却是南北政治、经济、文化交流融合的大通道。

楼观台的内敛宁静，是它所孕育的道教文化精神的一部分。西岳华山的雄奇壮丽和沉香劈山救母的传说，是秦岭精神气象的另一种阐释。

从草堂寺到法门寺，再到兴教寺和香积寺，我们可以清晰地看到中国佛教在秦岭怀抱中发展壮大，最终成长为对东方世界文化精神产生巨大影响的参天大树的全过程。

100万年前，在蓝田人点燃的文明星火照耀下，一群直立行走的庞大背影从这座苍莽山岭出发，走向辽阔的华夏大地。而这些烙满岁月印迹的古城、古村镇所铭记的，是一座横亘中华大地中央的人文圣山与一个民族文化精神共生共荣、和谐相处的情感经历，也让秦岭高峻挺拔的形象，恒久矗立在一个民族的心灵深处。

所以，我们将秦岭称为"中华龙脉"或"中华民族父亲山"，既出于对中华大地一座不可或缺山岭的深切依恋，更包含了对它所标志的民族文化精神的感恩与礼赞。

天下大美　尽在秦岭
——《秦岭72峪探秘》序

接到王锋兄要我为《华商报》编辑出版的《秦岭72峪探秘》一书作序电话的那天晚上，我做了一个梦。梦境里，我置身高耸入云的高山之巅。山顶平坦开阔，杯盏遍地，一场万人之众的饕餮盛宴刚刚结束。享受过这场如梦似幻仙界盛宴的身影星星点点，在沟壑纵横的山上山下闪闪烁烁，依依不舍。斯时天空澄明，远山肃立，我静坐于万籁俱寂的高山之巅，遥望起伏远山升腾奔涌的雾岚，内心充满了巨大的幸福。梦醒之后，我点燃一支烟，一边品味梦境余香，一边思忖，刚刚散去的梦中这座突兀、挺拔的山峰到底是哪里的神山圣界呢？想着想着，我突然惊喜地发现，我是在梦中又回到了这些年一直让我魂牵梦绕的秦岭！

自2004年秦岭归来的这些年，我曾利用一切机会在秦岭的南方与北方做过不止一次短暂而仓促的行走，但相对于八年前那次让我精神和灵魂都得到洗礼的秦岭之行来说，我总为不能再次深入苍苍莽莽大秦岭的腹地而感到焦灼和遗憾。自从与高迈雄浑的秦岭相遇之后，我一直渴望能有更多机缘和更充足的时间，再一次全身心地投入这座磅礴沉智的山岭更深处，感知秦岭粗犷厚重的呼吸，触摸秦岭深沉睿智的魂魄。所以在披阅编辑发给我的《秦岭72峪探秘》提纲后，我突然有了这样一种想法：如果将来有再一次走遍莽莽秦岭的机缘，我的行走将从这本书所提及的72峪开始。因为在我对横贯中国内陆腹地，绵延1600多公里的秦岭山脉仅有的触摸与认识里，我觉得在纵横莽莽秦岭南北的千沟万壑中，秦岭北坡朝着以长安为中心的关中平原蜿蜒敞开的秦岭北麓72峪,层峦叠嶂,奇峰林立,气势磅礴,清流环绕,嘉木荟萃,古木蓊郁,奇花异草,美不胜收。不仅是令人心醉神迷的秦岭山水精华之所在,而且那遍布或蜿蜒曲折或跌宕起伏的秦岭72峪深处的古道、古寺庙、古村落、古战场、古宫殿所呈现的上迄周秦汉唐的中华民族兴盛与衰亡的历史情感和精神遗迹,总是那么让人怦然心动。那些破败的山间寺院,废弃在山林深处的村落遗址,悬崖上留下的栈道遗迹,甚至掩埋在青草黄土之下的残砖断瓦,作为诠释和标志秦岭72峪历史体温和沧桑身世的另一种景观,在数千上万年的风霜雪雨中就那样隐忍沉静地与隐匿在谷峪深处的名山、温泉、瀑布、溪流,以及春华秋叶、冬云夏雨等情趣各异的自然景观相厮相守,让人沉醉其间,浮想联翩。于是我有时候就想,如果说苍莽秦岭是一部博大精深、无所不容的中华民族非凡身世的百科全书的话,那么这道道如父亲额头纵横交织的皱纹一般深深刻印在秦岭北坡的72条谷峪,就是这部大书中最精彩的篇章和最耐人品味的诗句。这篇章所呈现的是秦岭的华丽、壮美与峻秀,这诗句蕴含的是秦岭的沧桑、沉智和博大。因此,从深入秦岭的内心与灵魂的角度来说,如果要体会秦岭的绝世之美,要从秦岭72峪开始;要更加深刻地理解秦岭的身世与情感,还是要从秦岭72峪开始。

  陕西境内秦岭北麓的谷峪到底有多少,谁也没有仔细统计过。在我印象中,纵横交织在关中一线的秦岭大小谷峪,应该远不止72条。只是出于中国人将多而众的虚数概称为72或36的传统习惯,才有了秦岭72峪的说法,为的是和天干地支相配。事实上,仅《秦岭72峪探秘》一书中提到的谷峪,就有90多条。莽莽秦岭绵延1600余公里,南北之间纵横交织的沟壑峡谷何止千条万条,为何唯有秦岭北麓72峪独领风骚?在我看来,除了这72条让巍峨秦岭显得更加高峻挺拔、高不可攀的谷峪深谷通幽、别有洞天的自然景观以外,更深层的意义则在于秦岭72峪沟通的是十三朝古都长安的历史与现实,连接的是秦岭南北相互濡染、相辅壮大的华夏文化气脉。从周秦到汉唐,一度是中国政治、经济和文化中心的关中地区,与巴楚甚至整个南方沟通的秦岭古道出入口,几乎都在这些曲径通幽的峪口。此外,秦岭72峪也是幽居的隐士、过往的商旅、南来北往的行吟诗人、南征北战的士卒、采药的山民、流离失所的迁徙者离开长安或者进入长安之际遥望故都灯火的精神驿站。这些往来于秦岭南北的行旅者遗落在这遍地山水林泉、危石古庙的深谷里的慨叹、汗渍和泪水，无不浸染着他们对已逝时光深情的感怀、依恋的叹息。2004年，当我疲惫的行走暂时停顿于子午峪谷口的子午镇南豆角村口一棵巨大的古柏树下一尊残迹斑斑的石人头像和一座破败不堪的古门楼旁之际，我抬头凝望的子午峪山雾迷蒙，莽莽苍苍，一条蜿蜒的山道依然伸向大山深处。我知道，从这个谷口走进去，就是一直连接着起始于秦岭南麓西乡县荔枝道的子午道。这条绵延在崇山峻岭之间的子午道深处，不仅有子午岭的奇山秀水，在那遍地荆棘、险途漫漫的古道上，或许还可以寻觅到一两块当年往来于长安与万州之间，累死在为杨贵妃传送荔枝邮传之路上的飞牒快马遗骨。

在我仅有的对秦岭72峪的认识中，我发现，更多的时候，秦岭72峪不仅蕴含了中国大陆鲜为人知、风华绝代的自然山水之美，更隐藏了中国本土文化传统的精神秘密。自从2004年秦岭归来后，这些年来我一直固执地认为，茫茫中国大地，最富有诗情，最美妙奇绝，最具备自然山水神韵，最适宜观赏驻留、修身养性，享受天地融合、物我相忘奇妙境界的地方，就在莽莽秦岭深处。而蕴含了秦岭山水大美之境神韵的秘境，则在秦岭72峪之间。2004年7月下旬，我从汉中到宝鸡，走的是沿褒河北上的褒斜道新修的宝汉公路。长途汽车行驶到太白县古迹街一带，一场大雨从天而降。淋漓雨幕里，山谷蜿蜒，峰峦起伏。迷蒙的雨雾和飘忽无定的白云在群山丛林之间忽高忽低，升腾无定，变幻莫测。山岚、雨雾、峰岭、丛林以及潺潺流淌的山溪飞瀑，方聚又散；忽明忽暗的云团，碧绿苍翠的山间草甸，在酣畅淋漓的大雨里瞬息万变，美不胜收。邻座一位来自重庆的汽车推销员目不转睛地欣赏着窗外美景，慨叹说："我走遍了大江南北，秦岭是中国最美的地方！"我知道，我们是在纵横秦岭南北的谷峪里感受深藏在莽莽大山深处的秦岭之美，而这摄人魂魄美景的构造者，就是交织在秦岭深处的谷峪沟壑。我还知道，那天我所行走的褒斜道北入口，就是眉县境内秦岭北麓72峪之一的斜峪。在过去的年代，这条自战国时期就"栈道千里，通于蜀汉，使天下皆畏秦"的古栈道，蜿蜒在沟通秦岭南北的峡谷之间，将崛起于关中大地的大秦威仪传播到了千里之外的巴蜀。虽然那些曾经

"穿隆高阁，有车辚辚"，穿越秦岭72峪的古栈道已经踪迹难觅，但留在那些谷峪间的驿马奔驰、栈阁弥望的繁华胜景，却是秦岭72峪留给中国历史记忆的另一种景观。

为了探寻隐藏在秦岭72峪的中国传统文化隐秘，我曾经在美国人比尔·波特所写《空谷幽兰》一书的指引下，一次又一次试图从潼关的桐峪，华阴的沟峪、大敷峪，户县的太平峪、涝峪和周至的西骆峪进入秦岭深处。然而我每一次的进入，都因为或沉醉于高矗的山岭之间的秦岭美景而流连忘返，或却步于深谷幽涧的艰险与艰辛半途而废。但这并不妨碍我面对一座座过去年代终南仙境追求者遗留在丛林深处的茅屋石室，想象千百年来你来我往的隐士们面对苍莽林海、荒老山林，倾诉内心和关注灵魂之际安详镇定、开阔明净的神情。从秦岭北麓遍布72峪的历代修行者留下的或行迹黯淡，或表情明朗的遗迹中，我所体会到的是秦岭在抚育、催生中国本土文化时所承载的一个民族的精神重量。2006年夏天，当我在沣峪口一个叫桃树坪的地方，遥望莽莽山岭间到处飘动的旗幡和隐约从密林深处露出的当代隐士居住的寺庙时，我身边这个只有几户人家的小山村后面，还有几座早年废弃的石屋茅舍。下山时招呼我到他长满花草的院落饮茶纳凉的老者告诉我，在沣峪口和南五台的深山老林里，到处可以看到筑庐修行者的踪影。于是我才恍然领悟了当年紧邻长安的秦岭72峪"一片白云遮不住，满山红叶皆为僧"的文化胜景。对于曾经创造了让整个东西方世界为之引颈仰望的文化奇观的十三朝古都长安来说，隐居秦岭72峪的隐士之所以选择终南山作为修行之地，是因为既有秦岭山水可供赏心悦目，又有深谷幽涧远离俗世尘嚣。如果想入世为官，平步青云，京城长安举足可到。如此看来，秦岭72峪岂不是中国传统文人实现可进可退人生理想的理想之地？

在我印象中，最早发现并沉醉于秦岭之美者，除了周秦汉唐时代居住在长安城里的帝王将相和如王维这样的文人墨客之外，就是如徐霞客一样无意功利，只是为尽情享受秦岭山水而来的历代"驴友"了。当年着手《走进大秦岭》一书写作之际，我搜遍网络和几家图书馆的书目，能够找到的有关秦岭的书籍只有三本：一本是叶广芩的《老县城》，一本是王蓬的《山河岁月》，另一本就是一位叫"GRAYKNIGHT"的驴友的摄影作品《行走秦岭七年间》。这位并不著名的"驴友"用他的镜头为我们所呈现的秦岭山水美若仙境,如诗如画。我不知道"GRAYKNIGHT"七年间一次又一次进入秦岭深处的入口是不是秦岭72峪,但作为了解、接近、体验并认知的一种方式,秦岭72峪无疑是我们深入秦岭美丽动人的形体和藏而不露的深沉内心的最佳途径。只是作为一位秦岭文化的爱好者和秦岭山水的沉迷者,在这里除了感谢各位热情的"驴友"为使更多的人加入"走进秦岭、认识秦岭、保护秦岭"的行列里提供这样一本精细的行走指南表示深深的敬意外,我还要真诚地提醒各位朋友,在进入秦岭72峪,走进慈祥如我们睿智威严的父亲一般的秦岭时,既要注意自身安全,更要珍爱中华大地中央这座珍藏了中华民族丰富多彩历史身世与文化情感的山岭。

因为秦岭山脉只有一座。秦岭是你的,是我的,是中华民族的,更是全人类的。莽莽秦岭所拥有的雄奇秀美和文化情感,是我们民族最为宝贵、不可再生的物质和精神财富。

草木有情

——读叶广芩的《秦岭无闲草》

叶广芩先生是秦岭的痴迷者。这些年她出入终南山南北的秦岭林莽深处，与纯朴的山民相处，跟一生厮守在山里的秦岭保护者交往，和他们一起寻觅散落在大山深处的历史隐秘，感受林莽深处山水的自然情趣，体味山里人的生活韵味，写出了包括《老县城》在内的那么多有关秦岭人事沧桑的作品。但在她众多关于秦岭的作品中，《秦岭无闲草》却是一本奇书，也是一部耐人品味，让人咀嚼起来余味无穷的作品。因为在我看来，《秦岭无闲草》既是一本可以引导我们认识秦岭珍稀植物的科普读本，又是可供秦岭户外旅行者行旅享受的导游读本，更是一部展示秦岭山里自然万物和谐相处、相互映照的人间天然情意的作品。在这本看似写秦岭花草的书中，我们不仅能领略到遍布秦岭的自然花草之美，更能感受到绽放在那些原本无情亦无意的花草叶茎上纯洁自然、温情迷人的生命情意。

"太白无闲草，满山都是宝；认得做药用，不识任枯凋。"这句俗谚，是说在秦岭山民眼里，遍布莽莽秦岭谷峪峰岭的那些既不显眼也不一定超凡出众的野花野草，每一种都有它的实用价值——要么可以入药治病，要么是强身健体的天然食品和饮品，就是秦岭南坡最为寻常的毛竹，也是养活大熊猫的必需食品。所以对于叶广芩来说，她此次与佛坪自然保护区植物学家党高弟所进行的"秦岭珍稀植物之旅"，不仅是对秦岭名贵植物的一次考察和巡礼，更是一位秦岭的沉迷者对秦岭丰富多彩生命世界的深度介入和情感关注。所以一进入秦岭，叶广芩就感慨地说："朋友党高弟说，秦岭是一本读不完的书。我想，这是读透这本书、理解这本书的人才说的话。以逛山景、征服山野、猎奇为目的的简单游走，是无法体会大山的内涵、物种的精致的。"于是在荆棘莽莽的大山深处，叶广芩和党高弟且走且读，听党高弟如数家珍般指点那遍布丛林深处、古道路旁、悬崖石壁上的闲花野草，讲述那些看似平凡实则名贵非凡的花草的药用功效或食用价值，以及党高弟几十年来与这些花草之间发生的种种故事。而作为秦岭花草世界的闯入者和关注者，面对"直立着几棵孤单单的植物，长长的叶子颜色微微发黄，憔悴中仍努力伸展着枝条，似乎是仍旧依恋着昔日主人"的七叶一枝花，被自己当作拐杖握在手中的水曲柳，树皮"可治肠炎、痢疾，外用治疗牛皮癣"的神奇功效以及"很像玉兰的味道"的五味子，叶广芩同样被这些原本只是默默地在山林里自生自灭、自枯自荣的花草勾引起丛丛往事。被那些花草神奇经历激发起来的如"第一眼看到鬼灯檠我就想到了山妖的仆人，我把鬼灯檠的形状想象成一杆擎在手中点燃的灯具，伸张的叶子像灯盘，顶端的白花像火焰，在夜晚黝黑的森林中，迎面走来几个举着鬼灯檠的蓝脸人物，树叶做围裙，豹皮当披挂，在'雷填填兮雨冥冥……风飒飒兮木萧萧'的夜色中穿山越涧，当是很自然"，这般浓郁迷人的诗情，不仅饱含了作者对这些至今深藏闺中人不知的秦岭珍贵植物神奇功用的惊叹，更淋漓着一位秦岭的沉迷者对秦岭这位中华民族隐忍的父亲丰富的内心世界和多姿多彩的生命经历的深情赞叹。

  对于叶广芩来说，这些年来她一次又一次进入秦岭密林深处，深入秦岭腹地，路边散落的那么多闲花野草也许在她敏感而多情的内心也曾激起过一波未平一波又起的涟漪。但这次与秦岭植物的耳鬓厮磨全身心交往和接触，她的内心应该是有着从未有过的另一番滋味的。因为这一路有熟稔秦岭一草一木的党高弟引领，她不仅可以分门别类认识植物学意义上的秦岭物种，熟悉它们的习性功效，识辨它们的模样姿态，而且在与一棵棵花草的神性交流中，也让叶广芩每每都能感受到秦岭的一草一木原来与古老的中国传统文化、传统神秘的中医药学之间有着那么多奇妙的神性联系。于是看到捆仙草，叶广芩就很自然地想到了《封神演义》里偷了师父法宝捆仙草的土行孙，而面对厚朴时所勾起的是作者早年学医时所体会到的中药配伍的神奇微妙，以及因灿烂顽强、震人心魄的花朵曾给当年在周至做县尉的大诗人白居易孤寂内心抚慰而被她改名为"白居易的花"的野蔷薇等等，作者不仅力图以一种活生生的叙述方式教我们识别并了解这些植物的生存状态和作用，而且还试图让我们从更深的文化意义上理解这些植物与中华民族父亲山——秦岭之间的精神渊源。因此，只要进入那种轻曼如地气山岚、温润如珠玉的款款述说和描述，叶广芩的情感和内心已经被秦岭山区漫山遍野的花草树木真真切切地覆盖了，感染了。所以面对至今尚深藏闺中人不知的秦岭花草，她才会由衷地发出这样动情的感叹："关键是看到了活生生、充满生命力的真东西，不是夹子里干枯的标本。此生能有这样的机会，亲近自然，熟悉秦岭草药，对人生的充实、视野的开阔、性情的点拨都有益处。生命的质量就是由此一点一滴地积累，一点一滴地认知，而厚重，而精彩的。"

《秦岭无闲草》是一曲献给秦岭深处那些看起来寻常、细微，甚至卑微的花草树木的颂歌。其中关于如何识辨这些珍贵之物的植物学知识，如何利用这些花草树木的药用功效和食用价值，甚至如何在丛林莽莽的秦岭深处找到寻访它们的行走路线——这些对于一般读者和秦岭户外爱好者既实用又管用的内容，对于早已对关中一带秦岭山山岔岔烂熟于心，又有党高弟做向导和解读员的叶广芩来说，不仅是这本书的必备内容，而且成为一位学养深厚的著名作家笔下的"闲花野草"。那些在深山密林里独自开花独自谢的普通花草，不仅被描述得有情有趣，而且在作者和党高弟共同的讲述里，往往呈现出一种迷人的生活情趣。"主家的菜里还用了野花椒，它是花椒的野生种质资源，形态特征与咱们见到的花椒相同，就是因为长在高山老林中，秋季果实成熟后不太红，味道更纯更麻。"同样，作者对治疗蛇伤功效奇特的小人血七、盘龙草、一支箭、一枝蒿的讲述，带领我们走近并接近这些神奇花草，原本了无生趣的闲花野草也就变成了我们生命和生活的一部分，其形状、功用、用法不仅与这座养育它们的大山有关，也与山里人和作者自身的生活有关，读起来犹如身临其境。"你们看河边那些树，现在长满了圆圆的叶子，看不出什么特色了，但是在冬春季节却很是有看头。它们在海拔1500米以下的沟谷河边生长，冬春季节，满树枝顶直立着毛茸茸的花蕾，十分可爱。花蕾入药就叫辛夷。"这是党高弟对辛夷的介绍。叶广芩就这样和党高弟，还有一位叫小瑾的姑娘边走边看，边看边聊，从凉风垭到三官庙、瓦房沟、大古坪，再到光头山、老县城、太白山一路走下来，吃山野菜，喝玉米酒，看山间野花野草，听党高弟和山民讲各种花草树木的传奇经历、神奇功效。作者也在一株株花草、一棵棵树木的引导下，不仅记住了这些花花草草的模样特性，而且一次次回忆起她在秦岭深处曾经度过的难忘岁月，并重新捡拾起了弥漫在这些看似寻常的秦岭花草叶瓣上的历史文化光晕。也是在这种看似漫不经心的行旅漫谈中，那些平凡的花草也就在作者充满情意的呼吸与叙述中恢复了灵性，具备了感情，成为有情有意的生灵。这应该是《秦岭无闲草》这本书给人最大的阅读快感和精神享受的根本原因吧！对于一位作者来说，一本书的旨意在动笔之前是早就已经拟定了的。《秦岭无闲草》从本质上来说自然应该是一本秦岭珍稀植物科普读本，但由于作者将一些原本枯燥的植物学观念转化成故事，并且每每都在寻找这些植物与作者自己、讲述者之间的情感联系，而且整部作品行文构思既有小说的盎然情趣，又有散文和诗歌的悠长韵味，更不乏植物学知识的阳光沐浴，所以读起来既亲切感人，又生动有趣，全然没有一般性科普读物的干瘪寡味。尤其是作者对每一种植物所注入的人文精神和生活趣味，更使我们看到的每一种花草树木不仅具有了动人的灵性，而且蕴含着一种大美秦岭所拥有的物我相照、万物有灵的神性光辉。因此，无论对于秦岭文化的关注者，还是秦岭山水的爱好者、秦岭动植物资源的沉迷者来说，《秦岭无闲草》都是一本可以放在枕边案头经常阅读、慢慢品味、不可多得的好作品。

因为从《秦岭无闲草》这本书里，我们不仅可以认识那么多的秦岭植物，还可以跟随叶广芩多彩的笔触了解秦岭深处更多、更丰富的鲜为人知的人与自然、自然与人之间发生的情感故事。

2011年7月30日

秦岭无闲草

"草医"这个词，是我在杨凌中医院从穆毅先生那里第一次听到的一个完全陌生的名词。这个对我来说古老而新鲜的词语所指既是一种职业，也是一门学科。如果用通俗语言解释，草医就是利用自然界生长的草药治病的医生，或者说是依靠草药对症下药、治病救人的一门学科。前者是对古老中医一部分从业者的称谓，后一种说法则是中国传统中医的一部分。可见，草医应该是一门极为古老的中医医病方式。

我甚至觉得，在中医出现前，草医已经出现了。而且中国草医留下第一行脚印的地方，应该是太白山一带的秦岭山区。

一位牛头人身、白髯齐胸、目光炯炯的老者出现在太白山密林深处。他手执石铲，在古木蔽日、遍地丛莽的林间徘徊搜寻。一旦发现长有颗粒的草或者蔓茎着地的奇花异草，他就会俯下身来仔细辨认，并采摘果实或根茎、叶子、花朵，放进嘴里咀嚼品尝。品尝过的果实或花草如果让他面露喜色，老人就会将它们收拢起来，带出山林。可以作为食物籽种的，被位于太白山北麓西侧渭河南岸支流清姜河流域的氏族，撒播到新开垦的土地里，并在部族男人们的精心照料下，于第二年结出更多的果实，成为填饱部族男女老幼肚皮的食物。另外一部分野花野草的根、茎、叶子、花朵甚至一些形状粗糙、味道异样的树皮，则被他作为治疗蛇伤和各种疾病的药材保存起来，以备急用。

这样的情景出现在距今五六千年的远古时代。这位老人，就是在品尝百草过程中发现了中国远古时代最早的粮食作物籽种和治病疗伤草药的炎帝神农氏。

中国最早的医药典籍《神农本草》记载:"神农尝百草,日遇七十二毒,得荼而解之。"神农品尝百草的目的很单纯,就是为了解决日益壮大的部族吃饭问题。但要知道哪种植物果实可以食用,这位继承伏羲事业的氏族首领,必须一种一种品尝,并从中筛选出他认为可以食用的各种种子植物。

这种看起来有点类似现在科学考察活动的工作,在当时是要冒极大风险的。那时的人类,对占据这个世界最大面积的植物一无所知,更不知道哪种植物有毒无毒,所以一开始,炎帝神农氏遭遇了一天之内多次中毒的危机。好在炎帝神农氏中毒后,在品尝另外一种或多种植物的时候,导致他中毒后恶心、呕吐、头晕目眩等症状随之消失。这种遭遇让炎帝神农意识到,一些植物的根、茎、花、叶和果实可以致病,另一些植物又可以治病。于是,他将这些可以疗伤治病的野花野草分拣出来,中国最早的中草药也就出现了。

据《神农本草》记述,帮助炎帝神农解毒的野草中就有"荼"。

所谓"荼",就是现在的茶。最初,茶是被人类当作蔬菜食用,而不是饮品。在有炎帝神农氏以荼解毒的经历后,人们才将水煮后茶的嫩叶作为蔬菜食用,将茶汤作为药物用以治病。我国古代许多药典和中药方剂里,都把茶叶作为一味药使用。用茶叶做成散剂、汤剂、丸剂,用以治疗感冒头痛、痢疾、霍乱、伤寒、咳喘、疔肿、便血、眼疾等。只是后来,随着人们日常饮食对茶的依赖性越来越强,茶才从食物和药物中慢慢分离出来,成为最能代表中国传统文化精神的饮品。

据考证,炎帝神农氏当年品尝百草的区域,应该在宝鸡天台山、太白山及华山一带的秦岭山区。在中国古代草医初创地太白山,有一种唯有太白山高山地带才有的茶叶,至今仍然被太白草医作为非常名贵的中草药来使用,这就是太白山的另一种特产——太白茶。

这又是一种充满奇幻色彩的太白草药。

从上板寺朝拔仙台上行,如果有一片密密麻麻、独苗独根,如刚刚破土的麦苗一般泛着白雾的地衣出现在寒气逼人的高山坡地,那必然是太白茶。据《太白本草》介绍,太白茶又名雪茶,是一种钟爱于在海拔3200米至3700

米高山地带生长的地衣植物。由于其形状酷似银针，故人们也将太白茶叫作太白银针。

据传，太白茶是药王孙思邈银簪幻化而成的。

这个神话故事说，药王孙思邈在太白山隐居研究太白山草药时，与太白山三位主神大太白、二太白和三太白争夺太白山归属权。三位太白神认为太白山顶的大爷海、二爷海、三爷海是他们从山下运海而生，而且有大爷海海底镇海宝钱为证，所以太白山理当属于他们。听了三位太白神的陈述，孙思邈二话不说，只是将自己头上的银质发簪取下来，抛向空中。眨眼间，太白山顶高山草甸、石缝山坡，漫山遍野哗啦啦生出一种叶片泛白酷似银针的植物来。三位太白神被惊得目瞪口呆。孙思邈却慢条斯理地说："这是我种下的银针药，既能当药用，也能当茶饮，可以提神醒脑。不信你们尝尝。"当时三位太白神和孙思邈争论的地方，大概在大爷海一带的高海拔地区吧。高原反应和太白山顶上四季不息的山风，已经将三位太白神吹得头晕目眩。他们随手采了几株刚刚破土而出的银针放到口里一嚼，顿觉神清气爽。取水煎饮，清爽芬芳，既解乏困、提神醒脑，还让人满口生津。面对三位太白神既陶醉又惊异的神情，孙思邈面带微笑，问三位太白神说："此山应是药山，是否归我所管啊？"太白神心服口服，连连称是。

从此以后，太白茶也就和太白贝母、太白黄连、太白米、太白花、太白三七、太白黄精、太白鹿角、太白艾、太白美花草、太白小紫苑、太白参、太白树等，一同进入太白山特有草药族谱，成为太白草医常用药物。

《太白本草》中，太白茶被列为清心药所记述：太白茶有清热生津、安神养心、明目之功效。主治高热燥渴、咳嗽、头晕目眩、耳鸣、失眠多梦、癫狂、中暑等症，为安神养心之妙药，为"八柱"中清心药之首。著名太白草医大师李白生的《草药药性歌括》说："太白茶甘，专去心火，能治癫痫，代茶亦可。"

当然，到了孙思邈时代，中国中医理论已经从炎帝时代流传下来的原始草医中发生了脱胎换骨的变化。但千百年来中国中医药学的发展与嬗变，并没有影响草医这种最为古老的医疗职业在中国草医发源地——太白山世代相传。

如果将时光倒退30年，我们从史料里还找不到"太白草医"这个名词，在1979年版的《辞海》"草"字解释里，也找不到"草医"这个词条。可见"草医"是一门既非常古老又很新鲜的学科。我不知道中国别处有没有"草医"这个职业称呼，不过作为古老中医的启蒙与开端，我想在中医尚未成为一门独立学科，以中药治病的郎中在无药可用之际凭借经验，钻进山林采一把山上的草药治病，大概也是常见的事。

根据杨凌中医院院长穆毅先生的观点，所谓"太白草医"，是指那些利用太白山所产中草药治病的太白山农民和道士。如果要追溯太白山草医的理论基础，则是隐居太白山的道士和生活在太白山的农民根据道家养生理论及医疗诊治理论传承下来的古老中医的诊疗经验。我们不知道道教全真教创始人王重阳是否与太白山发生过直接联系，但他七个得意门徒之一的马丹阳就是在太白山丹阳观隐居并创立了自己的道医理论。从此以后，王重阳创立全真教时提出的《立教十五论》第四论《合药》中"药者乃山川之秀气，草木之精华。一温一寒，可补可泻；一厚一薄，可表可托。肯精学者，活人之性命；若庸医者，损人之形体。学道之人，不可不通。若不通者，无以助道。不可执着，则有损于阴功。外贪财货，内费修真。不足今生招怼，切忌来生之报。吾门高弟，仔细参详"的观点，不仅成为全真教必修之课，而且直接影响了全真教修炼体系。以至于到后来，全真教发展到几乎无道不医的地步。尤其是太白山道士，不仅人人认识太白山草药，而且许多道士都是太白山草医高手。

太白道医和热衷于太白山中草药的农民，让"太白山草医"这一古老职业得以延续。但有一个问题在此前一直让我困惑不解，这就是中国大地有那么多山林，古老的草医传统从炎帝神农时代已经根植于中国传统中医理论之中，为什么单单在太白山这一区域，"草医"才可以成为一门代不乏人的职业，并在没有任何文字传承的条件下延续至今呢？

"这是因为太白山不仅草药资源丰富，而且太白山南北过渡的自然条件，'一山有四季，十里不同天'的气候条件，尤其是太白山在中国中东部大陆所占据的绝对高度，使这里生长的各种中草药占尽了天时与地利，拥有了其他地方不可与之相争的品质。"穆毅在解释我的疑问时说,"当地老百姓和生活在太白山的道医相信太白山草药的品质,太白山也是中国大地上中草药荟萃的药山。这就是太白山草医得以代代相传的根本原因。"

在太白山行走期间,我听得最多的一句话是"太白山上无闲草,遍地都是宝"。有人统计过,在太白山漫山遍野的植物中,具有药用价值的就有1415种之多,居全国八大药山之首。于是有人又说,游一次太白山,就等于读了半本《本草纲目》。在漫山遍野弥漫着药香的花草树木诱惑下,上山采药,下山治病,是古代生活在太白山饱受病痛折磨的人们摆脱病魔的唯一途径。在太白山中草药的支撑下,"太白山草医"也就在一种纯自然状态下,成为表达太白山文化精神的另一种方式长久而顽强地传承下来。过去千百年的日子里,在北起眉县、周至、太白,南到洋县、佛坪、汉中的村落集市上,我们经常可以看到一如2004年我在南郑县牟家坝碰到的庄能才那样,踞于街市或村道一角,花花绿绿的布袋上摆放着从太白山上采下来的太白参、太白米、祖师麻、灵芝等草药,以望闻问切的方式给人治病的老者。

这些人,就是传统意义上的太白山草医。

那时候的太白山草医,大概还不能算是一种独立的职业吧,因为这些人大都是生活在山里山外的农民。农忙时种田、打猎、采药,只有闲暇之时或者集市、庙会开张之际,他们才会将从太白山采到的上好草药拿出来,一可治病救人,二还能换取一些碎银补贴家用。对于那个时代的大多数草医来说,唯一让他们与其他农民有所区别的,首先是拥有可以识别太白山品质优良草药的本领;其次,还有从太白山上道士那里学来的一点简单的道医理论知识。

相对于后来已经坐堂应诊的专业郎中来说,太白山草医相当于20世纪六七十年代出现在中国大地上的"赤脚医生"。但这并不影响这些民间大夫凭借太白山神奇草药具有的神奇疗效而得到人们的广泛认可与尊重。

已经是著名中医大家的穆毅先生,从不避讳自己曾为太白山草医的身份。

这位19岁就开始上太白山采药的太白山草医学科带头人,从小立志学医的唯一原因便是为了给多病的母亲治病。后来他上太白山采药,遇上著名太白山草医大师李白生，便投身李白生门下学习太白草医医术。

《太白山志》对李白生有这样的记述："李白生（1919—1989），道士、草医，眉县汤峪镇西漫湾村人（原籍四川省乐山市井研县）。李白生幼学经史，执教乡里，习祖传中医为人治病。抗日战争后期从军，因受伤离队，遂学道太白山下，出家眉县汤峪青牛洞，道号诚法。修道之余在太白山采药为人治病，潜心研究太白山中草药，尝遍百草，技艺日精。对太白山'七药'有独特研究，所编《太白山七药药性歌括》广为流传。"

穆毅拜在李白生门下的时候，由于"文化大革命"，这位道医已被迫还俗。但常年在太白山隐居悟道，苦思冥想太白山草药与道医理论之间的相因关系，让李白生对太白山众多草药与延续了千百年的全真教医学理论相得益彰的医理，有了非常透彻的体悟。也许是对"天地不仁，以万物为刍狗"所包含的大仁之道深刻领会的原因吧，这位命运多舛的道士打破龙门派道医口传心授、跟师带徒、不留文字记录的常规，将自己对太白山草药及多年草医行医经验加以总结，写成了《太白山七药药性歌括》。

在穆毅主编的《太白本草》出版之前，李白生的《太白山七药药性歌括》是唯一一本留存于世的太白山草医著作。从炎帝神农氏品尝百草开创太白山草医，到李白生生活的20世纪末期，没有任何医学理论支撑的传统医疗方式，历经五六千年竟不仅不曾失传，反而在穆毅等人继承李白生传统草医过程中不断发扬光大，这到底是太白山草医诊疗方式本身就有与众不同的生命力呢，还是由于太白山生长的神奇草药才让太白山草医将弥漫在太白山古老的药香从远古时代传承到了现在呢？

从一名"赤脚医生"开始，将一生都托付给自己所钟爱的太白山草医事业的穆毅，在李白生引导下步入太白山草医行列的时候，仅眉县金渠镇党西村，就有20多名草医和穆毅一样，从事着让太白山古老草医发扬光大的事业。而在太白山周边，还有更多人出没于太白山深山密林采药，在当时医疗条件还十分有限的穷乡僻壤或摆摊治病或游走行医。太白山草医也在太白山这座天然药山支撑下，世代不息地将迷人的药香传遍以太白山为中心的秦岭四面八方。

写作此文时，看到一位叫余浩的博友题为《太白山访道》的博文，记述他

2012年到李白生曾经隐修过的太白山青牛洞，拜访青牛洞道观孔姓住持、太白山道医道坤的经历。

余浩写道："老道医98岁，却像58岁的老妪一样，面容祥和，大方宽厚，慈眉善目。一袋面粉一百多斤，她一个人提起来走，脸不红气不喘。这就是修道之人和没有修道之人的差别。"

道坤师父擅长治疗食道癌、顽固风湿、不孕不育三种疾病。从道坤的治病方式及所用药物来看，完全继承了她的前辈李白生的太白山草医理论。在介绍治疗食道癌用药原理时，道坤师父说："食道癌的病人晚期水谷进不了，不病死也饿死，没有胃气了，你要先让他能吃饭。关键是要打通他的食道，食道没打通，百药不下；只要把食道打通，能吃下一碗饭，胃气一开，痰气下化，就有望好转。"

当这位博友问及用什么方法打通食道时，她又说："把一克麝香分为三份，再找一小节葱，用针将这根葱管划开，放进一份麝香，然后把葱管包起来，把葱管放在一碗酒上面，然后隔水蒸，这样借蒸气的力量，把酒气渗到葱管中，让麝香化开溶到葱管里面去。这根葱管既具备了酒力、葱力、麝香力，再加上蒸气走上焦的力量，病人放在咽喉里慢慢吞咽。那咽喉本来堵得慌，吃不下东西，而这就需要把葱管停留在咽喉里，借麝香的力量把堵化开。这样服用三四次，咽喉关就打开了。"

据道坤师父讲，这种用药依据源自《药性赋》："麝香开窍，则葱为通中发汗所需。"她进一步解释说："麝香开窍不仅局限于开心窍醒神志，还可以将周身孔窍打开，所以咽喉这重要的关窍照样可以开。葱中空，善通表理气，借用酒的力量使药势增强，同时酒本身又能破瘀结，这样就能打开食道癌病人咽喉，先喂以米浆之类易消化的软食，把胃气养起来，再辨证调药、治疗。"

青牛洞道观就在汤峪口太白山森林公园入口处。多少次在山下徘徊，面对青牛洞居高临危的道观和满山翠绿中飘动的经幡，我总是慨叹于太白山山上山下的一寺一庙，都是太白山水不可缺少的一部分。山与庙、山与水，甚至一片丛林、一棵花草，都与这座山的情韵融合得那么巧妙、恰当、天衣无缝。然而我却从没有想到，在与汤峪镇近在咫尺的青牛洞内，还有一位太白山草医的继承者，仍然以道医与太白山草医共同遵从的古老方式，传承着李白生师父的事业。

"太白山草医的魂，一是太白山得天独厚的自然环境所养育的品质优良、独一无二的草药，二是太白山道教文化精神对太白山草医文化精神的提升与传承。"与70多岁高龄仍然沉迷于探究太白山草医奥妙的穆毅告别时，这位将自己一生精力投身于太白山草医事业的老人若有所思地说。

秦岭的山

如果没有穿越秦岭的经历，我可能到现在都不能把"山"和"岭"的含义，从形而上区分开来。

2004年夏天，整整60天，我就在横贯中国内陆腹地、绵延1600多公里的秦岭山脉之中行走。从早到晚，我一睁开眼睛就能看到、一抬腿就触摸到、一张口就要谈论的，是矗立在南中国与北中国大地之间，如排天巨浪般汹涌连绵的崇山峻岭。晚上，无论睡在灯疏夜深的山间客栈，还是县城里依山傍水的宾馆，一闭上眼睛，白天翻越的那一道道苍苍莽莽的山岭，如具备了形体和精神一般，带着令人激动、亢奋、不安的激情，不容置疑地闯入我的梦境。

于是那段日子，山的呼吸，山的神韵，山的灵魂，整日整夜笼罩着我，震慑着我，召唤着我。我像一只小小的甲虫，盲目而又神迷情醉地从南到北，从北到南，一趟又一趟沿着山间河谷，在秦岭深处的山岭之间南北穿行。我甚至习惯了在盛夏如火的烈日下突然改变行走路线，从四轮生风，恨不得一口气逃出高山重围的长途汽车上跳下来，或坐在连一只飞鸟都看不见的山谷，任充满了秦岭山区蓝天和大地的知了叫声将我淹没；或背着沉重的行囊，一步一步，不紧不慢地在山间行走。

这种时候，秦岭那显得温润柔美的山溪、河流，就在我伸手可及的山谷或湍急或舒缓地流淌，高高的山岭从前后左右朝我怀中走过来。即便是那一座座在雾霭迷蒙的黎明和黄昏之际，如蹲踞在暗淡无光下的怪兽般让人心怀恐惧的奇峰峻岭，这时在我的感觉里，竟是那样令我心旌飞扬。

在秦岭，到底有多少座山峰，谁也说不上确切的数字。从陕西凤县的凤州火车站坐车到略阳的路上，我留心过火车隧道口上的山头编号，到略阳还有一个小时路程，山头编号已经到了396个。也就是说，宝成铁路从宝鸡大散关进入秦岭，在南下200多公里的路程中，每走不到一公里，就要翻一座山。这样计算起来，从甘肃陇南山地一直延伸到湖北神农架、河南伏牛山的秦岭，到底有多少座山，有多少道岭呢？

我没有统计过。

平时，我们已经习惯了把山和岭当作一回事，用"山岭"一词作为山和岭的通称。然而，当我就这样与秦岭相依为伴地度过60多个日日夜夜之后，我才发现原来山和岭就像一棵树上的两片叶子，看似相同，其实是两码事。山是一座一座独立崛起的高峰，许慎对山的解释是"有石而高也"；岭则是由较为平缓的山组成的。如果山和岭没有截然的区分，中国古代那些长于咬文嚼字的文人在创造"翻山越岭"这个词时，为什么说山是需要"翻"的，而岭则可以"越"过呢？

一道道山岭是秦岭高大的身躯，一座座山峰是秦岭高高隆起的脊梁。山与山相连，岭与岭沟通，组成了这座横贯中国内陆腹地，被中国传统文人称为"中国龙脉"的秦岭。走遍秦岭，自西到东排列的崦嵫山、天台山、太白山、华山、终南山、武当山、崤山……不仅从地质地貌上构建了绵绵秦岭山脉的主体骨架，而且从精神层面上蕴含、开拓、衍生了历史和文化意义上的秦岭。在丹凤时，诗人慧玮和远舟指着县城后面一座孤零零崛起、泛着铁青色的山峰问我："你看商山像不像一个'商'字？"收住脚步仔细瞅一会儿，我不禁惊讶地喊了一声："那不就是大篆里的'商'字嘛！"后来查县志，《丹凤县志》上说，商山之所以叫商山，是因为"形似商字，汤以为国号，郡以为名"。看来尧舜时代把这里建的国家叫商，后人把封邑在商镇的战国时期的改革家卫鞅叫商鞅，都是沾了商山的光的。秦人最早居住的天水一带，在秦岭北坡西部余脉的秦岭山地，与西部戎狄相去不远，过去被称为西垂。屈原以为现在被叫作齐寿山的崦嵫山，就是太阳落山的地方，所以便在《离骚》中慨叹："吾令羲和弥节兮，望崦嵫而勿迫。"汉阴和紫阳，是一条汉江边上的两只丝瓜，秦岭就势南下之际，在汉江谷地上直直地崛起一座凤凰山，一下子就把紫阳县逼到了大巴山下。凤凰山上有座山峰叫毛公山，据说从汉阴县城远远望去，山体酷似毛泽东卧像。汉阴县委宣传部的王涛说："几年前毛泽东的女儿李敏站在汉江岸上，面对那座毛公山，竟潸然泪下。"

查阅资料时，我发现古人对秦岭的评价只有五个字："天下之大阻"。

秦岭山区几乎所有的县志在描述本县地域时，都使用过"弹丸之区，千岭屏障，万溪襟带，幽林菁谷，最易伏戎，故成为历代兵家用武之地"。为了争夺天下，刘邦可以在高山峻岭之间明修栈道，暗度陈仓；为了杨贵妃能吃上新鲜荔枝，唐明皇可以差驿马飞牒走子午道，从1000余公里外的涪陵运送荔枝。然而对于生活在秦岭山里的老百姓来说，这连绵的山岭，横空出世的山峰，是横亘在他们今世与来生之间的一堵高墙。谁想逾越它，就得付出一生的精力和代价。从老县城出来，在黑河上游峡谷里一个叫沙子梁的地方，跟一位去后畛子探亲的老人说起太白山上的土匪。他说太白山下的黄泥巴梁、活人坪梁、龙草坪、牛背梁，过去都是"大王"出没的地方，从老县城到洋县的华阳镇，如果能活着翻过活人坪梁，就可以长长地舒一口气了。秦岭南坡的陕南和湖北西部，人们至今还处在东山一户、西山两户的散居状态。听说山阳、柞水、镇安交界处的高山上，有几户人家至今还处于与世隔绝的原始状态。陕西山阳和湖北陨西交界处的漫川关镇邮政支局，一个镇的邮路在山岭之间环绕200多公里，四名乡邮员，出一趟班，骑摩托跑也要花三天时间。南郑县牟家坝街上一位老药工说，当年他跟师父上太白山采药，一来一去，至少要用半个月时间。

兀立的山峰给了秦岭高峻伟岸如顶天立地的男人的气概，绵延的山岭让我觉得秦岭就是一位历尽沧桑、满腹经纶的智者。在翻越宁陕与户县之间的秦岭梁、广货街到柞水之间的营盘梁、褒斜古道上的狮子岭、傥骆古道上的兴隆岭的时候，虽然我常常都有一种穿越生死界的恐惧，但一旦与一段仅存于古老的秦岭之中的历史情感相遇，我的内心就会涌起一种莫名的喜悦和振奋。那些日子，我就是秦岭痴情的追随者，成天都沉醉在那些或高大险峻，或端庄秀丽，或气势磅礴，或险象丛生的峰岭对我的刺激、压迫、召唤、覆盖之中，我一次又一次地怀着惶恐从大山深处逃出来，又一次又一次迫不及待地急匆匆转身投入峡谷纵横、群山如浪的山岭之中。

在山里待得久了，我对秦岭的山山岭岭竟有了一种依恋、依赖、难以割舍的情感。一旦远离与我日夜相处的山岭，我就感到空虚得难以忍受。只要走进天荒地远的山林之中，我就会精力充沛，激情飞扬。以至于后来到了秦岭北坡的豫西平原和关中平原，我竟像一位热恋中的情人，恋恋不舍地一次又一次深入到秦岭腹地，或一个人漫无目的地在山谷里穿行，听漫山遍野知了的鸣叫在山谷轰鸣，或静静地坐在山崖上，看拔地而起的山顶云起云落。

8月26日，这次秦岭之行结束的前几天，经不住巍峨山岭的诱惑，我又一次冒着大雨从蓝田出发，从水陆庵附近进入终南山，沿312国道穿山越岭，朝秦岭深处商洛北部的牧护关、黑龙口而去。云雾在林立的奇峰之间翻滚，公路在幽深的峡谷之中穿行。"佛爷腰""黑光岩"这些听起来都让人胆战心惊的地名，从车窗外闪过，陡峭的峰岭让我再一次沉浸于巨大的惊悸与幸福之中。直到这时我才发现，秦岭的山岭已经成为我感情和灵魂不可分割的部分。愈是深入到秦岭的内心深处，我荒芜的情感就愈发频繁地被那一座座看似沉默，其实每时每刻都涌动着山呼海啸般生命的律动的山岭唤起一种从来没有过的冲动、战栗、振奋和惊悸——我平生第一次发现，在长江与黄河之间，除了人，原来还有一个有血有肉，有过去和未来，有魂魄和精神的庞大群体，那就是紧紧围拢在1600公里秦岭山脉之间的大小不一、形状各异的崇山峻岭！

大秦岭的高度
——李明绪《大秦岭峰巅》序

如果要问横贯甘陕川鄂豫五省、将中国大陆分为南北两部分的大秦岭有多高,每一个对中国地理稍有了解的人都会毫不犹豫地回答:绵延1600多公里的大秦岭最高峰是矗立于陕西眉县、太白、周至三县交界处的太白山,海拔高度为3771.2米。太白山既是秦岭主峰,也是中国大陆中东部的最高峰。

我最早知道太白山,是中学时代。大诗人李白"西当太白有鸟道,可以横绝峨眉巅"所描述的太白山的高峻奇绝,让我对这座高耸入云的山峰充满了敬意。后来与大秦岭结缘,我曾经一次又一次进入大秦岭腹地,寻找一个民族遗落在这条苍莽山岭深处的精神遗迹。但每次从太白、眉县一线经过,我只是悄悄驻足,引颈仰望几乎一年四季都笼罩在茫茫迷雾之中的太白山背影,却不敢贸然登上拔仙台,感受大秦岭极顶那天圆地方、凌空绝顶的气势与威严。因为在我看来,千百年来只有神祇与高人居住的太白山巅峰,凝聚的是一座苍莽山岭的精气,荟萃了一个民族高迈神圣的精神气象,在没有足够的臂力与精神准备之前,我是没有一步一步用双脚丈量莽莽大秦岭精神高地极境——太白山顶的勇气的。所以不久前在宝鸡参加"关天经济区文学创作座谈会",当诗人白麟将李明绪介绍给我,并说李明绪与他的户外族20多年来曾多次徒步登上太白山顶和太白山周围许多人迹罕至的山峰之际,一种巨大的震撼让我惊喜地发现,原来在我周围还有那么多人在坚持不懈地用自己的双脚,一步一步丈量大秦岭的高度!

自从与大秦岭相遇后,我在多种场合宣扬这样一种观点:大秦岭是中国大陆一座精神高度和人文价值被严重忽视的山岭。因为对于苍莽秦岭在中华民族及其文化传统孕育、萌芽、发展过程中的重要意义，只要看一看秦岭怀抱里所诞生的周、秦、汉、唐四个王朝将中华文明推到极致巅峰的精神气象，就可略知一二。然而自从唐宋以后，伴随着老子、李白、杜甫、白居易、孙思邈、苏轼等人身影渐去渐远，人们对这座横亘华夏腹地的中央山岭的关注越来越疏远，了解也越来越少。以至于在教科书里，苍莽秦岭仅仅被作为中国大陆地分南北、水分江河的地理标志而为我们熟知。甚至连标榜着迤逦秦岭地理与精神高度的太白山，也因为"太白六月即飞雪"的自然奇观，在我们多年的认知里只是被理解为"中国大陆中东部最高峰"和中国大陆中东部唯一能够看到雪山景观的地方。时越千年，秦岭及其主峰太白山所拥有的精神气象、文化高度，愈来愈被秦岭形体上的苍莽与伟岸，以及我们的疏忽与健忘而遮掩、淡忘、疏远。这不能不说是我们在俯视、回顾我们民族文化精神经历过程中的一大失误！好在自纪录片《大秦岭》播出以来，在陕西乃至整个中国，已经有越来越多的人开始重新审视并关注大秦岭这座让中国大陆气候、物产、地质、地貌变得丰富多彩，使中华民族精神文化绮丽多姿的苍莽山岭。而在这些大秦岭高度的审视者和丈量者中，最先觉醒、最让人敬佩的，就是如李明绪这样的户外族。他们于这个浮华物化、贪图安逸的时代，从都市深处的喧嚣中走出，负囊徒步，风餐露宿，走向大秦岭，走向太白山，与丛林、险途、奇峰为伍，乐享神奇大自然与古老秦岭给予他们的惊喜和挑战。对于李明绪来说，20多年坚持不懈的攀登和跋涉，虽貌似一种与大秦岭的高迈险峻对抗式的探险，其实是一种更为自在地走进大秦岭精神世界，与这座蕴含了万千气象的中华民族精神魂魄的伟大山岭相互沟通、交流、融合的方式。所以面对太白山的高山杜鹃，李明绪才会发出这样的慨叹："在巍峨磅礴的太白山中，高山杜鹃伴随着日月星辰，永远安静地生根、开花、结果，点缀着太白山和鳌山春夏季节里的迷人风光，恰如大山中不屈的灵魂。它不管世人是否关注，总是一年又一年默默地盛开着，为人类奉献着美丽，为大自然奉献着躯体。"

李明绪第一次攀登太白山和鳌山是在1986年，而且在将近30年的时光里沉迷其中，乐此不疲，先后20多次从不同角度、不同路线，一步一步丈量过太白山、鳌山的高度。在这本记述作者和队友20多年持续不断攀登、抵达大秦岭最高峰——太白山及其近邻鳌山的山山岭岭、沟壑谷峪，零距离与大秦岭朝夕相处所见所闻、所感所受的著作里，我发现李明绪和我一样，是一位大秦岭的沉迷者和痴恋者。20多年间，李明绪和他的队友攀登太白山、鳌山的路线，有许多是早已被废弃的，还有人迹罕至的古道和偶有采药工冒险走过的药道。这些道路上，往往险滩相接，险途丛生，当年的诗仙李太白也惊叹叫绝的"鸟道"，其穿越、攀登的艰难与艰险可想而知。然而，由于对大秦岭自然山水的痴恋，更由于太白山、鳌山一线一步一景的神奇与大美，遍布太白山高处的神秘、古老历史文化遗迹的诱惑，我们跟随李明绪持续攀登的脚步，从《大秦岭巅峰》所看到的，却是一座神奇非凡的山岭所蕴含的壮美与秀丽、惊艳和婉约、辽阔与高峻、曲折和古老、神奇与丰富所带给他和队友的惊喜与幸福。尤其是面对难得一见的太白云海、幽谷丛林、山间野寺和太白山绝顶冰斗偕冰蚀湖蹦跳的水珠为山下渭河、汉江提供的第一滴水源，以及瞬息万变的大自然所呈现的太白山绝世美景时作者由衷的慨叹，既是对神奇大自然的礼赞，更是对大秦岭所拥有的古老而丰富的精神世界与壮丽、辽阔襟怀的礼赞："把湖举到天上，这无疑是太白山这座神山的丰功伟绩。那些高不可攀的高山湖泊，令人飘飘欲仙。无疑是梦想中的瑶池仙境和西方极乐世界。"如果不是拥有身临其境与莽莽秦岭有肌肤相亲的经历，以及对大秦岭山水自然、历史与现实无尽的热爱与依恋，作为名副其实的户外背包族的李明绪，还能够在一次又一次抵达大爷海的瞬间获得如此透彻与激情的感悟吗？

  发现美之艰难与伟大，远胜于创造美。尽管大秦岭与太白山的丰富与壮美早在先秦时代已经成为痴迷大自然、试图达到天人合一极境的文人雅士心向往之的精神圣地，然而由于大秦岭的艰险、太白山的高迈，伴随着一个民族精神世界的飞云沉落，曾经被视为中国人精神帝都的秦岭及太白山越来越沉寂，越来越冷落了。2004年走进大秦岭之前，我原以为自己是莽莽大秦岭中一位孤独而无回声的独行者，然而当我接触到如李明绪这样持续不断、前赴后继的大秦岭沉迷者之后，我才恍然发现，从过去到现在，莽莽大秦岭从来就不缺乏它的膜拜者和痴恋者。他们执着的身影、坚定的脚步，不仅源源不断地走在我的前头,也紧跟在我们的身后。这个庞大的大秦岭崇拜者的阵营,不仅有元代的朱铎、明代的王昕,更有户外运动大潮兴起之后默默加入的如李明绪一样的背包族、户外族。我不清楚围绕大秦岭,各地到底有多少这样以攀登、探秘大秦岭为乐趣的户外俱乐部,但从李明绪提供的资料和这些年的道听途说中我粗略知道,在宝鸡,户外族俱乐部有数十家,而在西安,数百家户外运动俱乐部已经成为我们了解秦岭、走进大秦岭阵营最为庞大的先头部队。作为以休闲、运动为目的的民间组织,虽然他们的攀登和探索更多属于自娱自乐性质,但他们勇闯大秦岭秘境、挚爱大秦岭自然山水的行动,不仅极为有效地让我们更多、更全面、更具体地了解大秦岭的美丽与神秘,而且发现了更多曾经被历史与时光淡忘,甚至掩埋了的大秦岭的历史、文化秘密。所以这些年在莽莽秦岭奔走,每每与或踽踽独行、或三五成群的户外族那坚持、坚定的目光相遇,我的内心就会被一种巨大的激动、激情和崇敬所震撼——在我看来,有了这么一支庞大、无功利之求、生生不息的大秦岭的沉迷者用他们坚持不懈的脚步丈量大秦岭的山山岭岭,沉默、被冷落太久的大秦岭丰富多彩、辽阔壮丽的精神世界最终将重现于世人面前,成为我们这个民族发现与创造的巨大精神动力。

虽然在《大秦岭峰巅》后记里李明绪慨叹:"人过五十,性情多已沉稳,心态多见平和,喜欢独享安闲。"然而在我看来,作为一位大秦岭的痴迷者,李明绪如果冷静地回视他这五十年所走过的人生,大概最让他欣慰并拥有终生幸福感的日子,应该是这些年来他和队友在荒寂古老的大秦岭深山密林里度过的那些日日夜夜吧。最让他引为自豪的人生,也应该是无论在任何时候、任何场合,他都可以毫无愧色地告诉身边的每一个人,他曾经以人生最宝贵的20多年,先后20多次用自己的双脚丈量了中华民族父亲山——秦岭主峰及其周边山山岭岭的高度,并且不止一次独享过苍莽秦岭给予的巨大惊喜与快乐!

这,也应该是所有阅读《大秦岭峰巅》的读者在跟随李明绪的脚步走进大秦岭,登上太白山之际所能感受到的最大幸福。

2013年3月31日于天水城南

北方与南方的标识

"2006年仲夏,我又一次来到大秦岭主峰——太白山极顶,用心灵去寻找、感受和探访太白山江河之源的来龙去脉。那充满灵性的源头之水给人以无限的遐想,使人感慨万千。遥望第四纪冰川所形成的'六连珠'冰斗和冰蚀湖,当第一条溪水跳跃出海拔3000多米的石河、石海、山岩、石缝、树林、山涧、丛林和沟谷时,我注目静观静思:这涓涓细流是从地下冒出来的,是从林间、草地中渗出来的,还是从茫茫石河石海中生出来的?答案尽在不言中。当你涉足湿润的山坡、草丛、灌木丛、高山草甸、茂密的森林和古冰川地貌区域,脚下不一会儿就会渗出浅浅的一汪清水。众多的山间小溪从石缝中挣脱,从草丛和林间涌出,像细细的银链,像颗颗玉珠汇集在一起,一路高歌,奔向黄河,流入长江。"

这是宝鸡户外运动协会会长李明绪先生登上拔仙台,面对太白山极顶一山之水分流江河的自然奇观发出的感叹。李明绪先生这篇题为《江河之源》的文章,收录在记述他20世纪80年代以来先后20多次徒步攀登太白山所见所闻的《大秦岭峰巅》一书中。

相对于一个人的攀登,太白山实在太苍莽浩大了。所以从李明绪先生感慨万千的描述中,我们虽然无法分辨,在太白山顶到底哪一条溪流流入了长江,哪一条山涧汇入了黄河,但面对从草丛中、林莽间、石缝里,甚至看起来既无水珠可能迸出,也不可能有一丝绿意生长的石河石海之间流出的一泓清流、一线细水,滚落的几颗水珠,泛起的阵阵潮雾,我们还是能够感觉到太白山在以更加伟岸、苍莽之势走向中国大陆中东部最高处的时候,还有那么多充满情韵的流水相伴。随着李明绪的描述，我甚至能够听到淅沥的水声，看到晶莹闪烁的水雾在大爷海、拔仙台一带冉冉升起，又悄悄落下。纵横交织的沟槽峡谷，恣意生长的草甸地衣，引导着它们流向南方与北方。同样诞生于太白山之巅的溪流，一旦被朝南的一片葱绿吸引，它就选择了长江；一旦被一道棱角分明的沟塄洼地引导着翻山越岭，向着山下的渭河平原奔流而去，它最终将融入渭河的怀抱，并与在莽莽秦岭尽头期待更多流水加入的黄河一道，穿越中原大地，投入辽阔的海洋。

由于太白山，中国大陆有了南方与北方的标杆，长江与黄河也有了各自的分界——在中国大陆，最容易也最能够在一步之遥清晰地分辨出南方北方的地方，在大秦岭主峰太白山极顶。

长江与黄河的源头，都在青藏高原。但从青藏高原流出后，让黄河与长江这两条孕育了古老中华文明的河流拥有奔流到海不复回的力量的一级支流，都诞生于以太白山为最高点的秦岭山脉。恐怕谁也说不清楚，告别青藏高原，奔赴中原大地的路上，于昆仑山断层、甘肃省临潭县北白石山崛起的莽莽秦岭，到底将多少大河小溪的流水输入了长江与黄河。但众多发源于秦岭的河流在奔赴长江与黄河怀抱之际，沿秦岭北坡东流的河流大都选择了渭河，而在南秦岭地区，让长江奔腾不息的岷江、嘉陵江和汉江，最丰沛的水源地则来源于秦岭。从拔仙台、大爷海、二爷海、鳌山、跑马梁一线，以一滴水珠或涓涓细流形式，从高山之巅奔流而下的流水则遵循着太白山早已为它们设计好的路线，向南汇入汉江，朝北流入渭河。我们无法断定自太白山流出的山溪河流给长江与黄河最大支流汉江和渭河增添了多大的水量，但有一点是可以肯定的，即由于太白山和秦岭补充的充沛水源，长江与黄河才拥有了在辽阔中国大陆南方和北方大地纵横捭阖的巨大力量。长江、黄河因秦岭而并肩东流，却不重合；也因为太白山和秦岭的高峻挺拔，勾勒出了长江与黄河流域迥然不同的自然生态。而在中国版图上，让这条横贯中国内陆腹地的中轴线显得具体而明晰的标识，就是秦岭与淮河。

如果站在太白山极顶，面对山南山北迥然相异的生态地貌，你一定会惊讶于一座山岭对于中国大陆生态格局的影响与改变竟如此具体。

多年以前,我曾从眉县、太白、周至、佛坪、洋县、留坝一线,绕太白山南北徜徉穿行。每每看到来自太白山的山间小溪汇聚而成的一条又一条大小不一的河流,穿山越岭,面对向南奔流的太白河、红岩河、红水河、褒河、湑水河汇入汉江而孕育出的满目苍翠、遍地稻谷,总让人想起水乡江南。而一旦从太白县或周至县绕行到太白山北麓,从太白山流出的霸王河、西沙河、东沙河、石头河、西汤峪河、黑河滋润的小麦、玉米和一望无际的猕猴桃树,则更让人确切地感受到了"转身之间,我已经身处北方"的时空变幻。

南方与北方更明晰而具体的变化,集中在太白山景区核心地带。从汤峪河谷进去,两岸壁立而起的峰峦,是乔木、灌木、葛藤、草莽的天堂。叶子宽阔、树冠巨大、树枝纵横交错的阔叶林,是太白山汤峪河谷低海拔地区山林的主人,也是太白山莽莽林海中的贵族。其中也包括秦岭北坡常见的青冈、橡树、栗树,以及垂柳、白杨、槐树等。它们莽莽苍苍,漫山遍野连成一片的气势和树干笔直挺拔的气象,来自脚下深厚的泥土滋养。温润宜人的气候,则让太白山漫山葱茏的叶片和躯干长得更大;茂密的叶片与树枝之间筛落的阳光,又让更多的野花野草,以及太白山特有的各种藤蔓类植物蓬勃生长。然而,一旦寒风凛冽,严冬来临,即便汤峪河谷还不曾落下一朵雪花,密林深处这些绿了一个春天又一个夏天,在秋风中又变得五彩缤纷的叶子,便会被一日日凌厉冰冷的寒风一片一片、一群一群地撕落下来,最终在积雪覆盖之际一扫而光。这时候,绵延起伏的山岭峡谷之间,便挤满了凛然干练的树枝,简单而清爽。树叶脱光后的汤峪河谷,这时只有寂静的山、空阔的谷和朗朗的阳光。当一场大雪从拔仙台一线飞泻而下,积雪覆盖的太白山低海拔地区也就进入了真正的冬天。

从与渭河平原等高的海拔780米到渐行渐高的1300米,是太白山北坡享受阳光与温暖最多的地方,也是中国大陆各种植物在北方高山地带繁盛生长的最前沿。接下来的针阔混交林带,是太白山丛林所标示的一个季节与另一个季节的交替地带。成片的华山松,仍然是绿色世界的固守者,它们让处于热与冷之间的世界显现出永不褪色的生机。而杨树、柳树、楸树、桦树夹杂其中,则是这片只有翠绿与墨绿,没有叶子凋谢的松柏世界恰如其分的点缀。如果到了海拔3000米左右的下板寺、上板寺一带，漫山遍野的杉树所代表的针叶林带，那满枝细碎如针的叶片和低矮结实的树干表明，这里是一年四季缺少阳光、温度和雨水的地方。然而，针叶林在石缝甚至石头上顽强生长的姿态，并没有改变它们对季节和时令的感知能力。如果仔细观察你会发现，盛夏季节，这越往上走越显稀疏的杉树林，在经历了虽然微弱却也不乏温暖的阳光滋润后所绽放的绿晕，也富含激情爆发、苍翠欲滴的感觉。是短暂的夏天匆匆离去后，习以为常的寒风日复一日，锤炼出了它们用以抵挡漫漫无期寒冷的这种沉稳、凝重的绿色。

针叶林带，还不是太白山抵御自蒙古高原呼啸而来的凛冽寒风的最后防线。在继续上行路途上出现的落叶松和低矮灌木丛，是太白山高海拔地区与严冬进行持续搏斗的另一群勇士。到了大爷海一线，太白山所拥有的这种与青海湖比肩的海拔高度，已经是第四纪冰川遗迹的王国。石海、石阵和寸草不生的山石世界，试图让这里成为中国北方世界的生命禁地。但河谷地带星罗棋布的高山草甸、杜鹃花海，还是让我们在太白山由北方走向南方的生命真空地带，感受到了北方大地的坚强与壮美。

如果能够从汤峪或营头镇上山，经太白山极顶拔仙台向南下山，我们不仅可以在一日之内经历从大雪纷飞的严冬，穿过草枯叶黄的秋天，走过树木泛绿的春天，途经满山葱茏的盛夏，还可以享受同一时间跨越南方与北方地域的惊喜和快乐。这样的旅程实在是非常奇妙。如果是汤峪河谷积雪载途的严冬，只要从太白山主脊到达山南的佛坪、洋县，汉中盆地漫山遍野的绿色，含苞待放的油菜花和桃杏花会提示你：一山之隔，南方与北方的区别就这样出现了！

2000多年前，我们先祖已经有了划分南北方的认识。在他们看来，中国南北方的分界线，就在秦岭。成书于先秦的《禹贡》说，昆仑有三龙，秦岭为中龙；葱岭有三干，秦岭为中干；中国大陆山脉有三条四列，秦岭居中，为中条，是中国大陆地络阴阳的分界。这里的"阴"和"阳"是指南方与北方。20世纪初，我国革新地理学先驱张相文在《新撰地文学》中首次提出，以秦岭—淮河为我国南北地理分界线。但中国真正划定这条线，则是在60年后的1959年。

1959年，一项意在整体掌握我国自然地理现状的地理普查工作在全国展开,这就是有史以来在中国大地上首次进行的综合地理区划。这次区划工作的目的,就是要将全国自然环境相似的地方分别划出来。工作一开始,科学家遇到的第一个难题,就是如何划分中国气候带。因为此前,苏联专家将中国亚热带北界确定在北京附近。然而调查工作展开之后,不少中国专家对苏联专家的观点提出质疑。原因是亚热带的特点,是夏天气温和热带差不多,冬天虽有霜冻和冰冻现象,但不常发生。而气候严重受季风影响的北京,虽然夏天酷热,但霜冻与冰冻现象在冬天非常普遍。随着调查工作不断深入,科学家将目光锁定在了南坡温暖湿润,一年四季长满绿色阔叶植物,盛产竹子、芭蕉、柑橘、枇杷、茶树,北坡则是落叶阔叶林的家园,以小麦、玉米为主要农作物的秦岭。于是,一条横贯中国内陆腹地的秦岭向东连接淮河的自然地理分界线就此诞生。

尽管相对于秦岭山南山北气候物象迥然相异来说,淮河南北动植物分布差异尚不甚明显,中外地理学家对于将中国亚热带最北界到底是确定在秦岭主脊,还是划到秦岭南坡或者北坡尚有争议,但对于因秦岭中国才有了南方与北方之别,长江与黄河有了一条明确无误的分水岭却没有任何异议。而矗立于莽莽秦岭万千峰岭之上的太白山,则是中国南北地理分界线的坐标点和中国南方与北方的出发点、终结点和交会点。

严冬季节,太白山和秦岭高大挺拔的身躯将北方大地万木肃杀的滚滚寒流,抵挡在渭河南岸的秦岭北坡,让太白山与秦岭共同护佑的汉江盆地温润如春,草木依旧泛绿。到了盛夏,太白山和秦岭又将自南太平洋顺势北上的暖湿气流阻隔在汉江、岷江、嘉陵江北岸的太白山和秦岭南坡。高耸陡峭的山岭,大大减弱了酷热气流和绵绵不断的降水来到太白山、秦岭北麓的概率。所以,有了太白山和秦岭,我们在介绍中国大陆概貌时才能够自豪地宣布:"中国大地山川起伏,气候多样。"

出于同一原因,当我们跨越中国的南方与北方的时候,其实我们正是在穿越秦岭、翻越太白山。当我们分别被称为"南方人"或"北方人"的时候,我们内心也非常清楚:是秦岭和太白山,让我们拥有了"南方人"和"北方人"的称谓。

秦岭与渭河

一条大河诞生，必然有一座苍莽山岭为它提供充足水源。

如果从渭河上空居高临下，做一次鲲鹏展翅式的鸟瞰巡游，我们会发现有一座莽莽山岭如影随形，陪伴了古老渭河从诞生到归入黄河的全部路程。这山岭就是秦岭。秦岭挺起高隆的脊梁，从渭河与黄河分界的西秦岭开始，就像一位慈祥的父亲，矜持而安详地护卫在渭河南岸。渭河水流低转回环，秦岭山脉沉默起伏；渭河水流激荡奔流，秦岭便在山脊矗立起座座高峰。当渭河进入关中平原之后，开始了生命力极其旺盛的孕育和创造期，苍莽秦岭便退居到平原南缘，用更多的山间溪流补充渭河奔走和生长中耗费的体力。到了潼关附近的风陵渡，滔滔渭河的身影终于隐没在滚滚黄河的巨浪之间，即将结束它迈向中原大地漫漫旅程的秦岭，再一次从华山一带举起高昂的头颅，向这条一路上相依为命的河流送去深情的关注。

渭河的每一朵浪花完全融入黄河之后，秦岭也就结束了它情意绵绵的送别之旅。

在渭河上游陇西境内，当刚刚从鸟鼠山缓步而下的渭河被陇中高原干旱、焦枯的大地吸收尽最后一线流水之际，一条从武山鸳鸯镇南部秦岭深处奔流而来的河流，补充了它因奔走和咆哮而耗费的体力。

再往前走，秦岭就成了渭河的河岸。众多河流和山溪从秦岭北坡沟峪、河谷流下来，清澈的流水如和风细雨，流入渭河，进入渭水的肌肤和精神。就在那些数不清的山间溪流的滋润下，渭河在天水境内的西秦岭山间开拓出一条道路，以它飞溅的浪花浇灌着两岸谷地的小麦、玉米、果树和万千生命的同时，也积攒、孕育出了穿山越岭的膂力和气势。到了天水与宝鸡交界处，高耸的秦岭和顺势南下的关山倾下身子，逼迫河水在千回百转的山谷间寻找去路。

仿佛是莽莽秦岭对渭河精神与力量的考验，从天水元龙到陕西境内宝鸡峡一带，湍急的流水在山谷间轰鸣，在峡谷间不停地跌撞。而两岸雄矗的山顶上，还有更多的飞流和清溪奔流下来，毫不犹豫地扑入渭河的怀抱。终于，秦岭山势变得平缓、柔和了，一片平地和一片高地同时出现在视野里——从西秦岭山谷中涌来的渭河，抵达了它和秦岭共同缔造的关中平原。这时候，遥远的渭北高原上，要奔走几百公里才能赶来的泾河与北洛河，还在沟壑相连的黄土塬深处辗转徘徊，带着黄土的黏度和缓缓流淌的忧郁朝它走来。而自大散关奔流而下的清姜河，已经簇拥着一堆堆雪白的浪花，迎接着渭河的到来。

虽然秦岭高大的身躯阻挡了来自南太平洋的暖湿气流攀缘北上，但矗立在长安南面的秦岭有中国内陆最苍莽的林海，还有数不清的沟峪如毛细血管般纵横交织，奔涌着自秦岭山林深处流来的清澈山水，从南岸的每一个谷峪涌向渭河。这时的渭河，日渐丰沛的河水让它变得筋骨健壮，四肢发达。在平坦、辽阔的平原舒缓前行，走向成熟的渭河没有了焦躁暴戾的奔腾，却拥有健步行走、稳操胜券的沉稳。它知道，这里的泥土和都市，更需要它永不枯竭的流水的滋养与供奉。虽然浇灌万物、哺育人口与日俱增的千年古都，激发一个民族创造与崛起，需要更多的水资源，但有遥遥相望的秦岭将更多的流水源源不断输入体内，渭河奔走的姿态自古至今，从来没有迟疑过。

告别西府大地后，第一条涌入渭河怀抱的大河是沣河。

为了与渭河相汇，发源于长安区沣峪口的沣河从秦岭北坡形成河流之后，不惜在长安城南绕一个大弯，赶到西周时期的丰京和镐京旧址附近，和渭河相拥相抱。沣河与渭河相汇的地方，是秦汉时期咸阳城和长安城达官贵人、庶民百姓迎来送往的咸阳古渡口。2000多年前，比现在宽阔而浩荡的渭河，在迎来沣河流水之后，变得更加浩浩汤汤。挥泪送别、把酒话别的人们或峨冠博带，或白面素衣，相聚在画舫云集的渡口，一只只华丽的客船和桅杆高耸的货运船被滚滚东流的渭河送向远方的时候，秦岭山谷密林间，还有更多的流水在集中、汇聚，准备加入渭河合唱。

一两千年后，咸阳市渭城区南部沣河与渭河相汇的地方，还有裸露在渭河激流上面的一排排木桩，那就是过去咸阳古渡的遗迹。两水相拥的河汊中央，泥沙堆积的三角洲长满了丰茂的芦苇和依依杨柳。辽阔的河面上有白鹭飞翔，安静地据于河湾水草丛中的垂钓者，还有古人临河野钓的悠闲，一顶帽子、一根鱼竿在草丛和树荫下若隐若现。浮在水面的鱼漂和垂钓者的心境一样安静。没有鱼儿上钩的时候，我们能看到鱼竿和河水之间，一道细细的弧线在阳光下闪光。

从天水一带群山之间流出，渭河进入关中平原时，天地更加开阔，忽南忽北的改道在所难免。有人研究过，现在的渭河河道呈不断北移之势，越来越靠近北岸黄土台地。这种现象，是不是来自秦岭的渭河支流水量胜过来自北岸支流水量的结果呢？

这里是天水市秦州区西南一个普通的小山村，村子四周都是绵延的山岭。我们虽然知道这里是渭河与西汉水，也即黄河水系和长江水系的分水岭，但那么多的山壑纵横交织，很难判断哪条沟渠里的水流入黄河，哪些水流注入了长江。坐落在村子中央的龙王庙，却让我们在这里分辨黄河流域和长江流域的分界点变得轻松明了。这座坐北朝南的庙宇的神奇之处就在于，每逢雨天，一南一北两面檐水分别注入了嘉陵江上游的西汉水和渭河支流藉河，所以当地人把这座龙王庙也叫分水阁。

仔细跟踪过分水阁上流下的檐水的人发现，同一座房子，大殿后檐流水从左家巷道朝南转东，流向牡丹镇，经木门道进入西汉水，汇入嘉陵江，流入长江；而前檐之水却从村子流到盘龙山脚下，向北入铁炉乡猴家店，流经秦州城区的藉河进入渭河，汇入黄河。

这样的分水岭，在秦岭主脊还有很多。到了关中一线，那些地方不仅是秦岭最高迈的地方，也是中国大地珍稀野生动物出没的地方。一片茂密的丛林、一条阴湿的沟峪，甚至一块突兀的岩石下，一滴水、一泓清泉渗出后，便顺着或急骤陡峭，或平缓回环，或急流跌宕的山间谷峪，朝北面的山脚下流去。到了山脚峪口，千万滴水珠和纵横交织在秦岭北坡的山间小溪汇聚而成的条条小河也就形成了。告别莽莽秦岭，这些或大或小的河流都选择了同一个去向——

朝北，进入渭河。

斜峪、汤峪、涝峪、太平峪、沣峪、潼峪……古人说，秦岭北坡有72峪。其实，如果从更西的天水境内算起，密布在秦岭北坡的大小谷峪，数不胜数。这些隐匿在秦岭山林里的谷峪，往往既是古代沟通秦岭南北交通的孔道出入口，也是秦岭山水下泻的水道。在利用来自周至县厚畛子镇秦岭大梁一带的丰富水源建起的黑河水库出现之前，建在斜峪关口的石头河水库，将来自太白、眉县一带秦岭山里的流水聚集起来，成为渭河流域关中境内又一座与北岸的郑国渠遥相对应的调节渭河支流水量、灌溉渭河南岸良田的水利工程。

让我一直迷惑不解的是，现在成为西安市饮用水源的黑河源头，已经在很偏南的秦岭深处，这里四周高山雄矗，峡谷纵横，发源于老县城附近厚畛子镇的黑河，究竟是以什么力量一路跌跌撞撞，穿过那么高峻的山岭，将自己的归宿选择在渭河的呢？

2011年秋天的绵绵秋雨，让湿漉漉的秦岭积攒了更多的水源。我经过的每一条秦岭谷峪，都有滔滔流水奔涌而下，从宝鸡、西安和渭南南缘一线流入渭河。到了渭河与黄河即将交汇的华阴一带，那奔涌不息、涌满河道的流水，已经紧紧依偎在秦岭山脚下。而当从白鹿原流下的灞河带着奔腾的浪花，在接纳浐河、继续北上、汇入渭河的时候，秦岭苍莽的身影，也一直伴随着渭河东去的流水。

如果有人沉浸在秦岭山水和渭河波光交织的梦境，他会不会梦呓般惊叹是秦岭造就、养育并滋润了渭河的过去、现在和未来呢？

谁能说清一座山的高度

"3767.2米,这是太白山过去的高度。太白山现在的高度是3771.2米。"

2012年初秋,一个秋雨迷蒙的傍晚,太白山国际旅游度假区管委会常务副主任陈小平对刚刚从上板寺下来的我说:"太白山还在长高。它最初和最后的高度,我们谁也给不出最终的答案。"

陈小平说这话的时候,飘飘洒洒的雨雾像风一样弥漫在太白山下这座正处在新老交替关口的旅游小镇——汤峪镇。从窗口望去,云雾弥漫的太白山下,正在摇身蜕变的汤峪镇到处是被拆除的破旧建筑,有更多的空地和废墟被挖掘机、脚手架占据着,一批崭新的宾馆、酒楼、娱乐设施在这里生根发芽。开始于2012年春天的太白山国际旅游度假区的巨变,让昔日游人如织的太白山下这座千年古镇汤峪镇,少了一些熙攘,多了一种辞旧迎新的迷幻与激情。不过,潮湿空气中弥漫的淡淡硫黄味,还是让我们很容易就能分辨出这座正从废墟中寻求新生的小镇、太白山脚下这片"巨大工地",就是我过去曾经驻留过的那座充满神秘、奇幻色彩的温泉小镇——汤峪镇。汤峪镇身后,一条新铺设的游道蜿蜒曲折,隐没在烟雨迷蒙的峡谷深处。小路尽头,是陈小平眼里从古到今一天都没有停止过生长的华夏人文名山——太白山。

太白山原本就是云和雾的世界。几小时前,坐着缆车登上海拔3200米的上板寺那一刻,云和雾已经将我引颈仰望的目光阻隔在三五米开外朦朦胧胧的高山针叶林背影之下。难辨东西的云雾和过于高迈曲折的山道,实在让我无力从上板寺云海的梦幻里挣脱出来,沿拜仙台、文公庙、大爷海登上拔仙台,体验一个身材矮小的男人登临青藏高原以东中国大陆最高峰巅峰之际那种天开地阔、如梦如幻的神奇感觉。于是，我只有伫立在上板寺，面对苍茫云海，感受一下离天三百尺的太白山群峰高矗、万壑含翠的雄浑高远之后，再乘上缆车，被漫山呼啸的山风送到山下。而此时此刻，我与陈小平坐在太白山下，谈论着太白山以及和它的历史身世一样扑朔迷离的高度时，漫天雨丝和云雾已经将太白山和它四周的峰峦万物一一收藏。即便望眼欲穿，我也无力穿透这看似缥缈却似铜墙铁壁的迷雾，更无法想象这座从古至今让那么多人叹为观止的苍莽山峰的高度。

过去，太白山3767.2米的海拔高度，是1956年中华人民共和国编制第一版《中国分省地图》时使用的测绘标注数据。我已经无法寻找到这个数据是在谁主持下、用什么方式得出的，但从此以后，"秦岭主峰太白山海拔3767.2米，是中国青藏高原以东大陆第一高峰"的介绍文字，便成为中小学教科书上的我们认识祖国壮丽河山最为关键的数据。

我国历史上最早提到太白山的，是现存最古老的地理学著作《尚书·禹贡》。这篇战国时期魏国人假托大禹之名写作的我国最早的地理学著作，对太白山的认识，也只停留在漫山遍野丰富多彩的动植物研究上。所以《禹贡》称太白山为惇物山，也就是说，太白山是华夏大地一座物产非常丰富的山峰。后来，人们认为天与地之间的高度是人世间最难以逾越、遥不可及的高度后，《汉书·地理志》又以"太乙山"来命名太白山。从新出版的《太白山志》里我了解到，《汉书·地理志》之所以称太白山为太乙山，是因为当时的人们认为，太白山是天上大仙太乙真人修炼之地。这大抵是历史上第一次以形象思维方式描述太白山的高度吧。后来，《魏书·地理志》又将太乙山改称太白山，应该还是因为自秦汉以来广泛流传于民间的太白山与太白金星之间的神秘关系。虽然《汉书·地理志》和《魏书·地理志》没有确切说出太乙山或太白山的地理高度，但有了住在天庭里的神仙太乙真人和太白金星作为参照，我们就可以理解为，在汉魏时代的人们看来，天与地之间的距离，就是太白山的高度，因为神仙修炼之地，自然也就是离天庭最近的地方。所以住在终南山深处辋川山谷的唐代大诗人王维遥望终南仙境起点太白山时，也就跟着古人惊叹道："太乙近天都，连山接海隅。白云回望合，青霭入看无。"

在古人看来，世界上最高远、最遥不可及的地方是天。因此，中国古代地理学往往以天来命名那些高耸入云、人迹罕至的山峰。比如天山、圣母峰、珠穆朗玛峰，又比如以匈奴语命名的祁连山（祁连山如果翻译成汉语，也是"天山"的意思）。在与大秦岭一脉相承的昆仑山南北两侧，这种包含了对高大雄伟、横空出世的高山敬畏之情的命名并不少见。然而，当中国大陆从青藏高原倾身而下，沿黄河长江向东、向南蔓延之际，逐渐开阔平坦的地势让中华大地以一幅千山起伏、万壑纵横的锦绣画轴之状徐徐展开。在江南山地、华北平原、四川盆地的拱卫下，莽莽大秦岭成为中国东大陆一道高高拱起的脊梁。而矗立在大秦岭腹地最高处的太白山，也就成为青藏高原以东中华大地唯一一座离苍穹最近、使古人终生仰望的离天庭最近的山峰。于是，用太乙、太白命名这座我国东部大陆腹地最高矗的山峰，也就等于说出了他们心中所理解的天空与大地之间的极限高度。

公元5世纪初，我国还处在自公元220年东汉灭亡以来持续不断的乱世之中。这时的南方，交替出现了宋、齐、梁、陈等诸多小国，而在北方，因少数民族与中原土著汉族杂居融合而先后诞生的北魏、东魏、西魏、北齐之间持续不断的王朝更迭，则让以秦岭—淮河为界的北方大地战火不断。不过，绵延不断的战火和动荡不安的时局，并没有阻止一位执法清正严明的北魏高官于公务之暇考察祖国名山大川的脚步。这位发誓要纠正《山海经》《穆天子传》《尚书·禹贡》等古代虚构地理学著作留给后世的诸多模糊问题，并开始用自己的双脚丈量北起长城、南至秦岭东麓广袤大地的北魏高官，就是《水经注》作者郦道元。

我没有寻找到可以证明郦道元登临太白山的资料，但郦道元却是给出太白山一个相对具体高度的历史第一人。据《水经注》记载："太白山，在武功县南，去长安二百里，不知其高几何。俗云：武功太白，去天三百。"后来，岑参的《太白胡僧歌》也说道："闻有胡僧在太白，兰若去天三百尺。"在郦道元和岑参看来，高入云端的太白山极顶与天庭的距离，只有三百尺之遥，这显然也是一种想象。不过与岑参的文学想象不同，郦道元作为一位严肃的地理学家，他说太白山"去天三百"肯定是有依据的。

也许郦道元并没有亲临太白山考察，但曾经在都城洛阳做官的郦道元从洛阳城头转身西望，就能看到逶迤奔腾的大秦岭朝帝都洛阳蜿蜒而来的身姿。还有，北魏统治疆域的最南端，就是以秦岭为界。郦道元祖父郦嵩曾经在秦岭北麓的天水做过太守，他在往来于老家河北与供职的天水途中，肯定不止一次遥望过笼罩在茫茫云雾中的太白山，并将他所遥望到的太白山，描述给了孙子郦道元。更为重要的是，文帝迁都洛阳后北魏六镇发生叛乱，郦道元作为监督叛将萧宝夤的关右大使，曾经在长安工作过一段时间。公元527年，郦道元被叛将萧宝夤杀害后，最初被埋葬在依偎秦岭、遥望太白山的长安附近。我猜想，也不排除郦道元在长安期间曾经从太白山附近经过，甚至在太白山附近活动过的可能。所以他说的太白山"去天三百"的高度，虽然无论我们理解为"去天三百里"还是"去天三百尺"都有些夸张，但如果这位阅遍名山大川的探险家和地理学家真的面对过，或者遥望过太白山，那么他这种富于文学色彩的表述，起码也道出了这位严肃的地理学家面对太白山之际所表现出的惊叹与惊愕。在既没有科学测绘手段，又没有亲自登临太白山极顶揣测太白山大体高度的情况下，郦道元还是采用了以天与地之间的距离做比照的方式，形象化描述了这座我国大陆中东部最高峰的高度。

所以几千年来，人们只知道太白山离天很近、很高，却始终没有人知道太白山究竟高度几何。

2012年8月，我坐缆车登太白山到达的最高处是上板寺。虽然那里的海拔已经达到3200米，也就是说到了太白山上板寺，我身处的海拔高度已经相当于身处青藏高原柴达木盆地的大柴旦，但如果从这里继续上行，经大小文公庙、大爷海到太白山极顶拔仙台，还要900多米。这900多米，既是太白山冰川遗迹、高山草甸、雪山景观最为壮观的区域，也是攀登太白山最难行的路段。

一碧如洗的天空下，一座座巨浪般高耸奔涌的峰峦向天空更高处涌去。上板寺一线，已经不是生命力脆弱的阔叶林生长的世界。一丛丛垒压在狭窄步道两旁巨石堆中的，是从石缝里顽强生长的针叶林，稀疏、矮小，细如针芒的叶子铁青、坚硬。通往上板寺更高处的步道上，一个男孩一边气喘吁吁地在被堆堆巨石扭得蜿蜒曲折的山道上攀登，一边奶声奶气地高声朗诵："西当太白有鸟道,可以横绝峨眉巅……"

根据《蜀道难》创作背景可以断定,李白第一次进长安,不是沿古蜀道翻越秦岭向北行,而是从他做上门女婿的安陆转身北上,而后西行,从黄河以东进入大唐都城长安的。写《蜀道难》的时候,李白已经在长安城里碰过了壁。出头无望的李白得不到主流社会认可,成天在长安街头花天酒地,没有心情到太白山登高望远。不过在长安期间,一定有人指着长安城外终南山西端尽头的莽莽群山告诉他:"那就是据说离天只有三百尺的太白山!"遥望中太白山的缥缈,传说中太白山的高峻,以及长期漫游中屡遭波折的生活经历和怀才不遇的愤懑,终于促成李白写下了这首交合着喟叹蜀道艰险与个人命运艰辛的著名诗篇《蜀道难》。当时的李白虽然没有走过蜀道,却知道经太白山的蜀道,是长安通往巴蜀几条蜀道中最艰险的一条。至于经太白山向南到四川的蜀道到底有多艰险,既然李白是听说并没有走过,也就只能用只有飞鸟可以通行的"鸟道"来描述太白山蜀道的高峻奇险了。在《蜀道难》里,李白虽然没有如郦道元那样具体描写太白山究竟有多高,但有了"西当太白有鸟道,可以横绝峨眉巅"的对比,有了"蜀道之难,难于上青天"的慨叹,就让太白山的高度显得更加高不可攀了。

从《尚书·禹贡》到《水经注》,再到李白,人们虽然能够感知到太白山的高峻挺拔,却无法说出它的具体高度。直到当代,现代测绘手段得出3767.2米的海拔后,生活在太白山周围的山民才发现,原来他们经常采药、狩猎的太白山海拔竟高过了青藏高原上的许多山峰。他们去大爷海、拔仙台,就等于穿行在至今让人望而生畏的青藏高原高山之上。因为太白山最早测出的3767.2米海拔,比青海日月山口的赤岭、青海湖和云南玉龙雪山"殉情第三国"云杉坪的海拔高度还高出500多米。如果说得更具体一些,我们可以做这样一个比照——将两座雄踞五岳之首的泰山叠加起来,也不能与太白山极顶拔仙台比肩。在青藏高原以东的中国疆域,除了海拔3952米的台湾阿里山主峰玉山,没有任何一座高山能够与太白山一比高低。

然而,3767.2米还不是太白山最后的高度。

在太白山行走期间,我经常听到这样一句话:"太白山还在长,往高里长。"

提出这种观点的，可能是常年出入于太白山密林深处的狩猎人、行走在太白山悬崖绝壁上的采药人，也有可能是那些钟情于太白山的户外背包族。在西安，我碰到的地质学家也持有这种观点。他说，从距今四亿年的加里东运动时期开始，整个秦岭和太白山一刻没有停止过生长。一位研究秦岭地质的教授是这样向我描述秦岭和太白山崛起过程的：四亿年以前，秦岭和整个中国内陆是一片汪洋。加里东运动开始后，海水慢慢退去。渐渐变浅的海面上，首先露出真容的是婴儿般刚刚形成锥形的秦岭主峰太白山。距今3000万年前的喜马拉雅造山运动时期，是太白山山体上升最强烈的时期。地质学界做过计算，从距今7000万年前开始的新生代以来，秦岭造山运动导致秦岭北侧的渭河谷底沉积物厚达五六千米，但太白山顶海拔却上升到了3767米，因而太白山和秦岭崛起而引发的秦岭地区沉降与上升幅度差，超过了9000米。

尽管太白山过去3767.2米的高度和最新的3771.2米的高度，都不可能是太白山的最后高度，但这中间高出的四米，也不可能是这几十年间太白山长高的结果，而极有可能是测量方式差异产生的误差。因为我国测量名山高度的工作起步很晚，测绘方式和手段也在不断进步。比如珠穆朗玛峰最初的高度，是1852年英国人华夫得出的。直到1975年，我国才测出了8848.13米的珠穆朗玛峰高度，2005年，测的高度是8844.43米，而且这个数据还在变化。至于遍布我国大地的众多名山身高，多年来一直众说纷纭。2006年，国家测绘局首次组织各省测绘专家对包括太白山在内的全国35座名山高度进行科学测量。一年后，即2007年4月27日，尽管在国务院授权国家测绘局公布的第一批19座名山海拔最新测绘数据名单中没有太白山，但经国家测绘局授权，同时担任这次华山和太白山高度测绘任务、曾经负责珠穆朗玛峰测量工作的国家测绘局第一测绘大队，不仅获得了西岳华山以海拔2154.9米的高度在五岳居首的数据，也测绘出了太白山3771.2米的海拔新高度。

2006年就被国家测绘局列入首批35座我国名山高度测量名单的太白山新数据迟迟没有公布，原因我不得而知。但在这次测绘数据获取六年后的2012年，陕西省测绘地理信息局发布的《陕西基本地理省情白皮书》还是正式向外界公布了太白山海拔3771.2米的最新数据。

从1956年到2006年的50年间，太白山长高了四米？新的太白山海拔测绘数据一公布，立即引起社会各界震动。有记者采访曾十多次进入秦岭进行科学考察的宝鸡文理学院地理与环境学院教授郭俊海时，郭教授十分肯定地回答说："秦岭往高长是客观存在的事实。据测算，秦岭在以年平均约0.12毫米的速度持续长高。"他在从秦岭造山运动角度解释太白山3771.2米海拔高度成因时说，秦岭主峰增高速度也应该是年平均约0.12毫米。据此推算，从1956年以来的50年间，包括太白山在内的秦岭主峰段增长高度如果是七毫米，属正常增长。郭俊海承认，秦岭是座活动的山脉，但一个山系高度的增长是一个特别漫长的过程，如果将太白山过去3767.2米与现在公布的3771.2米的高差，视为近几十年增长的高度的话，那么就会在科考中发现断裂带。然而，郭俊海在对秦岭和太白山多次勘察中没有发现这种断裂。因此郭俊海得出结论，认为导致新公布的太白山高度与原来数据产生四米差异的因素，可能是测量水平的变化。宝鸡市土地综合利用管理所书记安所在告诉记者，20世纪50年代，受制于测量手段、水平和测量仪器，传统的"三角高程测量"方法转点越多，误差就越大。而这次陕西省测绘局公布的测量数据，系采用最新的GPS定位系统、最新遥感卫星影像等世界领先技术，可以将测量数据精确到厘米。

我看到的资料都在表明，3771.2米的太白山新高度，是现在太白山的海拔。那么，太白山这座和莽莽大秦岭一起还在经历沧桑的我国大陆中东部第一高峰，再过50年或者100年，海拔又会是多少呢？

有一点是可以确定的，即无论山川如何变迁，即便时光再往前推移千万年，你如果从青藏高原起步，告别莽莽昆仑山后向东、向南、向北漫游中华大地，一旦进入我国大陆腹地，最先挺起高昂的头颅迎接你的依然是莽莽秦岭和挺立在大秦岭之上的太白山。因为太白山的高度，从古至今，都是我国大陆东半壁河山最后的高度。

第一次攀登太白山，我走的是从汤峪口经开天关、红花坪到下板寺、上板寺这条线路。由于时间和体力关系，我抵达的最高点，也只能终止于上板寺。而要抵达太白山极顶拔仙台，还需要从上板寺经文公庙继续攀登。从缆车上下来，从上板寺缆车停靠站到上板寺古寺庙短短百来米登山步道，已经消耗了我最后一丝体力。既然无法抵达3771.2米太白山最高处，我只有在下山路上面对茫茫雨雾和云雾中奔向天际的座座群峰，想象一山独秀的太白山极顶四周群山汹涌、众峰拜服，拔仙台独立天外的壮丽景观。我知道，在涵盖了红河谷、鳌山、厚畛子、都督门在内的太白山山域内，还有包括鳌山、荞麦梁、跑马梁、太白梁在内的28座有名有姓的高峰，还有26座3000米以上的无名山峰，就潜伏在太白山巅峰拔仙台四周。那些千姿百态，在拔仙台召唤下汹涌澎湃奔向大秦岭最高处的50多座山峰，才是让太白山成为中国大陆中东部最高峰的群体力量——一个民族的崛起，需要一代又一代人前赴后继的努力；一座绝蠹高峰的崛起，同样需要更多气盖山河高峰的衬托与力挺。

每次近距离抚摸或者隔着渭河遥望，面对还在一天天向上生长的太白山和它四周那些苍莽挺拔、占据了绵延约1600公里大秦岭3000米以上高峰93.1%数量的太白山系，我总觉得绵亘我国大陆的众多群山在告别青藏高原之际，将中国山岳精神最精彩的华章，馈赠给了莽莽大秦岭。而群山荟萃、高峰林立的太白山，则是中华大地山川起伏、雄浑豪迈乐章中最华美、最动人心魄的高潮部分。

面对这样一座卓然独立的绝世高峰，除了感叹，我们还能说些什么呢！

有灵魂的树

秦岭南坡山高林密，人烟稀少，最多见的是山和树，最难见到的是人。

秦岭北坡，现在仅存的原始森林在眉县境内，太白山附近。据在宝鸡日报社开车的李师傅讲，早年秦岭全是原始森林，20世纪六七十年代都被砍光了。眉县还有块幸存下来的原始森林。过去，那地方按行政区划归眉县管，但眉县伐了树，往出运得从宝鸡县借道；宝鸡县有路，却进不了山。就这样，那片原始森林就存活到了现在。

"那里的树，最小的也有方向盘那么粗。"李师傅说。

一路上，我的确没有见到成片成片可以称之为原始森林的林地。然而在山上、河谷、坝子里行走，如果你远远看到几株树冠擎天的大树突然高高撑起一片蓝天，那树下必然是有人居住的地方。而且一旦走近你就会发现，那些老枝横斜的古树下面的房子，也必然是被烟火熏得黑黝黝的老屋。无须向主人讨教，只要一看树的年龄，就可以知道那或长在屋后，或站在房前的老树，肯定是和这个家族一起在这里落下脚的。不少人家还在那棵老树前修起一个小小的神龛，每逢初一十五，便点起香蜡，如神一样敬奉。

秦岭北麓眉县首善镇的葫芦峪，是三国时期诸葛亮与司马懿作战"火烧葫芦谷"的古战场。谷口的一棵白杨树躯干巨大，浓荫遮地，树前神龛俨然是一座小小的庙宇。我去的那天既非初一也不是十五，神龛里依然香烟袅袅。树下面乘凉的老太太告诉我，那是一棵神树，平时谁家孩子有病，到这里烧一炷香，用不着吃药就会不治自愈。

这样的说法也许有些离奇，但在那些荒山僻壤的公路边，我倒是经常看到一棵本来平平常常的树，披满了红布。一问，就有人绘声绘色地告诉我，这一带汽车经常出事故，跑长途的司机在这棵树下许了愿，来来往往，一路都会平平安安。

山高林密、人烟稀少的山里，稀奇古怪的事情本来就多。一个人走在前路茫茫的山里，把希望寄托给一棵古树或者一块石头，空荡荡的心里也就有了依托。更何况，如果荒郊野岭突然冒出一棵古树历尽沧桑而不枯，其也必然是有些来历的。

剑门关到剑阁县城的公路两边，那夹道而立的千年古柏就让我有这种感觉。

秦岭最南缘应该在什么地方？

动身前我查阅的不少资料都含糊其辞，只有台湾的一份资料上说，从地质意义上讲，剑门关一带是秦岭最南缘，与巴山分界。到了剑门关我才发现，剑门关北坡山势平缓，绵绵山岭一路朝北边的秦岭主脉曼延而去。而在剑门关关口一线，这群山竟突然之间齐茬茬断裂开来，变得如刀削斧劈一般陡峭。就这样，如万马奔腾般的秦岭在与巴山相拥相抱的一瞬间，突然间收住脚步，于是在中国腹地留下了秦巴山区的一道裂痕——这就是地理学界所谓的秦岭沟槽地带。

剑门关就凭借莽莽秦岭结束长途跋涉的最后一刹那大自然无意间的悬崖勒马、收拢脚步筑起的这道天险，成就了千古雄关的威名。

十年前路过剑门关，我就惊异于剑阁镇到汉阳镇绵延十几公里的公路两边，那一排排老干虬枝的千年古柏如身披绿色铠甲的老卒，竟然能够在绵延山脊的凌厉风雨中整整齐齐站立那么多的日日夜夜。那天再次从被当地人称为"云翠廊"的古柏走廊里穿过，我发现剑门关一带的山岭上，已经没有多少可以称之为林的树木了。然而那些古柏依然老枝撑天，绿冠如云，纹丝不动地站在那里。在这远离村镇的荒山野岭间，也有人用石头和砖块围拢起裸露的树根，有的树干上还有当地百姓还愿时留下的痕迹——一条条挂在树身上的红布条，以及树根下点残的蜡烛、断香。开车的小伙子告诉我，这些树叫"张飞树"，是三国时蜀将张飞栽的。邻近村庄百姓视这些千年古柏为圣物，每逢初

一、十五，有不少当地人到这里许愿还愿。据说在"张飞树"前烧一炷香，可以保一家人平安。后来查资料，那树确实是张飞栽植，而且从剑门关一直绵延到了阆中张飞墓前。广元日报社一位朋友说，现在从剑门关到阆中的公路，还是在近2000年以前张飞开辟出来的那条路上修建的。这样算起来，这条道路比古罗马城的罗马大道还要早200多年。他还说，广元市正在为这条古柏夹道的林荫古道申报世界自然遗产。

如此看来，这些年迈寿高的老树，就是这条历尽沧桑的东方大道的见证者。人们之所以膜拜这些千年老树，除了表示对张飞的怀念之外，更重要的一个原因恐怕就是，在当地百姓的心目中，这些树是这条古蜀道上另一种具备灵魂和精神的生命。

秦岭山区至今是一个重视自然崇拜、强调灵魂安抚的地方。一路上，我经常可以看到路边的一块石头，被神一样供奉起来。有人在那里磕头，有人在那里烧香。与石头比起来，树有生老病死，有枯有荣，人们也就很自然地认为，树也是有灵魂的生命。尤其对于那些一辈子都单门独户，住在大山深处的山里人来说，他们从一出生就与那些长在房前屋后、古庙路旁，春天便发芽，秋天来临就满枝黄叶的树木，共同经历着风风雨雨。天长日久，那些树与自己的心灵也就越来越近了，人们也就很自然地把那些看着自己一天天成长，一年年衰老的树，看作是自己心灵和感情的忠实伴侣了。

在华阳镇深山里的一座石屋前，我看见一位老太太坐在屋子前的一棵银杏树下，絮絮叨叨地诉说自己的心事。

"晚上我梦见小孙子生病了，你说在北方吃不上大米，他能不生病嘛！"

站在老人身后，我就听清楚了这一句话。

那正是烈日如火的午后，老人手里摇着一把很破旧的扇子，双眼死死盯着树冠占了半亩地、满身老皮龟裂的大树。与她闲聊时，老人说儿子和儿媳带着孙子到山西打工几年了，昨天晚上她梦见孙子生病了。我问她："树能听懂你的话吗？"老人有些愠怒地说："咋听不懂！我过门到这李家的时候，树就有桶口那么粗了。李家几辈子都住在这棵树下。春天这棵树落树叶，家里人准生病。如果不刮风不下雨，树枝断了，家里准要出事。"

老人跟我说话时，眼睛一刻都没有离开过眼前的那棵树。她说，七年前的农历五月初九，天特别晴朗，没有一丝风，这树上朝南的一根树枝突然就断了。她对老伴说要出事了。可老伴是个犟老头，硬说没事没事。没有想到七天后，老伴到南面的山里采药时，果然就摔死在林子里了。

"你说怪不怪，这神树连他死的方位都给我们说了，我那死鬼就是不听神的话！"

说着话时，老人放下手里的扇子，虔诚地向树作起了揖。

人和自然之间，或许本来就有一条能够相互沟通的幽道存在的吧。只是在嘈杂浮躁的大都市，人们成天忙于挣钱、花钱、享受，全身心都投入人与人之间的明争暗斗，这条通道早已经被世俗的尘埃湮没、堵塞了。于是，大自然向我们发出的警示，传递给我们的信息，我们麻木的心灵也就无法感知。但在山岭绵绵、丛林莽莽的秦岭山区，一家一户散落在山林深处的山里人，一生都是在大自然的关照下度过他们每一个日子的。这条幽暗通道，大概就能够畅通无阻地通达每一个人的灵魂深处吧。

在我老家天水的伏羲庙里，原来有依照伏羲六十四卦排列栽植的64棵柏树。当地人认为农历正月十六是伏羲诞辰，这天早上鸡叫头遍，人们便争先恐后地挤进庙内，向古柏祈求平安。

那种场面我是经历过的。

沉沉夜色里，小小的伏羲庙内烛光摇曳，香烟熏人。人们前呼后拥地挤到苍老的柏树前，把早就准备好的红纸人贴到树上，然后用香点燃艾草，再把艾草粘到红纸人身上。据说你如果什么地方有病，就把艾草粘到红纸人的什么部位，绝对灵验。这样的习俗，从明代建起伏羲庙以来，在天水城里一直延续到了现在。

在秦岭，尤其是在陕南、神农架一带的秦岭山区，高山和森林覆盖了一切，统领着一切。即便你是贸然而来的闯入者，如果在林子里走得久了，你就会感觉到那些围绕在你四周的树木有一种既如微风一般轻飘，又如洪水一般汹涌沉重的呼吸，会一点一点将你的肉体和灵魂融解、消化。如果收住脚步，你甚至会听见漫山遍野的树木在用一种你无法破译的语言相互交流或者倾诉。在周至县老县城厚畛子的那个晚上,我借宿的那户农家窗外的一棵老核桃树,在忽起忽落的骤雨里吱吱呀呀响了一夜。第二天起来,我向老房东说起这事,老人半真半假地笑着说:"山里头冷,树被冻得打哆嗦哩。"

也许,这是真的吧!

一路上,我发现秦岭以南许多地方志上都有古树显灵等灵异现象的记载。在神农架附近的房县,我从一本近几年出版的《房陵风情》上看到这样一件事:青峰镇老街有一棵古柏,当地人称"柏老爷"。据说这棵树是明代永乐年间修建真武祖师殿时突然从地下长出来的。清代,住在殿里的一位叫代天银的道士满身生疮,久治不愈。一天夜里,道士梦见一位白髯老者从古柏里走出来,一边告诫他要多做善事、除暴安良,一边用拂尘在背上轻轻一扫,毒汁便流了出来。几天后,道士身上的毒疮全好了。于是这道士一生都除恶扬善,成了远近有名的"侠道"。这件事传出后,当地百姓凡求子祈福、问事医病,都来给"柏老爷"烧香许愿。

一棵普普通通的柏树,成了老百姓心中的神灵。

1958年"大炼钢铁",有人想把"柏老爷"砍了烧柴炼钢铁,没有想到一斧头下去,火星四溅。又一斧头下去,古柏血如泉涌。砍树的人吓得魂不守舍,逃回家后便病倒在床,整整躺了半年。

这样的故事,一路上到处都能听到。

《洛南县志》记载,页山河乡柏镇庵村有一棵古柏高21米,清道光三十年(1850)商州知州就为这棵树作过一篇《页山古柏记》。那棵树后有一座古庙,树上披满了信徒们挂的红布,至今香火很旺。洛南一位搞书法的朋友说,几年前他到那里,看见树下有不少奇形怪状的树枝,想捡一根做笔架,一位老人急忙劝阻说:"要不得!这树是神树,拿了神树上的东西,是要倒霉的。"

那位朋友说,老人给他讲了这样一个故事:

前几年,树上掉下来一根碗口粗的树枝,有人捡去想盖房用。可锯子刚锯了几下,晴朗的天上突然刮起一阵大风,把房子刮倒了,父子俩也被压死了。树旁那座庙里,过去住的一位道士一辈子除了修仙,每天给古树浇水培土,为人既清贫又正直,到死的时候连一块棺板都没有。就在道士去世的当天,一根大树枝突然断裂，落了下来。村里人用那根树枝，刚好给道士做了一口棺材。

这些神秘离奇的故事是真是假，实在是没有办法探究。

人们给我讲起这些故事时，总是连时间、地点和见证者的名字都讲得清清楚楚，于是我也就只好宁信其有，不信其无。话又说回来，在秦岭深处，尤其是安康、商洛和神农架一带，至今还东一户西一户处在散居状态的山里人，除了在密林深处种一点用来养命生活的五谷杂粮以外，实在是再没有别的事情让他们牵肠挂肚。一路上，我经常看见那些上了年岁的老人，一整天都坐在密林深处的石板屋前，半眯着眼，久久地盯着面前的一棵大树、一块石头，或者一只狗、一头猪，即便是不说一句话，我也能够感觉到他们正在以一种平静如水的心态，与它们交流，互诉衷肠。

日复一日，年复一年。那棵本来没有灵魂的树，在人的精神和情感不断抚摸、激发、呼唤、映照中，也许会突然之间从旷世亘绝的沉睡中苏醒过来。于是它们也就和人一样有了喜怒哀乐，有了是非曲直，甚至有了神性和灵魂。被人的情感和精神唤醒了的一棵树，或者一块石头，这时也和人一样，具有了道德和精神意义上的生命，可以惩恶扬善，可以警示后人，并且就这样一年又一年地与厮守着它的人们，共享人间悲欢离合……

这一切，应该是真的吧！

圣山太白

——太白山旅游宣传片解说词

农历四五月,关中平原花团锦簇,麦浪翻滚,进入赤日炎炎的酷暑季节。然而与古都西安遥遥相望的太白山顶峰拔仙台一带却银装素裹,白雪皑皑,一派冰雕玉琢的冰雪世界。

秦岭山脉崛起于青藏高原东缘、昆仑山脉断层带,东西绵延1600多公里,是中国南北自然、地理、文化分界线。就在莽莽秦岭集结千山万岭跨入关中大地之际,积聚地下数百亿年的能量轰然爆发,一座举世瞩目的绝世高峰在秦岭山脉中段的陕西省太白、眉县、周至三县交界处横空出世,这就是中国大陆中东部第一高峰、大秦岭主峰太白山。

太白山海拔3771.2米,仅比青海日月山低了200米左右。拔仙台一带孤峰刺天,终年积雪不化,是我国青藏高原以东唯一可以看到雪山景观的地方,也是华夏第一奇观——"太白积雪"观赏地。

和秦岭一样,太白山是一座古老而神奇的华夏名山。但令人百思不得其解的是,在秦岭还被人们和昆仑山混为一谈,笼统地称为"昆仑"的夏商时代,太白山就有了自己的名称:惇物山。接下来,太白山又相继拥有了两个更具有浓郁中国传统文化色彩的名字——"太乙山"和"太白山"。

用不着过多的科学考据,从汤峪向太白山极顶攀缘上行,景区内幽深的峡谷、飞泻的瀑布、起伏跌宕的奇峰异岭、瞬息万变的云海雾岚、古木苍然的自然美景,以及举目可见的地质断层、冰川遗迹都在告诉我们,太白山是中国大地一座独一无二的绝世高峰。而向我们讲述太白山非凡身世的，还有这万马奔腾般的石河石海，神奇神秘的冰阶冰洞，如梦似幻的高山湖泊。

距今200万年前的第四纪冰川期，亚欧大陆被厚厚的冰雪覆盖。地球能量的奔腾运动、印度板块和欧亚板块的碰撞挤压，使秦岭山脉赫然崛起。作为大秦岭地质运动最活跃、地下能量最为充沛的部分，太白山成为这场史无前例造山运动的骄子，一跃而为秦岭山系最高点。几百万年过去了，太白山传奇的成长经历和神奇的地质地貌景观，使它成为我们研究第四纪冰川期造山运动和中国大陆形成机理的天然地质博物馆。公元五六世纪，中国大地最早的漫游者、阅尽华夏名山大川的地理学家郦道元与高渺神奇的太白山相遇时敬仰有加地慨叹说，太白山"于诸山最为秀杰，冬夏积雪，望之皓然"。

"终南仙境"是中国文化传统追求者求仙修炼的理想之境。作为终南仙境的起点，太白山很早就是古代渴望通天绝地的修行者、隐士和众多中国历史缔造者心向往之的精神圣地。翻开中国古代文化史，我们发现从三皇五帝开始，炎帝、黄帝、大禹、周文王、老子、秦始皇都是太白山的常客。

最早与太白山结缘的神仙，是那位神通广大、友善和蔼的太乙真人。太白山之所以叫太乙山，据说是因为又叫太白金星的太乙真人酷爱太白山美景，经常从天宫来到太白山山林深处静心修炼。所以在我国民间，人们至今相信太白金星是太白山主神。后来，又由于太白山是终南仙境最精彩神秘的部分，被列为道教第十一洞天，于是道教神仙、佛教修行者、历代帝王、文人墨客纷至沓来，络绎不绝。这些中华文明和中国文化开拓者的到来，让太白山从莽莽秦岭众多山峰中脱颖而出，成为一座由仙道文化、佛教文化、神仙文化、养生文化、汤浴自然山水文化、传统辞赋文化堆积起来的文化高峰。

历史上第一个登上太白山极顶的人，是生活在3000多年前的姜子牙。姜子牙辅佐周人建立的西周都城，在太白山可以遥遥望见的渭河北岸。大功告成后，姜子牙来到拔仙台封神点仙，封赏协助他诛灭商纣王的各路功臣。而与太白山关系最密切的古代文人，则是出生时母亲梦见太白金星坠入怀中，遂取名李太白的盛唐诗人李白。

我们无从知晓李白游历过多少次太白山，但从"举手可近月，前行若无山""去天三百里,邈尔与世绝"的诗句里,我们可以看出这位一生狂傲不羁的诗仙面对高峻神秘的太白山之际,内心竟充满了难以掩饰的膜拜与敬仰。

总面积56325公顷的太白山景区远不止现在游客沿途所看到的高山峡谷、云海飞瀑、瞬息万变的景象。如果你能够拥有古代游侠一样的浪漫心境,沿着古人踩出的太白古道和今人开拓的道路游览观光,或者徒步沿着游览线路,游遍包括红河谷、鳌山在内的整个景区,你才能够体会什么是集寒、雄、奇、险、秀、幽、古于一山的绝世美景,你也才会明白几千年来为什么那么多志存高远的智者圣贤对太白山怀有如此浓烈的仰慕之情。

比李白更早痴恋太白山的,是春秋战国时期纵横学派创始人鬼谷子。据说这位中国历史上最富神秘色彩的思想家、谋略家,在太白山鬼谷子洞一住就是几百年。随后,汉代儒学大师挚恂、马融、郑玄,北宋理学大师张载纷纷来到太白山,渴望在凝聚了万物灵气的太白胜境中妙悟自然、社会和生命至理。公元6世纪,中国佛教禅宗创始人达摩祖师来到中国,最后寻找到的面壁静修之处,也在太白山。太白山因此成为莽莽秦岭唯一一座道释儒三教共居一山的文化名山。

现在,汤峪镇是从太白山下来的游客陶醉在如诗如画的自然美景中一边品味宛若仙境的山光水影,一边享受"温泉水滑洗凝脂"乐趣的休闲胜地。殊不知,从西周开始,被郦道元盛赞"沸涌如汤,可医百病"的太白山汤峪温泉,就是专供帝王后妃享用的御用洗浴之地。公元前220年秦始皇西巡,这位千古一帝从咸阳城出来,最先到达的地方是太白山。秦始皇在汤峪温泉沐浴净身后,派卢生上太白山向隐士讨教了长生不老之术,才起驾踏上漫漫西巡之路。

中国古代帝王中,乐享盛世的大唐皇帝似乎对温泉洗浴情有独钟。在汉代,虽然先后有包括汉武帝在内的四位皇帝到太白山洗浴、避暑、祭祀,但与唐朝皇帝对太白山温泉的痴爱相比,还是有些逊色。长安近郊本来就有华清池供皇室享用,唐高祖、唐太宗、唐高宗、唐玄宗还是喜欢舍近求远,频频来到太白山洗浴休闲。这些帝王们也许不一定清楚太白山的汤峪温泉含有哪些矿物质,但他们知道太白山是神仙居住的神山,神山流出的温泉,自然就是神泉了。更何况浸泡在温润醉人的温泉中,面对云雾缭绕、群峰竞秀的太白山,再寻常的人也会凭空生出不是神仙胜似神仙的奇妙感觉来。

太白山是造物主和大自然特意赏赐给华夏大地的绝佳厚礼。有关方面根据《中国森林公园风景资源质量等级评定》中风景资源分类标准，对太白山景区37种景观类型，797个景观、景点、景物进行评估后惊喜发现，在这个山、林、水、气俱全的景区内，地质、水文、生物、天象、人文五大类景观不仅一应俱全，而且特色鲜明，许多景观在全国绝无仅有。难怪当年李瑞环游览太白山后盛赞太白山风景名胜区说："在我国长江以北，气势如此之大，景色如此之美，科学价值如此之高，离大城市如此之近的自然景观实属罕见！"

在这条凌空栈道上攀缘的游客，一边可以饱览太白山高峻奇险的自然风光，一边可以体验直上云霄的攀登乐趣。但在距今1000多年的唐代，这里是被李白惊叹为只有飞鸟可以穿行的"鸟道"。与太白山鸟道同样惊险的，还有著名医药学家孙思邈隐居时采药行走的这条药王栈道。

"太白七药"，因太白山所产中草药疗效神奇而得名，是我国中医药宝库最富于传奇色彩的中药方剂。公元6世纪下半叶到公元7世纪中期，孙思邈两次隐居太白山长达数十年。让孙思邈留恋太白山，久久不忍离去的原因，除了太白山让他一见倾心的仙山圣境，还有遍布密林深处、高山云海之间的奇花异草。

南北过渡、东西交替的地理位置和特殊地形地貌，让大秦岭集中了我国南方与北方，温带、寒带和亚热带各类动植物，而太白山则是大秦岭生物多样性的集中展示区和亚洲天然植物园。古人之所以称太白山为"惇物山"，就是因为太白山万物荟萃，物产丰富。调查显示，太白山现有野生植物2594种，其中不少种子类植物是亚洲起源最古老的孑遗种类和太白山独有的稀有类属。第四纪冰川期亚洲大陆硕果仅存的珍稀植物、我国数千公里范围生长的各种植物，在太白山都有适宜它们繁衍生长的安身之地。

古代，来往太白山最频繁的人有两种，一是隐居修行的道士，二是采药的药工。太白山漫山遍野的植物中，具有药用价值的中草药达1415种，居全国八大药山之首，所以太白山自古以来被称为中国"药山"。当年，孙思邈凭借太白山丰富的中草药资源，完成了传世医药学经典《千金要方》，巍峨神秘的太白山，也成就了他的"药王"形象。孙思邈在太白山总结的养生秘诀，还让他活到了141岁。

春天来临，来自秦岭南坡的暖湿气流从峡谷向山上渐次攀升，生活在深山林莽之间的生灵万物依照太白山特有的生命法则，依次苏醒过来。

最先将醉人春色涂抹到太白山的，是河谷地带茂密的阔叶林和耐不住寂寞的山花野草。接着，带状分布的针阔混交林、针叶林和高山草甸，在愈来愈明亮的阳光照射下依次睁开翠绿晶莹的眼睛。令人心动的无限春光诱惑着蛰居丛林深处的飞鸟、昆虫和各种动物纷纷走出洞穴，袒露出它们绚丽迷人的色彩，加入太白山奇幻壮丽的生命大合唱中。而在太白山众多珍稀动物中，最引人注目的是被称为"秦岭三宝"的金丝猴、大熊猫和羚牛。

到了大爷海、跑马梁一带，虽然拔仙台厚厚的积雪将春天的气息遗落在遥远的山下，但星罗棋布的高山湖泊闪动的蔚蓝色眼睛却告诉我们，神奇多变、一步一景，山下仅一天、山上已一年的自然风光，才是太白山风景名胜区最精彩醉人的神韵所在。

那么在中国大地，如果你要享受既有胜似仙境的绝色美景，又有千姿百态的自然奇观、五彩缤纷的生灵万物、惊险奇崛的峰岭峡谷、变幻莫测的云海雾岚，更有悠悠千载历史情感、古老深厚人文精神的人间美景，除了这座矗立在中国大陆腹地的旷世高峰——太白山，还有哪里呢？

人文秦岭

肇启中华文明的精神高地
—— 大秦岭与中华文明源起暨中国传统文化生成

一年前，我在一篇题为《中华圣山》的文章里写下过这样一段文字："茫茫中国大地，众多名山大川中最具备人格力量、最能彰显中华民族精神情怀，也最能象征一个民族前世今生的山岭，唯有这条自西向东，横贯中国内陆，穿越甘肃、陕西、四川、湖北、河南五省的秦岭山脉。"对莽莽秦岭做出这样的评价，不仅仅出于我个人对秦岭的偏爱，而是自2004年完成对绵延1600多公里的秦岭山脉文化考察后的这些年间，我一遍又一遍将自己已经触摸到的秦岭历史身世、精神情感、文化形态与泱泱华夏五千年文明史，以及中华民族和中国传统文化萌芽、发生、发展的全部经历，进行长期审视和比照研究后得出的结论。在我看来，无论从中华远古文明、中国传统文化发生与发展的历史进程，还是中国自然生态与文化形态的生成关系来讲，横贯中国内陆腹地的秦岭山脉，都是中国大地一座既不可逾越，也不可或缺，更没有任何山岭可以替代的文明高地、文化高峰和精神高原。

一、肇启中华远古文明的温暖母床

中华文明的源头在两河流域，即我们所说的黄河长江中上游地区。而秦岭作为中国内陆腹地一座最为庞大也最为绵长的山脉，其高峻巍峨的身姿，正处在长江黄河中上游长江文明圈和黄河文明圈交汇的核心地带。从远古时代开始，莽莽秦岭山地就是华夏远古人类繁衍生息的家园，更是中华远古文明孕育、萌生、发展、壮大的温床。我国最古老的地理学著作——成书于战国时期的《禹贡》，在描述中国大陆地理形势时说，昆仑有三龙，秦岭为中龙；葱岭有三干，秦岭为中干；中国大陆山脉有"三条四列"，秦岭居中，为中条，是中国大陆地络阴阳的分界。可见，早在2000多年前，我们的先祖就意识到了秦岭山脉对中国自然地理的重要作用。在遥远的地质年代，印支造山运动开始后（晚二叠纪到三叠纪之间）相继崛起的昆仑山脉、葱岭（帕米尔高原）和秦岭山脉不仅构成了中国大陆基本骨架，而且由于秦岭山脉地处华夏版图中央的独特位置，也让秦岭山脉成为我国南北自然地理分界线、南北文化分界岭。

考古实践证明，迄今为止中国大陆早期出现的古人类分别为距今170万年的元谋猿人，距今60万年的北京猿人，距今100万年的蓝田猿人，距今100万年的郧县人和距今120万年的龙岗寺人。这五处记录中国远古人类进化史的旧石器时代古人类生活遗迹，分布在中国大陆的西南、西北和华北，其中仅秦岭山脉南北就占了三处，它们分别是位于秦岭主脊的蓝田猿人遗址，位于秦岭南坡汉江北岸的南郑县龙岗寺遗址，以及位于湖北十堰郧县青曲镇弥陀寺村学堂梁子和郧西县梅铺镇龙骨洞的遗址。秦岭山区发现的这些古人类化石及其生活遗迹，不仅年代久远，而且所处区域非常集中。我不是考古学家，无意对这些生活在不同区域的古人类与华夏远古文明之间的关系进行详尽评说，但从考古发现和中华文明历史进程可以看出，黄帝统一华夏部族乃至秦始皇统一中国前，在当年元谋猿人生活的云贵高原和北京猿人生活的华北平原北部，我们好像没有看到什么对中国历史发展和文明进程产生重大影响的人物和事件。而在蓝田猿人生活的秦岭山区却恰恰相反，继蓝田猿人、龙岗寺人、郧县人之后，考古学家不仅在陕西省商洛市洛南县花石浪遗址发现了距今100万年到30万年的洛南猿人生活遗迹，在东秦岭余脉伏牛山区河南省南召县境内发现了与北京猿人生活年代大体相当的南召人牙齿化石，而且在秦岭山脉南北广大区域，发现了星罗棋布的对中华文明进程产生深远影响的大量仰韶文化遗址。沿秦岭山脉自西向东，历数这些中华文明曙光初启的古文化遗址，它们分别有：距今3300年到2100年间将中国彩陶文化推向巅峰的甘肃省临洮县马家窑文化遗址，距今8300

年至4900年间连续不断创造了黄河中上游母系氏族到父系氏族演变过程中极度辉煌的天水市秦安县大地湾原始社会新石器时代古文化遗存，位于陕西省宝鸡市境内的北首岭新石器文化遗址，位于西安东郊的半坡村遗址，位于陕西省汉中市南郑县龙岗寺的旧石器文化遗址，位于陕西省汉中市西乡县境内的李家村和何家湾新石器早期文化遗址，以及秦岭山脉东首、河南省渑池县境内的仰韶村仰韶文化遗址，等等。其数量之众、分布密度之大、年代之久远、文化含量之丰富多彩，在茫茫中国大地不仅极为罕见，甚至绝无仅有。众多古人类生活遗迹与星罗棋布的仰韶文化、马家窑文化、齐家文化等新旧石器遗址交相辉映，灿若星辰，让这座横卧中国内陆腹地的苍莽山岭——大秦岭，成为中华古人类最初的家园，中华远古文明蓬勃生长的母床，中华文明曙光初照的文明高峰。因此，每每伫立莽莽大秦岭的任何一座山岭，面对群山起伏、高耸入云的高山峻岭，我常常不由自主地自我追问：如果没有莽莽秦岭，我们先祖的生活还会不会如此多姿多彩，光彩照人？如果没有秦岭，中华大地的文明光焰还会不会如此光彩夺目、绮丽多姿呢？

逐水草而居，是远古人类生存的唯一方式。无论是旧石器时代还是新石器时代，背山面水的生活方式不仅让我们先祖能够拥有足够的生存空间——茂密的山林、清澈的河水，还让他们的渔猎生活能够获得足够生活保障。我尚不知道华夏民族最早的血亲——远古时代古羌人的一部分，究竟是出于何种原因离开他们世代居住的河湟谷地的，但有一点是可以确定的，即在甘青高原东缘分化并离开甘青高原向东迁徙的那一支古代牧羊人——古羌人，离开故土以后所选择的迁徙路线，就是沿自青藏高原东缘崛起的秦岭山脉一路向东，并首先在秦岭北麓的渭河与秦岭之间寻找到最初的家园。遥远地质年代，在秦岭山脉北麓已经拥有大片可供古人类居住的山林、陆地的时候，南秦岭与巴山之间还是一片泽国水乡，秦岭巴山之间是古汉水独有的领地，所以对于面对第四纪冰川期过后的大洪灾时期的中国大地，唯有蜿蜒延伸的秦岭山地，才是人类可以立足的家园。渭河流域和秦岭南北发现的大量仰韶文化、马家窑文化、齐家文化遗址，以及大地湾人、半坡村人、仰韶村人的生活遗迹，就是这些来自遥远甘青高原的古羌人融入华夏民族后生活的明证。上古时代，秦岭山区温暖的阳光、茂密的森林、丰富的猎物，以及秦岭南北鱼虾穿梭的渭河和汉江，都是让这支古老民族流连忘返的生存依据。在进入秦岭山脉区域内那一刻，这支远徙而来的古老民族就被诞生于秦岭怀抱的另一种文明和另一个种族、另一种生活方式深深吸引了，他们很快与生活在这里的炎黄部族融合。于是，一个全新的、对中华上古文明进步产生深刻而深远影响的新种族——华夏族，就这样在秦岭山脉诞生了！这个孕育并创造中华大地亘古未有传奇的民族，从此将在莽莽秦岭护佑下，开创人类历史前所未有的辉煌。

然而，令人百思不得其解的是，同时从甘青高原东缘河湟谷地东迁的另一支古羌人，在从岷江上游越过秦岭向南，翻越高山大川抵达四川西部和云贵高原后，文明和进化的步伐竟比继续沿秦岭东进的这一支同胞落后了数千年！在沿秦岭东进，与生活在渭河流域的炎黄部落融合的古羌人进入中原大地，创造了一个又一个摧枯拉朽的历史传奇之际，离开秦岭怀抱进入四川西部和云贵高原崇山峻岭的古羌人，甚至在历经七八千年漫长岁月后的20世纪，还沿袭着刀耕火种的原始生活方式——这到底是秦岭哺育的灿烂文明让华夏部族在通往文明的道路上走得更快、走得更远，还是离开秦岭的关照和养育，远古人类的生活就必然会变得更加艰辛、更加艰难呢？

中国传统史学观从来不把远古神话传说看作历史。然而在西方，人们相信《圣经》故事所映现的是人类童年时代的真实历史精神。那么，在司马迁《史记》第一页那位"生而神灵，弱而能言，幼而徇齐，长而敦敏，成而聪明"的华夏始祖黄帝出现之前，中国历史上到底还有没有如西方人信奉的上帝耶和华那样的创世人物呢？严肃史学家从未就此做出过结论，但从人类进化和事物发展普遍规律来看，远古时代的中国，也必然经历了一个从混沌初启到文明曙光普照的漫长历史时期。要印证这一观点，在没有信史可以参照的情况下，我们唯一的办法就是把目光投向人神交杂、真伪并存的远古神话时代。在中国，可以与西方世界亚当夏娃比肩的创世人物，有伏羲和女娲。而伏羲和女娲最初生活的地方，就在秦岭山区。唐代司马贞《补史记·三皇本纪》说，太昊伏羲氏生于成纪。古成纪，就是今天秦岭山脉西段北麓的天水秦安一带。沿秦岭东行，我们在甘肃境内的天水、陇南，陕西境内的蓝田、平利，湖北境内的竹山、竹溪，都可以看到民间传说中伏羲、女娲的遗迹。司马贞说，伏羲氏母亲华胥氏在雷泽踩上"大人"的脚印生下伏羲；《国语》说，炎帝神农氏出生在宝鸡境内的清姜河流域。沿秦岭山区自西向东细数，天水有据传是伏羲制作八卦的卦台山和始建于明代的伏羲庙，在陇南山区的仇池山有伏羲崖，在陕西蓝田华胥镇有伏羲母亲华胥氏的墓园，在陕西平利和湖北竹山、竹溪，还有据说是伏羲女娲生活过的伏羲洞、女娲山等，这些都是与华夏民族的圣父圣母——伏羲女娲充满纠葛的历史遗迹。三皇五帝时代，是中国远古神话传说中华夏大地文明初启、开天辟地的创世时代。关于这个时代的代表性创世人物三皇五帝，历史上有多种说法，但众多说法中，伏羲、女娲、少昊、颛顼、轩辕黄帝、炎帝神农，则是其中的关键性人物。他们中的伏羲、女娲、黄帝、炎帝，其部族发展壮大的根据地原本就在秦岭渭河之间。少昊帝虽然是东夷部族首领，却是黄帝的儿子，颛顼帝也是黄帝后裔，而且有史书明确记载说，少昊和颛顼是在秦岭山区发展壮大起来的秦人的先祖。既然如此，神话传说中中国创世人物三皇五帝，至少有六位与秦岭有着千丝万缕的联系。

　　如果剔除神话传说的虚幻光芒，将传说中伏羲女娲、炎黄二帝时代华夏先祖在秦岭山区生活的场景进行有意义的还原，我们甚至完全可以将神话中伏羲女娲时代与处于母系氏族社会向父系氏族社会进化中的大地湾、半坡村考古发现相印证。在大地湾，考古工作者发现了中国最早的旱作农作物标本（大地湾出土了距今7000多年的农作物稷的炭化标本）、中国最早的彩陶（大地湾出土了距今8000多年的紫红色彩陶）、中国最早的宫殿式建筑（距今5000多年的大地湾四期，我们的先祖就在秦岭山区的大地湾建造了总面积达420平方米的巨型建筑）、世界上最早的混凝土（大地湾宫殿式建筑主室地面，全部为料礓石和砂石混凝而成，类似现代的水泥地面。这与古罗马人用火山灰制成的水泥同属世界上最古老的混凝土）和中国最早的绘画（大地湾编号为F411的房址地面上发现的一幅黑色颜料绘制的画作，是我国目前发现的时代最早的独立存在的绘画。这幅长约1.2米、宽约1.1米，保存大部分完好的地画，将中国美术史前推了2000多年。此前我国发现的最早的绘画作品，是出土于长沙马王堆的楚国帛画）。同时，在大地湾和半坡村相继发现的原始先民在陶器上描绘的文字符号，也是中国目前发现的最早的文字雏形。在人类结束渔猎时代后，由神话中的炎帝神农和周人先祖后稷发展起来的中国最远古农耕文明，也是在以炎帝故里宝鸡为中心的关中平原西部率先兴起，后经由西周和秦人，掀起了中国农耕文明史第一浪高峰。至于黄帝时代，华夏部族在秦岭怀抱里的壮大与崛起，不仅有地处秦岭东部山区河南省灵宝市荆山上的黄帝铸鼎塬为我们提供明证，而且在秦岭山区，还有不少地方被不少典籍认为是轩辕黄帝和炎帝神农的出生地。民国时期线装本《水经注四十卷》"渭水"条注解里说："黄帝生于天水，在上邽城东七十里轩辕谷。"《国语·晋语》说："黄帝以姬水成，炎帝以姜水成。"古姬水就是经武功流入渭河的漆水河，古姜水指宝鸡境内发源于秦岭山区的清姜河。至于那场连只有言之凿凿才收录记载的《史记》都回避不过，从根本上促使炎黄两大部族实现最后融合的涿鹿之战和阪泉之战，虽然发生在华北平原和山西运城一带，但炎黄二帝的血管里所奔涌的血液，却都是在秦岭山区完成与华夏部族融合的古氐羌人的血。尤其是在这两场酷似古希腊特洛伊城之战的战争中，炎黄二帝所使用的青铜兵器，以及战争胜利后"黄帝采首阳之铜"在河南省灵宝市阳平镇铸造青铜大鼎的故事，也在告诉我们，以青铜器为代表的新一轮华夏文明曙光首先是在秦岭山脉上空冉冉升起的。

在回顾中华远古文明发生、发展和中华民族童年时代成长历程之后，我们发现，横亘中国内陆腹地的秦岭，是茫茫华夏大地最早孕育中华远古文明的温暖母床，是中华民族成长、成熟、发展、壮大的最初家园。一个以龙为图腾的部族在秦岭渭河之间经历漫长的孕育发展之后，沿着秦岭指引的方向继续向东挺进，进入辽阔中原大地，开始了创造亘古未有的人类文明新时代。站在雄蠹中国内陆腹地的莽莽秦岭之巅鸟瞰，我们还可以发现，苍茫华夏大地，除了秦岭，没有任何一座山脉，没有任何一个地区在远古和上古时代如此集中地汇聚了中华民族童年和少年时代丰富多彩的历史情感和文化经历。

莽莽秦岭山脉所盘踞的范围，正是我国远古人类活动最早、最集中的区域，也是古老华夏先民生存、创造、生息、繁衍的天堂。我还注意到，通常意义上我们都说中华文明的源头在黄河、长江中上游，而黄河、长江中上游远古文明肇启的区域，正在秦岭南北两侧。黄河和长江流出青藏高原之后，是发源于秦岭山区的渭河和汉江、嘉陵江为其补充了丰沛水源，使这两条如巨龙蜿蜒在华夏大地的中华民族母亲河，获得了奔腾不息的勇气与力量。渭河和汉江、嘉陵江流入黄河、长江的源源不断的水源，也使黄河和长江在中国版图东部开拓出巨大的冲积扇，形成辽阔平坦、肥沃富饶的黄河中下游平原和长江中下游平原，为混沌初启的中华先民走出林莽，走向农耕和文明，开拓了广阔天地。因此，在这里我急于要表述的一个观点就是：莽莽秦岭和长江、黄河一样，是中华民族最初也是最温暖的摇篮！是中华民族母亲河——长江、黄河与中华民族父亲山——秦岭相互挽手，相互温暖，相互鼓励，共同创造了中华大地辉煌灿烂的远古文明！

二、哺育中国封建帝国的摇篮

告别茹毛饮血的渔猎时代，人类迎来的第一浪文明高峰是农耕文明的兴起和发展，这高峰的策源地，就在莽莽秦岭环抱、滋润的关中平原西部。

以宝鸡为中心的关中平原西部，是我国农耕文明先祖炎帝神农氏部族发展壮大的最初根据地。根据《易传·系辞下》记载，炎帝神农氏不仅尝百草、种五谷，还发明了远古时代最先进的农业生产工具耒和耜，并开设日市，鼓励部族将多余的粮食拿到集市上交易。炎帝部族在宝鸡境内生活的传说，也被近年来清姜河流域新石器时代的考古发现所证明。考古人员在据说是炎帝部族发展壮大根据地的清姜河（古姜水）流域相继发现的北首岭遗址、福临堡遗址、石嘴头遗址，证明紧依秦岭的渭河支流清姜河流域，是远古人类生活的一片热土。以位于宝鸡市金台观下的北首岭遗址为例，所发现的历史遗迹距今7000年至5000年，与神话传说中炎帝神农的时代相当。如果剔除神话传说因素，我们是不是可以断定北首岭、福临堡、石嘴头新石器时代遗址，正是炎帝神农带领其部族开拓的我国最早的原始农业的例证呢？

此后，炎帝部族依托秦岭渭河点燃的原始农耕文明星火日趋旺盛，照亮了古老华夏大地。有史料记述，后来从渭河北岸黄土高原向东发展的黄帝部族正是接受了炎帝部族的先进农耕技术，才完成了从渔猎到农耕的转型进步。

商代初年，从陇东黄土高原迁徙南下的我国古代农耕之神后稷的后裔周人，在古公亶父带领下来到与秦岭隔渭水相望的周原。周人继承后稷种植"百谷百蔬"的农耕传统，迅速成长壮大，很快成为殷商时期西方最大的方伯之国。到了周文王时代，周人不仅越过了渭河，势力还扩张到了距离现在西安很近的户县一带。这时，远在朝歌的商王朝正在朝它的穷途末路匆匆走去，而拥有当时最为先进农耕技术和关中平原优越自然条件的周人，在周文王带领下大力发展农业，为灭商立周进行物质准备。《尚书·无逸》中就有"文王卑服，即康功田功"的记载。伴随着实力的日益壮大，周人已经有了农业立国的意识。《尚书·无逸》记载，周公对周成王说先知"稼穑的艰难"，告诫要"勤劳稼穑"。周人礼乐制度里的籍礼，就是专门为纪念炎帝神农氏创始农耕而设立的祭祀典礼。每年仲春第一个亥日，周天子都要亲自下田耕种，以引起全国庶民对农业劳动的重视。《国语·周语上》中虢文公劝谏周宣王时说："民之大事在农，监之不敢轻慢也。"根据宝鸡境内出土的大量西周时期的青铜酒器可以断定，到了周武王向商王发起总攻的时候，周人不仅贮备了充足的军需物资，而且根据周原卜辞"伐蜀、征巢、楚子来告"的记录来看，这时西周势力已经东达江淮之间，南及江汉，西南到巴蜀，几乎控制了整个秦岭山脉中东部地区。

公元前1046年，牧野之战后商纣灭亡，西周建立。秦岭护佑下崛起的西周王朝将中国社会推向了一个政治、经济和文化空前文明的崭新时代。西周时期，中国历史酝酿着又一次前所未有的重大变革，这变革的推动者，就是当时尚处于奴隶制与封建制政治体制相互混杂的周王朝。且不说坐拥秦岭渭河的周王朝所创立的分封制、井田制、宗法制，以及礼治天下、尊祖与敬祖相结合、族权与政权互为补充的政治体制对其后数千年中国社会制度、政治体制和文化意识发展进步所起的推动作用，单就一部《周礼》所开创的礼乐文明对中国社会文明进程和国人处世规则的深刻影响，就足以让我们对莽莽秦岭充满深深的敬意了。

夏商时代虽然有了初步的国家意识，但从文明角度来看，这种文明仅仅是一种初级、原始的部落文明，其文明与文化的传播交流形式，还没有主体的人文意识。周灭商后，辅佐武王完成统一大业的周公旦在册封诸侯大典上制礼作乐，颁布的各种典章制度，也就是我们常说的西周礼乐制度。尽管这种制度在本质上还是维护周王室和周天子最高权威的等级制度，但其所规范的道德范式和社会秩序，却绽放着前所未有的人文光辉。西周礼乐制度不仅使西周的社会经济、文化政治和人们的伦理道德水平提升到空前高度，成功地维系了周王朝长达近800年的统治，而且为其后中国大地上大一统封建帝国的诞生奠定了坚实而深厚的文化基础，最终促成了儒家思想的诞生。

3000多年前，当西周都城镐京礼乐之声轰然响起，文武百官和各地诸侯按照等级爵位，身着阶别不同而华丽有别的朝服向周天子朝贺的时候，古老华夏大地上一轮秩序井然、和谐礼让的礼仪之邦旭日，在莽莽秦岭的深情关注下冉冉升起。

青铜器是人类文明进入一个全新阶段的标志与象征。中国最早的青铜器诞生于夏商时代的中原地区，但将青铜铸造技术与青铜器文化艺术推向极致的，却是在秦岭北麓、关中平原壮大起来的西周人。沿着秦岭，自被关中人称为西府的宝鸡向东瞭望，我们可以看到，3000多年前的西府大地上闪烁的青铜之光遮天蔽日，一个由异彩纷呈的青铜器所代表的文化空前繁荣、社会经济空前发达的新时代，让古老华夏大地充满了创造和开拓的生机。周人当年生活过的宝鸡境内究竟有多少青铜器还埋藏在秦岭山脚下我们不得而知，但从宝鸡已出土的数量众多的青铜器来看，我们完全可以得出这样的结论：在当年周人征战、祭祀、耕作、赏乐、墓葬的地方，那种黝黑坚硬、犀利撼人的青铜光芒，让秦岭北麓西府大地，成为中国历史上青铜时代最动人心魄的地方。在宝鸡，仅宝鸡青铜器博物馆收藏的西周青铜器就数以万计，其中不仅有被誉为晚清四大国宝的毛公鼎、大盂鼎、虢季子白盘、散氏盘，在一件出土于秦岭脚下被称为"何尊"的青铜祭器上，还出现了最早的"中国"一词铭文。西周的礼乐礼仪、典章制度、王室成员生老病死、国家的兵戎战事，都在这一件件形制各异、纹饰不同的青铜器上留下了千古不衰的回声。透过这些凝重庄严的青铜器，我们看到的是一个身披文明、文化、进步万丈光芒，开创了中国历史上第一个全文明时代的光辉王朝在巍峨秦岭下庞然挺立、阔步向前的伟岸身影。与此同时，在西汉水和渭河上游秦岭山区，尚处于艰难求生和卧薪尝胆阶段的秦人，则在秦岭的另一端面对周王室琳琅满目的青铜光芒，苦苦思索一个部族的未来。莽莽秦岭给了他们生存和壮大的力量，但那时候他们还不曾想到，在不久的将来，他们也将在这震人心魄的青铜光芒照耀下，与奔腾不息的秦岭并肩向东，独霸天下，创建一个前所未有的东方帝国。

在披阅秦岭历史时我惊奇地发现，西周建都秦岭怀抱的关中地区的275年间，创造了中国古代社会的极度辉煌。然而，在共和元年（前841），周平王被迫将都城从秦岭关照的"宗周"丰镐之地迁至"成周"洛阳后，盛极一时的周王室竟迅速向它日薄西山的末途匆匆走去。后来的大汉王朝，也在东汉开国皇帝刘秀建都于洛阳，政治、经济和文化中心远离秦岭后迅速衰落！这到底是天意所为，还是因为以秦岭为屏障的关中大地本来就是中国古代社会的帝王之都、霸业之地呢？在以东南沿海为发端的蓝色文明兴起之前的数千年间，莽莽秦岭就是中国的政治、经济和文化中心。唐宋以前的中国历史，谁占据了有秦岭为障的关中平原，谁能够控制秦岭，拥有秦岭的崇山峻岭、古道关隘，谁就是中国的霸主，这几乎是中国历史上一个不变的定律。

创造第一个东方帝国的秦人，在商末周初沦为奴隶被迫选择的安身之地，就是甘肃境内西汉水和渭水上游天水、礼县一带的秦岭山区。正是莽莽秦岭水草丰美、相对封闭、四周戎狄出没无常的特殊环境，让秦人这个失姓亡国的周王室牧马人的部族在困境中崛起，成为中国历史上第一个封建帝国的缔造者。秦人的家园在西秦岭群山峻岭之中，秦穆公位列春秋五霸之际，秦人的疆域也是在以秦岭为中心，西至秦岭西段余脉的甘肃临洮，东至濒临黄河的秦岭东部余脉骊山一带，而以秦岭为中轴线的成都平原和关中平原千里沃野所生产的粮食，则是秦人横扫天下、成就霸业得天独厚的加油站。在八集纪录片《大秦岭》解说词里，我分析秦人横扫六合与秦岭之间的关系时写道："在秦岭那庞大身躯的两侧，关中平原的小麦、谷物，成都平原的稻谷、果蔬，源源不断充实着秦国仓廪，秦国拥有了一南一北两个巨大粮仓。这两个粮仓就如同雄鹰身上的两只巨大翅膀，它挟带着秦人500多年奋斗与抗争的雄心与理想，以兵甲利剑为前导，展翅高飞，去实现开拓帝国伟业的理想了。"

秦朝是中国历史上第一个将一种前所未有的崭新的政治体制——封建制

运用于社会管理制度的国家，也是一个短命而且充满异议的朝代。如果除去秦国暴政，只要不怀偏见和成见，我们不得不承认秦朝在国家管理制度上前无古人的创新与建构，对其后2000多年中国社会形态和意识形态产生了深刻而深远的影响。2000多年前秦人创立的郡县制，至今仍是国家政权管理体制最行之有效，也是最为科学并在世界范围内普遍使用的政治管理制度。

西周在秦岭屏障的关中大地实施礼乐治国之道的时候，生活在西秦岭山区的秦人已经走过了最艰难的求生期，也开始在与周王室的往来中学习周人的礼乐文明。然而，长期生活在高山阻绝的西秦岭山区，长期与西北游牧民族厮杀争战、通婚融合的秦人，已经不再是当年来自山东半岛的那个擅长农耕的东夷赢族，也不是西周西部和北部边境经常飞马掠杀、茹毛饮血的西北戎族，特殊的生活和生存环境已经让赢秦这个商朝灭亡之际从商纣的亲信重臣沦落为周人奴隶，被发配到当时还十分荒蛮的天水境内秦岭山区，为周人守卫边关的部族，成长为一个崭新的种族——秦族。秦人，这个在与狼共舞的恶劣环境里生存并壮大起来的新部族，血管里既奔涌着先祖的鲜血，也奔突着西部戎族粗犷、豪放、残忍的野性。因此，早在秦襄公被周王室封为西垂大夫之前，秦人在西汉水渭河上游已经制造出了精美的秦公簋等青铜祭器、礼器、生活用器以及音律优美的编钟。然而揭开甘肃省礼县大堡子山秦先祖陵，令考古学家惊讶的是，在周礼大行其道的时候，秦，这个生活在西秦岭一隅的西周附庸，竟常常僭越礼制，不仅制造出了远远超出周礼所规范的青铜礼器，而且秦人大夫墓葬里竟敢使用只有诸侯王才可以使用的陪葬用品！也许正是莽莽秦岭所赋予的强悍骁勇、不拘一格、僭越礼制、开拓进取的创新意识，才是秦人从秦岭密林深处走向关中平原之后迅速独霸一方，最终一统天下的根本吧！从被中原各国鄙视为夷狄、野蛮人，不被人重视、不为人尊重的西方小国，一跃而为唯我独尊的统治者之后，秦这个受尽屈辱而又饱受秦岭恩泽的部族，依然将国都选择在更加靠近秦岭的关中腹地，且始皇帝在耗费举国之力建设阿房宫时，明令禁止采伐秦岭山区一木一石。在秦始皇最初的都城规划中，甚至将由咸阳向南跨渭河、直抵秦岭、东抵骊山的整个关中平原，都作为秦朝未来都城范围。被史书上描绘得残暴无常的秦始皇对秦岭的感恩似乎在明示，秦人对秦岭的感恩戴德，是因为秦人从情感和精神上认同这样一个事实：秦岭是秦人无家可归时收留他们的家园，秦岭是他们走投无路时庇护并抚慰他们肉体和灵魂的温暖怀抱，秦岭是历练他们性格、赋予他们铁血气质和开拓进取精神的神灵，秦岭是秦国的过去，也是秦人梦想中的未来。

与秦人在生存绝境中崛起，创建中国第一个真正统一的封建帝国一样，秦始皇成就霸业之后遥望秦岭，在咸阳宫里实施的一系列政治、经济和文化体制创建与改革，不仅是前无古人的，而且对其后2000多年中国社会发展产生了深远影响。开始于商鞅变法的秦国政治体制改革，秦始皇确立的至高无上的皇权制度，以及"书同文，车同轨，行同伦"等一系列高度集权的中央集权制度建立所改变的，不仅仅是中国历史走向，一个人类历史上前所未有的崭新国家形态也从此应运而生。三公九卿官吏制度的形成，郡县制国家行政管理体制的建立，大一统意识形态的确立和统一的集权制中国疆域的初步形成等，不仅标志着中国历史上一个真正意义上的国家形态和一种有别于历史上任何时期、有助于促进先进生产力发展的崭新国家政权体系，在秦岭怀抱里落地生根，并且从此开始对2000多年的中国封建政体产生深刻、直接而深远的影响。

夏商周三代以王权为基础的国家形态，只是一种众多部族联盟组成的国家联合体，或者说是一种初级国家形态。即便是在这种"初级国家"形态已经相当成熟的西周，周天子和周王朝也没有确立一种对各诸侯国能够全面掌控的国家管理机制。然而，秦武公十年（前688），秦国在秦岭地区着手建立县治地方行政管理机构并开始以郡县制取代西周分封制，不仅有效地加强了中央集权，而且为之后2000多年中国的社会安定、经济发展奠定了坚实基础。

在秦岭滋养、孕育、呵护下崛起的大秦帝国，虽然从秦嬴政立国到灭亡仅仅存在了15年，但秦朝所创造的物质文明与精神文明，却达到了此前中国历史上从未有过的高度。秦朝空前辽阔的疆域、高度统一的国家集权、完备的法律典章制度和官吏制度、高度集权的国家机器、皇权取代王权的皇权制度，以及标志中国历史上一个物质文明高度发达时代到来的阿房宫、骊山秦始皇陵园、万里长城等建筑，让大秦帝国的庞然身影，巍然屹立在莽莽秦岭高峻、苍苍的背影之下，令千秋敬仰。中国历史上另一个崭新的社会制度——封建社会，也就此由莽莽秦岭怀抱里诞生的大秦帝国拉开了持续2000多年的煌煌大幕。

西汉王朝的建立和西汉帝国的崛起，直接就是秦岭对刘邦的恩泽。

公元前206年，鸿门宴上险些丧命的刘邦被封为汉王，来到汉中，原本已经穷途末路，万念俱灰，偏偏是苍莽雄矗的秦岭，为刘邦休养生息、卷土重来提供了绝佳机会。且不说鸟翅难飞的秦岭让项羽放松了对刘邦的戒备，仅仅刘邦北上、挺进关中时莽莽秦岭对刘邦大军的掩护，就从根本上决定了这场项羽做梦都没有预料到的楚汉争霸战结局。至于后来汉武帝开疆拓土，在中国历史上建立空前辽阔的疆域面积，空前强大的军事力量，空前繁荣的政治、经济、文化和外交的整个过程，都与都城南面巍然矗立的秦岭有着无法割舍的联系。汉武帝之前，文帝和景帝创造"文景之治"的治国理念，就来源于诞生于秦岭山区的"无为而治"的黄老学说。汉景帝平定汉朝立国以来的最大内乱——吴楚七国之乱时，秦岭护卫的秦岭南部一直是大汉帝国坚强的堡垒之一。到了汉武帝时期，西汉帝国进入全面塑造自己高大雄伟形象的时期。这一时期，标志西汉帝国巍然崛起的重大事件，是汉武帝对匈奴的征伐和西汉帝国政治影响力在亚欧大陆的持续扩散。这中间，有一个从秦岭山区走出来的人和一条从秦岭山脚下启程的国际大通道，对西汉帝国走向繁荣巅峰起到了至关重要的作用。这个人，就是出生于秦岭山脉深处陕西城固县的张骞；这条路，就是以西汉都城长安为起点的丝绸之路。如果说卫青、霍去病是祛除西汉心腹之痛——盘踞在西汉北方和西方的游牧民族匈奴的大功臣、大英雄的话，那么为卫青、霍去病开通征伐之路的先行者，则是出生于秦岭深处的张骞。如果没有张骞出使西域所建立的西域外交关系，如果没有张骞带来的西域诸国第一手政治、军事和经济情报，卫青和霍去病能不能为西汉帝国建立如此奇功，西汉帝国疆域会不会如此辽阔，都是未可知的事。由张骞开拓的西行大通道，不仅为西汉帝国带来琳琅满目的西域奇珍异宝、滚滚财富，也让西汉帝国威名传播到了遥远的西方世界。西汉帝国拥有的大疆土、大气象、大胸怀，因此也载入人类文明史，成为最光彩夺目的一页。

回顾中国古代社会发展史，周秦汉唐创建的中国古代文明与辉煌，在世界范围内至今鲜有可与之比肩者。这四个王朝，都诞生并建都于秦岭怀抱中的关中平原。

　　大唐帝国是中国封建社会文明的高峰与标杆。唐朝所创造的高度文明，不仅是莽莽秦岭对中国古代社会发展进步的巨大贡献，也是中华民族为人类文明进步献上的一份千秋不朽、无与伦比的丰厚献礼。大唐盛世在人类文明史上所创造的奇迹与辉煌，无须详述，只要列举几个数据，我们就可略知一二：唐代都城长安面积比明清北京城还要大24平方公里，唐代都城长安城最宽的街道达220米，其中位于长安城中轴线的朱雀大街宽度，是现在北京长安街的两倍。唐代大明宫建筑面积是北京故宫的五倍。唐代都城长安是世界上第一个人口过百万的城市，常住人口和流动人口总数超过200万。盛唐时期，居住在长安城的外国人最多时达40万，住在广州的外国侨民就有20万之多。至于盛唐文明对世界文明的影响与贡献，只要看看1000多年后日本、韩国乃至整个东亚留存的唐文化遗风，就可以让我们为在秦岭怀抱诞生、以长安为中心的大唐文明对人类文明进程产生的深刻影响叹为观止了。

　　对于上迄西周下至明清的中国古代社会来说，如果从社会形制、文明水平、文化意识对世界范围的影响进行比较的话，中国历史上可以称为人类文明雄踞高峰的朝代，除了周秦汉唐，大抵也只有蒙古人创建的元帝国、女真人建立的清朝中前期和大明王朝了。不过，在这些威名赫赫的东方帝国中，元帝国和清王朝的建立与强盛，其实是以游牧文明对农耕文明的颠覆和改造为代价的。而大明王朝的强盛，则更多地受益于自东部海洋远道而来的蓝色文明曙光的照耀。唯独紧紧拥抱着秦岭崛起的周秦汉唐，是在华夏多元文化、多种文明相互融合、相互认同的过程中，在一种完全独立自主的情况下，依靠中国传统文明的熊熊光焰，凭借一个民族自强不息的人文精神自在崛起，创造出人类社会文明进步的极度辉煌，以至于直到近现代文明曙光照遍全球的20世纪，西方世界对中国的理解和认识，还停留在莽莽秦岭孕育的秦汉唐这三个秦岭帝国时期。

　　中国历史上还有一个奇特而神秘的历史现象——秦岭和中国古代社会的兴衰息息相关。以中原为中心的古代中国，凡是在秦岭怀抱里立国、建都的王朝都十分强大，而一旦都城远离或者偏离秦岭山脉，这个王朝转瞬间就会走向衰败，甚至灭亡。西周与东周、西汉与东汉如此，煌煌盛唐，到唐玄宗后期将政治中心移至东都洛阳后，一代大唐帝国就迅速走向了国破山河碎的末路。因此，我在《秦岭帝国》一文里曾这样发问："如果没有了秦岭屏障下黄土浩荡、气象万千的关中沃野，中国历史上还会不会有西周王朝礼治天下、秦始皇四海归一、汉武帝开疆拓土、大唐王朝威震寰宇的强大帝国的崛起呢？"

三、与长江、黄河共同孕育缔造中国传统文化的父亲山

对中华文明史和中国文化史稍有了解的人都知道，中华文明发源于黄河和长江中上游。那么，开启了中华文明的长江、黄河中上游具体指的是哪一段？当我们将目光沿莽莽秦岭山脉收住脚步的南阳盆地西缘逆黄河、长江向西搜索时会发现，终结于西秦岭末端的黄河、长江上游，是20世纪初期大部分地方还处于氏族社会的青藏高原。如果再沿黄河、长江巡视，我们同样会发现，黄河自甘肃境内向北转向进入的宁夏、内蒙古境内，游牧文化的芳草至今四处弥漫。在秦岭南麓的长江中上游地区，除了养育了古老汉江文明、巴蜀文明、荆楚文明的长江中上游两大支流汉江和岷江流域外，云贵高原许多地方在20世纪中上叶还处于刀耕火种的文明初启阶段。相反，在紧紧依靠秦岭的渭河流域、汉江流域和岷江流域，关陇文化、秦文化、中原文化、巴蜀文化和荆楚文化，以及儒家文化、道教文化和佛教文化相映生辉，成为孕育、催生并形成中国传统文化，文化精神积淀异常深厚、文化风景蔚为壮观的核心地区。因此我在《走进大秦岭》里说："在过去和现在，秦岭负载了我们这个民族从童年到青年、壮年所有文化精神的重量与经历。如果要归结出一种可以涵盖、容纳中国历史文化的文化载体的话，那么除了黄河、长江这两个象征性喻体，也只能是秦岭了。如果说黄河、长江是一个民族的精神图腾的话，那么秦岭则是一个民族历史情感、现实遭际堆积起来的山岭。"正是基于这种认识，我才在《走进大秦岭》一书里提出了"秦岭是中华民族父亲山"的概念。

（一）中国传统文化曙光初照的地方

宗法制度是中国古代社会最为显著的社会政体特征，也是中国传统文化的根本与本源。这种从父系氏族社会沿袭下来，王族和贵族依照血缘关系分享国家权力的政治传统，虽然在夏商时代也得到了传承，但夏商时代，在将王权传给儿子还是传给弟弟的问题上尚无定论，宗族关系和宗法制度还不是社会政治体制的唯一选择。然而，在秦岭山脚下崛起的周人推翻殷商，建立西周王朝后，宗法制不仅作为一种支撑中国古代"家国同构"不可动摇的社会意识被确立并予以加强，而且以礼乐制度为基础的宗法制度，被西周统治者以每个人必须遵守的行为规范方式，渗透到了整个社会政治、经济和文化生活各个方面，成为中国传统文化最为重要的文化心理。

公元前1046年，周武王在西安近郊的镐京建立西周后改帝称王，并且在当即颁布的《周礼》中明确了"传嫡不传庶，传长不传贤"的王位世袭制权威性。从此，以父亲血缘关系确立权力、财富、封地继承权的王位世袭制，成为影响中国古代王权和皇权交接、国家权力分配制度的宗法传统，这不仅被周朝以后的历代封建王朝无条件承接下来，还启发并孕育了中国封建社会皇权世袭制。于是，宗族组织和政治组织合二为一，宗法等级与政治等级相辅相成，成为中国古代社会最为明显的社会结构形式。"国之大事，在祀在戎。"西周时期，统治者将以祭祀先祖为中心的宗族关系（在祀），提高到了和与国家生死存亡息息相关的战争（在戎）同等重要的地步了。宗族关系、血缘关系、宗法制度不仅成为维系中国社会秩序的基础，以族权、祠堂、家谱为象征，以先祖崇拜和先祖祭祀为表现形式的森严的宗族制度也成为维系中国传统文化和道德的基本准绳。在中国传统文化尚处于从萌芽期到发展成熟期过渡的3000多年前，西周确立的宗法制度，无疑是促使中国宗法文化和宗族社会关系蓬勃生长的催生剂。因此周燮藩在论及中国人血脉中绵延数千年的宗法性传统宗教时说："以天神崇拜和祖先崇拜为核心，以社稷、日月、山川等自然崇拜为羽翼，以各种鬼神崇拜为补充，形成相对稳固的宗庙制度及其他祭祀制度，成为维系社会秩序和家族体系的精神力量，成为慰藉中国人的心灵的精神源泉。"3000多年前，被西周王朝高度强化的中国传统宗法制，不仅建构了其后两三千年中国社会结构的基本形态，也深刻影响了中国传统文化心理。3000多年后，在家族关系、宗族关系日益淡漠，宗法文化愈来愈明显被消解的当代，山水崇拜、自然崇拜、好祭祀、敬鬼神的中国宗法性文化传统，依然在莽莽秦岭深处四处弥漫，修家谱、拜祠堂，重视以血缘关系分辨亲疏的宗族宗法制传统，依然是维系秦岭南北人际情感的基本因素。

中国被称为礼仪之邦。礼仪，是规范社会道德、意识形态的制度和规则。礼仪不仅是文明的产物，更是文化的表现形态。在中国，最早倡导礼仪并将礼仪上升到与国家生死存亡同等重要的地位的王朝，是崛起于秦岭北麓、立国于秦岭南北的周人。周文王第四个儿子周公旦在镇压商纣王子武庚勾结周武王兄弟管叔、蔡叔、霍叔及东方各国武装反叛以后，就着手以"制礼作乐"改革并完善宗法制和分封制，解决诸多弊端，形成了西周特有的礼乐制度和礼乐文明。尽管这种以"上事天，下事地，尊先祖而隆君师，是礼之三本也"为准则，确立宗法制度和君权、族权、夫权、神权绝对权威的等级制度，后来成为中国历代统治者以天、地、君、亲、师为主要礼拜对象的封建伦理道德的理论根据，但周公旦所倡导的"敬德保民""明德配天""明德慎刑""有孝有德""力农无逸"的治国方略，以及他身体力行的礼贤下士、尊重人才等礼仪形式，对中国社会的文明进步无疑具有划时代意义。尤其是西周礼乐制度对祭祀、朝觐、封国、巡狩、丧葬等国家大典礼仪形式的规范，对用鼎制度、乐悬制度、车骑制度、服饰制度、礼玉制度的确立，对西周各个社会阶层使用的各种礼器等级、组合、形制、度数的记述所确立的，不仅仅是一种有礼有节的社会秩序，其中所包含的文化精神，也成为其后影响中国文化数千年的儒家文化诞生的源头活水。在被誉为"青铜器之乡"的宝鸡，周人铭刻在形制各异的青铜礼器上的图案及文字也在明确地昭示后人：莽莽秦岭是中国礼乐文明曙光初起的地方。

（二）儒教文化源头和儒家文化独领风骚

《周礼》《仪礼》《礼记》被视为中国礼乐文明和礼乐制度三大经典。其中《周礼》是周公旦的著作；《仪礼》虽然有人说是孔子的作品，但记述的内容却是周朝士大夫日常的各种礼仪;《礼记》则直接是战国到秦汉时期儒家学者解释说明《仪礼》的注释性选读读物。影响中国政治和文化数千年的儒家学说的开创者和集大成者孔子是鲁国（今山东）人，不过，孔子在创立、建构他的儒家学说时，却始终在仰首西望，从远在秦岭山脉北麓的西周文化里汲取营养。

"郁郁乎文哉！吾从周。"这是孔子对西周礼乐制度的诚服和赞美。孔子甚至一直是周公旦的崇拜者和铁杆粉丝。从他"甚矣，吾衰也久矣！吾不复梦见周公""如有周公之才之美，使骄且吝，其余不足观也已"的言论中，我们不难看出这位儒学宗师对西周礼乐文明奠基者周公旦的崇敬之情。不仅如此，公元前770年，周平王迫于无奈将都城从秦岭脚下迁移至洛阳后，面对"礼崩乐坏"的社会现实，满腔失望的孔子不得不离开生他养他的鲁国，带领学生周游列国，开始了他一生有始无终的宣扬恢复西周礼乐制度的漫漫长途。

有生之年，孔子都在极力推广他的从周公旦那里受到启示的崇尚"礼乐"和"仁义"、提倡"忠恕"和"中庸"、主张"德治""仁政"、重视伦常关系的政治文化主张。然而，在中国政治和文化中心越来越偏离秦岭的春秋战国时期，试图摆脱礼乐制度束缚的各路诸侯都在忙于打仗、称王、争地盘，孔子的儒学思想至死都没有卖出个好价钱。不仅如此，秦始皇的焚书坑儒还几乎断了儒家文化的全部血脉。直到历史再一次选择了秦岭孕育的另一个强大帝国——西汉之后，儒家文化不仅在秦岭的怀抱里获得了重生，而且一跃成为统治中国2000多年的主流文化。

西汉建立前期，统治者崇尚的是以黄老哲学为主旨的道家思想。这种同样诞生于秦岭并经由老子发展为一种流派的道家思想，在文景两帝时期对历经长年战乱的西汉政权休养生息，起到了积极作用。然而，到了汉武帝时期，经过70多年的发展，西汉社会经济发生了很大变化，尤其是在经历景帝前元三年（前154）吴楚七国之乱后，刘邦分封的异姓王成为中央集权制的严重威胁。在这种背景下，汉武帝刘彻于窦太后死后的公元前134年，采纳董仲舒"罢黜百家，独尊儒术"主张，罢黜传播申不害、商鞅、韩非、苏秦、张仪学说的朝廷政要，大量起用儒家势力，使发展过程中一波三折的儒家学说，一跃成为统治中国政治、思想、文化2000多年的官方哲学。董仲舒所提倡的"大一统"和"天人合一"理论，以及"三纲五常"伦理道德思想，不仅使受到遏制100余年的儒家思想登上了统治地位，而且最终促成了中国传统文化的形成。根据史料来看，汉武帝将儒家思想确立为主流后，儒家思想并未在当时就风靡全国。儒家思想和文化真正深入中国民众心里，还是在东汉著名经学家马融、郑玄广泛传播之后。东汉延熹三年（160），山东高密人郑玄来到太白山，拜在当时已经名震全国的儒学大师马融门下研修古文经学。这时候，儒家学说在函谷关以东地区尚不流行。郑玄追随马融学习七年后，返回山东，收徒讲经，才使得儒家学说在关东广大地区迅速传播，成为影响中国人心理、行为与中国政治、文化最深远的思想意识。孔子学说经由秦岭呵护的汉帝国扶植、推广，发扬光大，成为影响中国2000多年的主流意识。莽莽秦岭再一次以其博大深厚的胸怀，在孕育并催生中国传统文化辉煌高峰之际，为人类文化史留下光彩夺目的一页。

（三）道教理论的发生地和道教文化的诞生地

公元前516年，秦国函谷关令尹喜在函谷关关楼下迎来一位他仰慕已久的大学者——老子。这位因学识渊博、学问高深而被孔子认为是自己梦寐以求的老师的大学问家，原本是周王室史官。春秋末年，面对周王室"礼崩乐坏"、日薄西山的局面，心灰意冷的老子骑一头青牛，从洛阳向西，原本是想到秦岭或者别的地方寻找一块隐居之地。到了函谷关，老子被尹喜的真诚所感动淹留下来，并在尹喜苦苦劝说之下，在秦岭山脉东首的函谷关写下了后来被尊为道家经典的《道德经》。尹喜被老子学说的博大精深所震撼，辞掉函谷关令之职，追随老子沿秦岭北麓西行，到了尹喜曾经结庐修行的楼观台，尹喜再次劝说老子筑坛讲经。一生述而不著的老子不仅破天荒地在秦岭东首写下了《道德经》，并在秦岭山岚云雾陪伴下，向慕名而来的求道者讲述他那包含了宇宙万物至理的《道德经》。从此，先秦时期一个对中国历史和文化产生深刻而重要影响的思想学派——道家学说，在秦岭山区诞生了。

老子在秦岭山中写作并讲授《道德经》，无论对于中国传统文化史还是世界文化史，都是一件无法回避的重大事件。

莽莽秦岭似乎是中国大地一座专门为道家文化而崛起的文化峰岭。老子写下《道德经》700年后，中国历史上唯一一个本土宗教，以《道德经》为教义经典读本的教派——道教，在秦岭山区破土而生。

道教核心是神仙崇拜，它的源头来自远古时代黄河流域原始部落普遍流行的自然崇拜和祖先崇拜。战国中期，有人假借黄帝名义，吸收老子《道德经》清净、无为思想，又化用战国时期儒家、墨家、阴阳家等诸子百家学说，并将其与古老的神仙崇拜、自然崇拜、祖先崇拜相结合，创立了黄老学派。到了东汉，黄老之学又与养生成仙宗教结合起来，将老子也当作天神敬奉祭祀，道教原始雏形——黄老道初步形成。然而，作为真正意义上的宗教，不仅要有教规教义，还要有宗教经典和宗教仪式，所以无论黄老之道还是老子学说，最终形成成熟的宗教还是在东汉末年的秦岭山区。

东汉末年，中国大地烽烟四起，民不聊生。长期战乱使广大穷苦民众渴望安定的社会环境，也渴望能有一种精神光芒抚慰受伤的心灵。这种背景下，天师道（五斗米教前身）祖师张陵（又名张道陵）之孙张鲁杀死真正意义上"五斗米教"（入教者不论贫富贵贱，只要交五斗米即可成为教徒，故名）创始人张修，成为割据汉中的一方霸主。为了维护统治，张鲁自称"师君"，继承"五斗米教"，在汉中建立政教合一的割据政权。张鲁以老子《道德经》、庄子《华南经》和祖父张陵《老子想尔注》为宗教经义读本，制定严格的教规教义和宗教祭祀方式，开始在南秦岭地区传播"五斗米教"教义，教化信徒。经张鲁完善教规教义，以黄老思想为基础的道教原始形态"五斗米教"，不仅有了教规教义，而且诞生了可以统治人的灵魂的神圣——鬼神。据史书记载，张鲁统治汉中30多年，不设官员，只信鬼神。信徒的罪恶错误，皆根据教规以鬼神名义进行处置、惩罚。老子这时也被推上了道教宗教圣坛，成为道教最高尊神之一，后来被尊称为太上老君。

至此，中国历史上第一个真正意义上的本土宗教——道教，在经历战国黄老学派到东汉初年黄老道的漫长发展演变后，终于在莽莽秦岭深处呱呱坠地，应运而生。从此以后，秦岭山脉就一直笼罩在道教文化神秘莫测的宗教迷雾之中，成为中国大地仙雾弥漫、仙气飘逸的文化圣山。早在道教作为宗教诞生之前，以秦末汉初商山四皓、西汉初年留侯张良为代表的道家隐士就隐居秦岭高山密林，吸风饮露，修仙悟道，以仙道隐士文化为特征的隐逸文化，让莽莽秦岭成为道教修行者、隐逸遁世者趋之若鹜的修行天堂。道教诞生后，道教八仙、隐士高人频繁往来，纷繁云集，在终南山结庐隐居、修行求仙，形成了中国文化史上蔚为壮观的终南仙境文化奇观，伴随道教诞生的隐士和隐士文化也由此在大秦岭腹地八百里终南仙境诞生。紧随商山四皓、张良、孙思邈、张果老、韩湘子、王维之后，道教全真教创立者王重阳在秦岭山麓户县对道教宗旨、修持方法的一系列改革，为古老道教注入了新鲜活力。莽莽秦岭也因此成为道教神仙荟萃的神山、中国隐士文化的象征，成为中国传统文化无法逾越的文化高峰。

（四）佛教东渐的东方大道和西方佛教中国化的沃土

诞生于印度的佛教进入中国的最初时间，是张骞开通丝绸之路后的东汉初年。佛教向中国传播的大致路线，是从古称犍陀罗（今巴基斯坦、阿富汗北境）经由中亚，越过帕米尔高原进入西域，经河西走廊，沿丝绸之路向东进入关中和中原的。

位于河西走廊西端的敦煌莫高窟，被学界认为是印度佛教东传的见证。如果从新疆开始，沿丝绸之路追随佛教东进的脚步可以发现，佛教东传之路上遍布的石窟寺，就是佛教东传的路标。走出河西走廊，继续东行，秦岭山区星罗棋布的石窟寺和规模不一的佛教寺院，就是佛陀逶迤东行路上必不可少的驿站。从秦岭崛起的甘青高原交替处、甘南草原拉卜楞寺开始，包括甘肃省天水市境内的木梯寺石窟、水帘洞石窟、大象山石窟、麦积山石窟，一直到关中的法门寺、草堂寺、大雁塔、仙游寺，莽莽秦岭一路将佛陀的身影送到了汉唐都城长安。

佛教进入中国的最初阶段，也经历了艰难的发展过程。为了让中国百姓认可和接纳，一开始，佛教不得不凭借当时已经广泛流传的中国本土宗教道教、已经占据中国主流文化地位的儒家学说，以及扎根中国本土的各种民间信仰，寻找栖身之地和传播路径。而孕育了中国道教的秦岭山区，正是以这样的方式，用包容宽广的襟怀接纳了这个全新的外来宗教。时隔2000多年，我们在秦岭山区不少道教宫观、佛教寺院里，依然可以看到道教神仙和佛祖共居一山，甚至在同一座寺院里佛祖和道教神仙共享同一炷香火的宗教奇观。外来佛教在接受中国道教文化、儒家学说、中国民间本土文化后扎根中国大地，成长为独一无二的中国佛教的全过程，也是在秦岭山区完成的。

公元4世纪，凭借莽莽秦岭创建前秦帝国的苻坚，也是一名佛教徒。为了聆听出生在龟兹国的天竺高僧鸠摩罗什讲经，苻坚不惜向龟兹国发动一场战争。然而，淝水之战苻坚命归黄泉，鸠摩罗什被迫滞留凉州，苻坚无缘与他终生仰慕的鸠摩罗什交流佛法。17年后，鸠摩罗什还是被后秦皇帝姚兴迎到了长安。姚兴还在终南山北麓建起一座寺院——草堂寺，供鸠摩罗什翻译经书。据史书记载，鸠摩罗什在草堂寺12年，一盏青灯相伴，在终南山四季弥漫的山岚雾霭中带领3000弟子，翻译佛经94部425卷，计300多万字。鸠摩罗什聪颖好学，滞留凉州17年间苦心钻研中国文化，汉语水平很高，因此他翻译的经书不仅通俗易懂，而且浸透着浓郁的中国传统文化精神，被梁启超誉为"译第一流高匠"。从他翻译的《维摩诘经》中孕育了中国小说鼻祖《搜神记》，翻译的《金刚经》和《心经》被历代中国文人视为中国佛教经典读本可以看出，鸠摩罗什在秦岭脚下对佛教经典的翻译，不仅使印度佛教以中国人通俗易懂的语言走向了中国大众，而且以中国语言、中国方式、中国文化、中国人的思维方式翻译的佛教经书，也使印度佛教成为中国传统文化的一部分。

另一个继承鸠摩罗什事业，从根本上完成印度佛教中国化的人，是从秦岭山脚下走出去又带着大量佛教经典回到秦岭怀抱的玄奘法师。从鸠摩罗什到玄奘法师，两位大师的翻译工作让诞生于印度的佛教，在秦岭拥抱的异国他乡成长为一棵完全不同于初创时期的印度佛教和玄奘曾经漫游过的天竺国印度佛教的参天大树。这棵大树叶片上闪烁着的是释迦牟尼所开创的佛教文化与智慧之光，根却深深扎在中国大地，叶脉里流淌着中国文化的热血。玄奘法师取经归来时，正值秦岭怀抱孕育的一个经济和文化上空前繁荣、思想和政治上空前包容开放的大唐盛世，由于从唐太宗李世民到一代女皇武则天——历代大唐皇帝的极力推崇，空前繁荣的佛教不仅成为标示大唐盛世的文化象征，也成为大唐帝国远播大唐恩威、实施大唐文化对世界影响力的工具。八九百年前，印度佛教远涉重洋来到中国；八九百年后，日本、朝鲜、东南亚等国派出的遣唐使聚集大唐都城长安，渴望通过研习中国佛教学习中国文化。和玄奘一样西行求法的中国僧侣，也将蓬勃发展的中国佛教带到了国外。时至今日，中国佛教的影响力已遍及全球。

（五）汉字和中国书法艺术光芒初绽的地方

中国书法是另一种最能体现中国传统文化精神的文化形态。莽莽秦岭山脉不仅是中国文字诞生的摇篮，也是中国书法艺术光彩夺目的圣地。

中国文字最早诞生于仰韶文化时期。史学界认为，秦岭山区大地湾遗址一期出土的陶器上的十几种彩绘符号，是中国最早的文字雏形。此前，在秦岭北侧半坡村遗址发现的刻画符号，也被认为是中国最古老的文字符号。大地湾一期所处时代距今8200年至7400年，这就是说早在七八千年前，生活在秦岭山区的先祖已经创造了中国最早的文字。民间传说中的汉字之祖仓颉在陕西省洛南县阳虚山造字的神话传说，又从另一方面为我们提供了秦岭与中国文字诞生渊源的历史信息。

当汉字书写发展成为一门艺术之后，我们在秦岭深处仍然可以随处看到莽莽秦岭与中国书法艺术之间相濡以沫、相映生辉的血肉联系。

汉字从河南安阳殷墟发现的甲骨文到发展成为真正意义上的书法艺术，经历了漫长的历史过程。安阳殷墟的甲骨文虽然初步具备了书写意识和书法审美特征，但由于出土量少且零散，还很难当作完整成形的书法作品进行评价。中国最早具备完备书法艺术特性的书法作品，首推出土于秦岭北麓宝鸡境内的石鼓文。这些据说是秦襄公或秦文公离开天水，首次到达关中后在十个石鼓上刻石记事的我国最早的石刻作品，其体势整肃，端庄凝重，笔力稳健，石与形、诗与字浑然一体，古朴雄浑，已经具备了中国书法艺术摄人心魄的艺术魅力。康有为评价其说："如金钿委地，芝草团云，不烦整裁，自有奇采。"

其实，石鼓文出现之前，生活在宝鸡境内的周人已经将开创于商代的钟鼎文推向极致。宝鸡、天水一带秦岭山区出土的大量西周和先秦青铜礼器上那些铮铮有声的铭文，不仅开创了中国书法艺术字形和字体的新天地，也使中国书法从甲骨文简单的字形写作发展到笔意创作，成为一种非常成熟的书写艺术。

汉魏书法是中国书法艺术的高峰。这一时期，历代文人雅士穿越秦岭时留在秦岭古栈道悬崖石壁上的石刻文字，也就成了中国书法艺术不朽的瑰宝。其中被誉为中国书法艺术瑰宝的"汉隶三颂"，即位于陕西汉中褒谷口的《石门颂》、位于陕西略阳境内的《郙阁颂》和位于甘肃成县境内的《西狭颂》，就处在秦岭南坡V字形区域内。清人杨守敬称秦岭山区"汉隶三颂"时说："其行笔真如野鹤闲鸥，飘飘欲仙，六朝疏秀一派，皆从此出。"康有为则直接称《石门颂》为我国历代书法之神品。

如果将目光再稍微放宽泛一点的话，我们会发现中国书法艺术在其成长、成熟和繁荣期，几乎从来没有离开过秦岭的滋润与养育。出土于宝鸡岐山的毛公鼎，出土于天水牧马滩的秦简，以及楼观台保留的欧阳修唯一一块隶书碑刻《大唐宗圣观记》、西安碑林收藏的历代碑刻等，不仅以一种不朽的艺术精神为我们留下了中国书法璀璨夺目的艺术光芒，也在无声讲述着中国书法艺术与大秦岭之间的渊源。还有，盛唐时期将中国书法艺术推向绝顶高峰的张旭、怀素、颜真卿、柳公权，哪一位又不曾在莽莽秦岭霞光雾照里受到过诞生于秦岭山区的石刻碑帖、青铜铭文艺术光芒的滋养呢！

（六）中国传统文化、根源文化生成的家园

中国传统文化是以儒家文化为核心，融会了道教文化、佛教文化及诸多中国地域文化的中华古代文化成果的结晶。在构成中国传统文化的诸多地域文化中，中原文化、齐鲁文化、关陇文化、秦文化和楚文化，则是造就中国传统文化的母体文化，而莽莽秦岭则对培育中原文化、关陇文化、秦文化和楚文化起过至关重要的作用。

春秋战国时期，是中国传统文化形成和发展的关键时期。这一时期，在秦岭周边分布着秦国、晋国、楚国、齐国等直接影响当时中国政治、经济和文化发展走向的大诸侯。这些国家争夺的重点，是以周王室为中心的中原地区。春秋战国时期的中原，指的是今天山西晋中以南，河北中南部，河南全部，山东西南部，陕西的华山县以东地区，安徽北部，湖北西、北部。其中的华县以

东、河南中西部和湖北西部地区,正处于秦岭山区。《史记·夏本纪》对当时中原地区的描述则更为具体,即以"天子之国"为中心,再向东南西北分别以500里、300里、200里依次延伸,划出的若干个等距离层次区域。这里的"天子之国",应该是指禹建立的夏朝。夏的最初都城阳城,位于中岳嵩山南麓,即现在的河南登封。嵩山古称外方山,是秦岭东部余脉伏牛山的一部分。《山海经·中次山经》中说:"嵩岳西起昆仑,过秦岭,进入河南后经熊耳山、伏牛山、大苦山,东北到新密浮戏山,东至新郑风后岭。"作为中国传统文化根源的中原文化,就是在以黄河中下游为中心的中原地区形成发展起来的。可见,对中国传统文化生成和发展产生影响最直接的中原文化的发生地,也涵盖了秦岭东部众多支脉。

过去,我们意识里兴起于东周的楚文化是在以楚国都城郢(湖北江陵纪南城)为中心的江汉平原萌芽发展起来的。然而,近年来考古发掘却证明,最早的楚人不是生活在湖北秭归、枝江,也不在安徽当涂,而是在秦岭南麓的陕西商洛地区。1998年,陕西省考古队在对商县西南20公里丹江北岸过凤楼楚文化遗址进行发掘整理时,出土了大量陶器等文化遗物。参与当年过凤楼遗址发掘整理工作的陕西省考古研究所杨亚长和商洛地区文管会王富昌认为:"无论是陶系、纹饰还是器形各方面,都与真武山等遗址所出土的春秋中期陶器基本一致,而与同时期的秦文化和晋文化陶器则存在着极其显著的差别。因此,我们认为以过凤楼遗址为代表的春秋时期遗存,其性质显然应属于楚文化的范畴。"同时,考古工作者还先后在丹凤县古城村和山阳县鹘岭,发现了战国时期的楚墓和秦国墓葬。2007年5月,20多位考古专家在对秦岭南麓商洛地区发现的楚文化遗迹进行考察研究后认为,这些发现是近年来楚文化研究的重要收获。主持这次商洛楚文化研究的北京大学文博学院高崇文教授认为,这些考古成果对于探究早期楚国都城和研究楚文化,是具有突破性意义的,它表明早期的楚文化有可能就是以商洛为中心的。如是,我们就有充分的理由确定,楚文化不仅弥漫在以丹江流域和汉水中上游为中心的秦岭山区,而且楚文化也起源于南秦岭地区。

至于影响力涉及东自吕梁,西至青藏高原边缘山地,南界秦岭北麓,北至鄂尔多斯高原南缘，总面积约30万平方公里广大地区的关陇文化，其发生和发展的根据地，本来就在以北秦岭地区为主体的秦岭关山之间，所以关陇文化的孕育及发展，从来就没有离开大秦岭的滋养。关陇文化、秦文化、草原游牧文化和黄土农耕文化的成熟与发展，就像周人和秦人在秦岭怀抱里不断发育并使其上升为中国传统文化的主流文化之一一样，关陇文化和秦文化的包容开放，不仅缔造了大秦帝国、西汉帝国，造就了大唐盛世的大胸怀、大气象，而且极大地影响了来自中原、巴蜀、荆楚地区各种地域文化的进化与发展。

春秋战国时代是中国传统文化形成的关键时期。当时的百花齐放、百家争鸣，其实就是中国各种流派文化、多种地域文化各展其能的大展示、大比拼、大交流、大融合。后来对中国传统文化精神产生深远影响的齐鲁文化，诞生于山东一带，由于"孔子西行不到秦"，似乎齐鲁文化与秦岭没有多大关系。然而事实是，齐鲁文化的根脉是儒学文化，孔子则是齐鲁文化滋润下诞生的文化巨人。我们且不说儒家文化的源头可以上溯到西周时期周公在秦岭之下创造的礼乐文化，单看公元前508年，孔子专程赶往东周都城洛邑考察先王政教制度和礼乐文化之际对礼乐制度的膜拜之情和陶醉之状，以及孔子西行后周文化和老子思想对他的重大影响，我们就可以知道，诞生于秦岭怀抱的周文化对齐鲁文化的影响是多么直接和深远了。在洛邑，孔子"问礼于老聃，学乐于苌弘，历郊社之所，考明堂之则，察庙朝之度。于是喟然曰：'吾乃今知周公之圣，与周之所以王也。'"梁漱溟在《东西方文化及其哲学》一书里说："孔子以前的中国文化差不多都收在孔子手里，孔子以后的中国文化又差不多都由孔子那里出来。"既然如此，那么以孔子为典型代表的齐鲁文化，也就不可能不接受以秦岭为核心的周文化，甚至秦文化的影响。

至此，我们发现，对中国传统文化形成和发展产生过重大影响的中原文化、齐鲁文化、关陇文化、秦文化和楚文化，在最初成形阶段都与秦岭发生过千丝万缕、不可分割的联系。

（七）中国文化多元化分界岭和聚合点

中国传统文化是多元文化的复合体，它不仅以儒家文化为核心，兼容了道教文化、佛教文化等多种文化形态，还融会了遍布中国大陆的各种地域文化。

中华民族本来就是中国境内多部族相互融合、共生共荣的产物。由于中国内陆疆域辽阔，自然地理复杂多样，自远古以来，因不同生存环境、不同地理要素形成的不同部族，在因地而异选择各自生存与生活方式时，也就自然而然地形成了各不相同的语言体系、风俗习惯、处世态度、生活与心理习惯，这就构成了各自不同的地域文化。这些不同地域文化在民族大融合过程中既排斥、冲突，又相互滋润、吸收，最终形成了中国传统文化形态多样、内容丰富的多元化特征。从一定意义上讲，如果没有诸多地域文化和多元文化的支撑，中国传统文化绝对不可能如现在我们看到的这样绮丽多姿、丰富迷人。

李中华在《中国文化概论》中说："中国文化和世界其他民族文化一样，在其产生发展过程中都受到自然条件与社会条件的影响。就其自然条件来说，各民族都有不同的地理环境和气候环境，这些自然环境完全是客观的，它为塑造不同的文化类型和不同的文化特征提供了内在的物质基础。"对于中国内陆来说，没有任何一座山岭比大秦岭对中国自然生态和文化生态的影响更加深刻和具体。东西绵延1600多公里的秦岭山脉，横亘在中国文化生态圈最为集中，也最为丰富的中国大陆核心地带，秦岭高迈的峰岭不仅使中国内陆气候类型、动植物分布、耕作方式、生态系统发生了重大变化，也使中国内陆语言、风俗、信仰、生活方式千差万别，形成百里不同风、十里不同俗的多样性格局。这种多元化和多样性的生活方式，直接孕育了秦岭南北众多的地域文化。

传统意义上，我们将中国内陆地域文化分为齐鲁文化、关陇文化、中原文化、巴蜀文化、楚文化和岭南文化等几大类。在这些对中国传统文化产生重要影响的地域文化中，关陇文化、中原文化、荆楚文化就是在莽莽秦岭山脉阻隔分割下形成的。这三大地域文化圈自西向东、自北向南分别分布在现在的甘肃、河南、四川和湖北一带。我们完全可以设想，如果没有秦岭天堑阻隔，居住在秦岭东西南北的秦人、巴人、蜀人、楚人和中原人，完全可以任意交通，随便交流，这种没有自然地理因素限制的交流与交往，不仅会从根本上改变远古中国境内众多部落之间的生活格局，也将直接改变甚至消解茫茫华夏大地南北方、东西部之间的生活习惯、语言方式、宗教信仰的差异，中国多元文化的丰富性、多样性也将不复存在。因此，2004年考察秦岭归来后在《走进大秦岭》序言里，我深有感触地写道："从地域文化的角度来考察，秦岭是中国南北方文化和东西部文化交融、形成，以及相互渗透的一个结、一个聚合点和集点。在漫长的历史进程中，西部与东部、北方与南方在政治、经济、文化相互征服、互相融合过程中，这座高峻的山岭就像一位襟怀宽广、仁慈睿智的圣贤，将秦风楚曲，巴蜀风情，都融会到了那片至今丛林莽莽、高山阻绝的山岭之中。"秦岭对中国传统文明和汉文化的生成与培植，对以关中和中原为中心的中国传统文化精神与秩序的建立、确认的意义，远比一座巍峨高山阻挡了南下的寒风、北上的暖湿气流重要得多。

作为秦岭和秦岭文化的痴爱者、沉迷者，也许我的观点包含了太多感性成分，但如果我们从自然地理上看一看苍莽秦岭对中国大陆气候多样性和动植物分布多样性的深刻影响，我想应该不会有人对我所坚持的莽莽秦岭为中国传统文化增添了丰富多彩、绮丽迷人色彩的溢美之词进行责罚吧！

2011年7月

本文系作者在2011年7月16日中国社会科学杂志社、西安交通大学联合举办的"走进大秦岭科学考察活动启动仪式——大秦岭与中华文明高层论坛"和2013年11月25日西安电子科技大学"名人名家讲坛"上的演讲稿

太白山宣言

　　打开《中国地形图》，在莽莽昆仑山脉收拢脚步的甘肃省临潭县北部白石山，又一座苍莽高迈的山岭拔地而起，集合千山万岭，逶迤东行，途经甘肃、陕西、四川、湖北、河南五省，绵延1600多公里，直奔伏牛山区，与淮河将中国内陆分为南北两半。这条如巨龙般横亘中国内陆腹地的庞大山系，就是对中国大陆自然地理、动植物分布和文化形态影响最为深远的长江黄河分水岭、"中华龙脉""中华民族父亲山"——秦岭。

　　今天，我们"与贾平凹同行·百名作家走进太白山"采风团抵临的太白山，海拔3771.2米，是莽莽大秦岭主峰，青藏高原以东中国大陆最高峰。

　　置身云海茫茫、群峰雄矗、苍莽突兀的大秦岭巅峰，我们不仅为长江黄河横贯南北、江河湖海星罗棋布、山峦起伏、江山竞秀的美丽富饶中华大地备感自豪，更为大秦岭南北孕育、萌发、催生、保留的古老中华文明及丰富多彩的中华民族情感、智慧深邃的历史文化精神感到无上骄傲！站在神秘神奇、神圣苍莽的大秦岭巅峰，我们既能感受到源自中华大地大江南北人文之风的浩荡吹拂，更能明晰地感受到中华民族创造历史，构建辉煌灿烂中国传统文化的伟大历程。莽莽秦岭是中国南北方文化、东西方文化的聚合点和交汇点，也是中华文明发生的原点、崛起的根基。站在太白山之巅眺望过去，我们看到的是一个来自甘青高原的古老民族向东迁徙的漫漫长途上，在汉江和渭水之间这块高峻绵延山岭留下的璀璨夺目的精神光芒：华夏民族历经漫长迁徙与融合之后寻找到的第一片生存乐土、打制的第一件石器、点燃的第一星火种、烧制的第一件陶器、播种的第一粒谷物、刻画的第一个记事符号、构筑的第一座房屋……都诞生在秦岭渭河之间；

中国历史上第一个奴隶制国家、第一个封建制国家、周秦汉唐的绝代风华，均因秦岭温暖宽厚的怀抱而彪炳史册，令人千秋景仰；老子、秦始皇、刘邦、刘彻、李世民成就的千秋伟业，哪一个不曾享受过秦岭的荫庇与护佑？昭示中华民族创造人类文明绝世高峰的大秦、秦人，大汉、汉人，大唐、唐人，甚至标示我们这个民族古老身世的称谓——汉族、汉朝、汉字、汉文化，也是在秦岭南北孕育萌发并最终被确认的。公元前11世纪，都城与太白山遥遥相望的西周王朝在秦岭怀抱里开创礼乐文化，大秦帝国初创中国封建社会政治制度构架；汉武帝扶持儒教登上统治中国长达2000多年的主流文化庙堂；老子书写至今被中外学者视为人类思想文化史上亘古不息指路明灯的哲学著作《道德经》，中国唯一本土宗教道教萌芽诞生；印度佛教成长为中国佛教的历史进程；大唐盛世开创公元七八世纪人类文明史上独一无二的伟大时代；还有从莽莽秦岭深沉厚重泥土里破土而出的关陇文化、中原文化、巴蜀文化、荆楚文化、兵戎文化、移民文化及传统中国民间宗教与道、释、儒等宗教文化相互融合，共生共荣，最终完成了内涵博大精深、历史悠久绵长的中国传统文化及其精神的培育与缔造。因此，在回顾中华民族诞生、发展、壮大历史过程时我们发现，如果说黄河、长江是中华民族的精神图腾的话，那么秦岭就是用中华民族精神情感堆积而成的文化峰岭。秦岭不仅见证了中华民族发展壮大的全过程，而且负载了中华民族从童年到青年、壮年成长壮大的文化精神和情感经历。正是莽莽秦岭所养育的这种深邃、睿智的文化精神，不仅让我们的民族血脉源源不断，亘古常新，而且让中华民族成为人类四大文明古国中唯一幸免被吞噬、分解、分化、消亡的中华文明的缔造者，薪火相传的维护者和建树者。

莽莽秦岭奇峰林立，峡谷纵横，山高路险，是当下中华大地植物生长最茂密、物种资源最丰富的地区。东西绵延1600多公里的秦岭山脉山体内，不仅保留了大量濒临灭绝的珍稀动植物，对中国内陆自然生态具有举足轻重的深刻影响，而且留存有众多铭记中华民族发展壮大、成长演变进程重要历史信息的名胜古迹和历史遗迹，以及保留了极其丰富民族情感记忆的，富于民间民族文化特色的古村镇、古栈道、古战场、古城遗址等物质与非物质文化遗产。因此，如果说秦岭是中国的阿尔卑斯山的话，那么太白山就是中华民族的奥林匹斯山。

然而，在气候恶化、人类生存环境屡遭破坏，全球化、一体化、多元化、网络化、商品化大潮让世界各国、各民族文化传统面临灭顶之灾的今天，大秦岭及其周边的自然生态、文化生态也面临严重威胁。为保护中国大陆腹地这块硕果仅存的绿肺，捍卫中华文明之根，守护大秦岭这片中国传统文化的灵魂净土和精神家园，我们"与贾平凹同行·百名作家走进太白山"采风团全体成员在大秦岭巅峰——太白山，就"保护大秦岭，保护太白山，守护中华民族文化之根"达成以下共识：

一、大秦岭是大自然赐予中华大地的珍贵馈赠，保护大秦岭一草一木、一山一水是我们的责任和义务。携起手来，共同维护大秦岭自然山水、生灵万物，和谐相处、共荣共生，是我们的共同使命。

二、绵延1600多公里的大秦岭是长江、黄河水系的分水岭，也是中国内陆自然生态重要分界和天然屏障，大秦岭生态体系保护与建设不仅事关秦岭山脉沿线五省的经济社会发展，而且对中国乃至世界生态体系安危也举足轻重。因此我们建议，甘肃、陕西、四川、湖北、河南等秦岭沿线各省联合起来，成立大秦岭生态保护与永续利用联盟，协同作战，共同保护大秦岭生态系统免遭破坏。

三、秦岭的特殊地理位置与地质形态，不仅使大秦岭成为第四纪冰川期中国大陆变迁的地质博物馆、亚洲生物多样性荟萃的基因库、世界范围濒临灭绝珍稀动物幸存的乐园，而且秦岭地区生态环境优良，自然山水千姿百态，自然与人文景观完美结合，风光秀丽，景色宜人，且地处中国内陆腹地的优势，使秦岭成为中国内陆不可多得、不可代替、不可再生，自然和人文旅游资源空间分布最为集中、类型最为丰富、地域组合最为完善的山脉。因此，我们建议将以主峰太白山为核心的秦岭山脉列为"中国国家中央公园"，将保护秦岭提升到国家生态安全战略高度，予以科学规划、开发和保护。

四、世界一体化正以铺天盖地之势向人类固有文化传统、文化精神袭来。这种以消解个体、消灭差异、消除个性，取消各国、各民族独立文化传统为特征的现代文明浪潮，已经给延续数千年的中华民族传统文化和我国文化主权安全带来严峻挑战。大秦岭作为承载丰富多彩、底蕴深厚的中国传统文化和精神情感的文化圣山，保护秦岭——太白山所拥有的文化精神，就是捍卫我们民族的文化传统，守望我们民族的历史情感和文化精神。因此，我们呼吁所有关心、关注中华民族传统文化前途与命运的有志之士，身体力行，为捍卫大秦岭所昭示的中国传统文化精神，保护我们民族的精神家园，守望我们民族的精神未来尽绵薄之力。

五、秦岭南北拥有华夏先民开启人类文明第一缕曙光的众多史前文化遗迹，遍布峡谷丛林、崇山峻岭的古寺庙、古村落、古城镇、古栈道、古战场、古民居、古渡口，以及至今存活在民间的古老方言、民风民俗、民间故事，它们既铭记了中华民族发展壮大的历史记忆，更负载着丰富多彩的中国传统文化精神情感。但随着秦岭旅游开发与沿线地区经济发展持续升温，这些承载了古老悠久民族文化传统的历史遗迹，面临愈来愈严峻的生存危机。我们呼吁沿线各地在利用秦岭自然资源及历史文化遗存开发旅游的同时，本着尊重自然、尊重历史，保护为主、开发为辅的原则，对见证中华民族文化精神成长经历的历史文化遗迹进行科学规划、保护利用，保留住我们民族历史文化之根，捍卫中华民族精神家园。同时，大秦岭积淀深厚的历史文化，是中华民族的精神遗产，也是全人类共有的宝贵精神财富，我们期待更多作家、诗人走进大秦岭，感受中华民族传统文化精神的独特魅力，创作更多更好反映秦岭历史文化与生存现实的文学作品，为弘扬、保护我们民族传统文化，重建中华民族文化自觉与文化自信，实现中华民族伟大复兴做出应有贡献。

2013年10月28日

签名：

陕西省作家协会

陕西太白山旅游区管理委员会

陕西太白山投资集团有限公司

西北旅游文化研究院

"与贾平凹同行·百名作家走进太白山"采风团

中华圣山
——大型画册《大秦岭》序

这些年来我一直有这样一个冲动：有朝一日如果能长出一双巨大无朋的翅膀，我将扶摇凌空，居高临下巡游辽阔壮美的中华大地。在我鸟瞰俯视、极目远望苍茫华夏大地的时候，首先映入眼帘的自然物象，除了高耸入云的巍巍昆仑之外，就是横亘中国内陆腹地的华夏龙脉、中华民族父亲山——秦岭，以及在莽莽秦岭山脉滋养哺育下千秋浩荡、万古奔流的中华民族母亲河——黄河和长江。

这不是由于我对秦岭的偏爱，而是在搜遍历史、巡游神州大地之后，我惊奇地发现，茫茫中国大地，众多名山大川中最具备人格力量，最能彰显中华民族精神情怀，也最能象征一个民族前世今生的山岭，唯有这条自西向东横贯中国内陆南北中轴线，穿越甘肃、陕西、四川、湖北、河南五省的秦岭山脉。最早记述我国山川河流的著作《禹贡》也认为，华夏大地山脉有"三条四列"，秦岭居中，列为中条；昆仑有三龙，而秦岭为中龙；葱岭有三干，秦岭为中干。而且由于秦岭山脉地处华夏大地中央，所以也就成了中国内陆地络阴阳、南方与北方的分界。既然如此，茫茫华夏大地，对中国自然地理、人文生态、历史情感有着如此重要影响的山脉，除了秦岭，还有哪座山岭能够与之比肩呢？因此，2005年《中国国家地理》杂志执行主编单之蔷在完成对秦岭山脉的考察后感叹道：中国许多山虽然有名，但大多数山假如从不存在，对中国也没有什么，可是假如没有秦岭，中国将不成其为中国。

与被称为神山的昆仑山和备受皇权荫庇的泰山相比，秦岭更像一位襟怀辽阔、灵魂崇高的智者或圣贤。秦岭的身世，就是华夏大地诞生成长的经历；秦岭的情感里，珍藏了一个民族兴衰起落的全部历程。秦岭不仅见证了亚洲大陆造山运动时代中国内陆沧海桑田的每一个细节，而且在秦岭温暖宽厚的怀抱里，大地湾人、半坡人、蓝田猿人、郧西人和仰韶人，在荆莽遍地的远古时代打磨石器、狩猎捕鱼的形象所映现的，是华夏民族童年时代劳动和创造的庞然背影。还有伏羲、女娲、神农炎帝、轩辕黄帝用他们的聪明才智唤醒了华夏故国第一缕文明的曙光；周秦汉唐，风云际会之际华夏大地纷纷崛起的秦岭帝国，不仅缔造了中华民族亘古挺拔的巍峨身姿，而且为整个世界带来了前所未有的文明、进步的曙光。就是这样一座担负了一个民族所有精神情感的山脉，千百年来，却始终如一位胸怀宽广、睿智深邃、含而不露、刚毅隐忍的圣者，端坐中国大地中央，用宽厚的身躯挡住南下的寒风，遮蔽北上的酷暑，让山川起伏、河流纵横的中国大地春华秋实、夏雨冬雪，气象万千，美不胜收，使历史悠久的华夏民族愈老弥坚，生生不息。因此，2004年完成对绵延1600多公里的秦岭山脉文化考察后，我在献给我们民族这位慈祥沉智的父亲的第一本书——《走进大秦岭》序言里写下了这样一段话："这条横卧中国内陆腹地的莽莽山岭，才是华夏文明的光源所在，中华文明的生发地和存留之所。尤其是在走过秦岭沿线五省50多个县100多个乡镇，目睹并见证了保留在那片神秘荒蛮的丛林深处的精神秘密之后，我不得不承认，在过去和现在，秦岭负载了我们这个民族从童年到青年、壮年所有文化精神的重量与经历。如果要归结出一种可以涵盖、容纳中国历史文化的文化载体的话，那么除了黄河、长江这两个象征性喻体，也只能是秦岭了。如果说黄河、长江是一个民族的精神图腾的话，秦岭则是一个民族历史情感、现实遭际堆积起来的山岭。"

因此，在满怀激情地为秦岭树碑立传时，我情不自禁地说出了这样一句话："如果说黄河和长江是中华民族的母亲河的话，那么秦岭就是中华民族的父亲山。"

在电视系列片《大秦岭》解说词里，我又写道："古老的地理学认为，中国大陆众多山脉的根在昆仑山。因此，在秦始皇统一中国之前，秦岭被称为昆仑；后来，又因为秦岭矗立在秦国都城之南，又被称作终南，或者南山。"从过去到现在都笼罩在迷迷茫茫、遥不可及的神话迷雾里的昆仑山只是一位在仙风玉露里来去无踪、不食人间烟火的神，而从诞生到现在，一直将他高大巍峨的身躯深深根植于真实朴素的人间世界的秦岭，则是一个有血有肉，有着波澜起伏的过去、也有波澜不惊的现在，有韵味绵长的精神世界、也有酣畅淋漓的情感意识的人。只不过，由于秦岭阅历、精神和内心的高迈与辽阔，在我的意识里，巍峨秦岭则更像一位引领我们精神世界的智者和圣人。只要我们回过头来，稍稍回味一下中华民族前行和进步的足印，我们就会发现，自远古以来，我们民族所创造的每一次辉煌，都与这座如巨龙般绵亘华夏腹地的山岭有着息息相关的血肉联系。所以，在回视我们民族古老身世之后，我在《走进大秦岭》里激动地写道："被灿烂星光抬升了的群山，像历尽跌宕与起伏的古老时光的遗迹，将我的情感与记忆再次指引向历史纵深处：自西秦岭岷江与祁连山的断裂层开始，我看到了一个来自青藏高原东缘湟水谷地的古老民族向东、向南迁徙的漫漫长途上，在汉江和渭水之间这块高峻绵延山岭留下的璀璨夺目的精神光芒；华夏民族历经漫长迁徙与融合之后，在北秦岭与渭河之间寻找到的第一片生存乐土、打制的第一件石器、点燃的第一星火种、烧制的第一件陶器、播种的第一粒谷物、刻画的第一个记事符号、构筑的第一座房屋……在这里，中国历史上第一个奴隶制国家、第一个封建制国家、第一个东方帝国，都诞生在秦岭温暖宽厚的怀抱里。还有老子、秦始皇、刘邦、刘彻、李世民，他们成就的千秋伟业，哪一个不曾获得过巍峨高耸的秦岭荫庇？甚至，我们这个民族存留至今的称谓——'大汉民族'，也是在秦岭汉水之间孕育并最终被确认的。"

如果将目光放得更远一些，我们还会发现，秦岭与我们民族的情感精神的纠葛，何止这些！中国历史上唯一一个本土宗教——道教，是在莽莽秦岭孕育、诞生并发展壮大的。沿着秦岭山脉进入关中和中原的印度佛教，也是在秦岭的怀抱完成中国本土化过程的。还有，董仲舒在秦岭荫庇下的长安城，借助汉武帝铁腕政治实施的"罢黜百家，独尊儒术"，为儒家文化登上统治中国2000多年的皇权文化宝座扫清了障碍。从此以后，以儒家文化为核心，以道教文化和中国佛教文化为基础的中国传统文化，在挺立在黄河、长江之间的这座苍莽山岭护佑下，迅速成长为规范和引领一个民族走向更加辉煌的巍峨高峰。还有，自昆仑山发源、历经跋涉与艰辛之后几近枯竭的黄河和长江，在秦岭养育的渭河和汉江的滋润与激励下，才重新获得了奔流到海不复回的勇气与力量。

中国历史上，人为造就的名山大川太多了。秦始皇建立大秦帝国后四处封禅，走遍了三山五岳，唯独不曾给曾经养育了他的先祖而且与大秦都城近在咫尺的秦岭赏赐一个名号。是这位千古一帝不屑秦岭的苍莽，还是不敢正视秦岭高迈的灵魂？是因为矗立在咸阳城外的秦岭，在这位傲视天下的始皇帝心目中比昆仑山更神圣、比泰山更威严。因为在秦始皇看来，秦岭是秦人命运的保护神和决定秦人兴衰存亡的"龙脉"。所以建造阿房宫的时候，秦始皇明确下诏，不准采伐秦岭一木一石。于是，没有皇权附庸，秦岭便显得朴素清雅；没有神权映衬，秦岭更显得真切宁静；没有浩荡皇恩的保护，秦岭就任花草万物在清流险峰之间自生自灭；没有香烟缭绕的颂扬与赞美，秦岭就任袅袅炊烟在山林间升起，让历朝历代无家可归的灵魂，在它宁静的呼吸里栖息、休养。

朝拜秦岭归来的这几年，一想起山环水绕的秦岭山脉，我就想起了欧洲的两座名山：阿尔卑斯山和奥林匹斯山。对于根脉与昆仑山相通的秦岭来说，秦岭相当于与欧洲自然地理、文化精神紧密联系的欧洲圣山阿尔卑斯山，而昆仑山则是与欧洲的神话之山比肩的华夏神山。神与圣的区别，在于神无形无体，高居人世之上，而圣者则是孕育并造就人类生命、情感、精神、文化的智者。莽莽秦岭山脉就是造就中华大地人文地理、自然万象，并用一个民族的精神文化堆积起来的文化圣山。他不仅开启并凝铸了华夏大地上一个又一个开拓大疆土、凝聚大气象、铸造大魂魄的时代风雷，而且还以其神圣威严、襟怀辽阔的精神气象，孕育并见证了中华民族高贵丰满、绮丽多姿的灵魂萌芽、成长、壮大的全部历程。

2010年11月6日于天水城南

从马夫到帝王
——一个民族和一座山脉的情感渊源

人们为什么要把横亘在中国腹地的这条山岭叫作"秦岭"？

2004年夏天，在秦岭莽林深处的日子我问过好多人，得到的回答是"不知道，好像古代就这么个叫法"。

中国的山脉河流叫什么名字，历来都是要有个说法的。比如说淮河，比如说北岳恒山，甚至连秦岭山区的好些小小的山峰，叫什么名字，总有个来历的。宁陕与西安长安区之间的光头山，山顶光秃如剃过的头；终南山东部的牛背梁，远远望去形状高拱如牛的脊，所以才有斯名。

那么，为何偏偏就是秦岭——这座中国南北文化和地理、气候、动植物分界岭的名称，却没有来由呢？

"秦岭"一词最早出现于东汉时期班固的《两都赋》，亦即《西都赋》中的"睎秦岭，眺北阜"和《东都赋》中的"秦岭九嵕，泾渭之川"句。

司马迁此前，《诗经》《禹贡》《山海经》，一直把秦岭称为"南山"。这就是说，中国地理学上真正出现"秦岭"这个名词，是在秦始皇统一中国之后的事情。

这是不是可以说，"秦岭"一名的由来，与秦人、秦国、秦始皇有关系呢？

安康平利与十堰竹溪交界处，有一处楚长城遗址。这段长城遗址，正好在秦岭和大巴山之间，只是在安康被当地人称为"石长城"；在相距几十公里的湖北境内，又被唤作"楚长城"。作为防御外侵的军事工事，在秦岭以北的漠北地区，长城逶迤，矗立于荒原大漠之间，本来不算什么新鲜事，但在原本就群山高矗、峻岭绵延的秦岭腹地，这样一段长城的出现，还是让我感到意外。

到了十堰，毕业于中国人民大学历史系的十堰日报社副刊部主任李玉伟告诉我：战国时期，秦国的势力已经到达了湖北西部一带，现在楚长城遗址一带，就是"朝秦暮楚"这个历史典故的诞生地。当时，竹溪的关垭和秦国接壤，秦楚相争，战事频繁，关垭一带早上被秦国占领，晚上又被楚国收复。如此你进我退，曾经上演过一场又一场酷似小鸡捉麻雀的战争游戏。

有专家认为，那段长城遗址，就是当年楚国为防御秦国的军事进攻而修建的。

周孝王时期还是西周王朝牧马人，被鄙视为夷狄的秦人，经过百余年征战，竟把疆土从远在千余公里以西的甘肃东南部，拓展到了丹江上游一带！

莽莽秦岭西接昆仑，南临江汉，至今都是中国版图的中心。而在中国历史上，第一次将东零西碎的中国版图归拢到一张图纸上的颛顼后裔——嬴秦的故园，就在秦岭西部余脉的陇南山地。

《史记·秦本纪》在描述秦人刚到天水一带的生活现状时说：

"非子居犬丘，好马及畜，善养息之。犬丘人言之周孝王，孝王召使主马于汧渭之间……于是孝王曰：'昔伯翳为舜主畜，畜多息，故有土，赐姓嬴。今其后世仍为朕息马，朕封其土为附庸；邑之秦。使复续嬴氏祀，号秦嬴。'"

这里所说的"犬丘"，和后来所说的"西垂"都在位于西秦岭北坡的西汉水上游，包括大堡子山在内的秦岭山地。

嬴秦是母系氏族社会时期一个以鸟为图腾的部落，最早生活在山东一带。从大海之滨的山东半岛经过漫漫长途跋涉，来到西秦岭北坡之后，秦人很快就与当地戎族融合到一起，使一只孱弱的小鸟，迅速成长为一头纵横四海的雄狮。

秦人先祖到天水一带的秦岭山地立足未稳的时候，被周天子派到秦地为王室牧马。所以论起秦人的出身，不过是周王室的一介马夫。

那时的秦岭西部山区和渭河谷地，天阔地广，牧草丰美，秦人为了以诚实劳动换取一块属于自己的生存之地，在那里养出了一批又一批膘肥体健、能征善战的良驹。秦地出产的良马，在战场上屡建战功，秦人也因此获得了食邑封地。有了秦岭山间的这块封地，秦人也就有了成长为一代霸主的根据地。这段历史，对于我这个祖祖辈辈就生活在秦非子当年牧马的草场上的西秦岭山里人来说，是再熟悉不过了！

虽然现在地处渭河中上游的天水一带，大部分地区早已是山光地瘠，很难看到一片牧草绵延、牧马奔驰的草原景象了，然而，只要一触摸到司马迁的这一段文字，闭上眼睛，我都可以想象这样一种情景：当年天水一带的西秦岭山地草茂林密，蓝天高远；水面宽阔、水质清澈的渭河两岸，人烟稀少，骏马成群；秦非子和他的部族就像诚实的农民，白天把马群赶上山野，让它们在阳光和微风中享受生活和自由驰骋的快乐，而每当夜幕缓缓地降临到这一片并不开阔的山谷，面对辽阔夜空上闪烁不息，一直朝着陇山以东当时还被称作"南山"的终南山北麓、西周王朝的京畿之地周原而去的满天繁星，秦非子肯定也有过忧郁、孤独和疲倦。

尤其是每当寒冬降临，起伏的山峦被白雪覆盖，滔滔渭河失去了往日的欢腾，呼啸南下的寒风被高大雄伟的秦岭挡回来，更加严酷、凛冽地朝遍布在山间谷地的马厩和屋舍扑来的时候，秦非子内心深处，是不是就有过马踏中原，从一介马夫一跃成为纵横天下的霸主的梦想呢？

我想，这大抵是肯定的。因为在中国历史上，没有任何一个时代曾经像春秋战国时代那样，为个性的张扬、才华的显现、英雄的成长，提供过如此自由而广阔的天地。那个时候，无论你是王公贵族，还是草民莽夫，只要有梦想，只要敢于做梦，那么这世界就可以根据你的想象而改变，这天地就可以根据你的愿望任你来安排。所以，秦先祖非子在自己还是秦岭山谷里一介马夫的时候，于朦朦胧胧中产生横扫天下、代天为王的幻想，也是情理中的事。

在秦岭山区奔走的60多天里，我总觉得当年秦人的壮大，与秦岭有一种说不清楚的渊源。这不仅因为在西起甘肃东南部，东到潼关，南及湖北西北部的秦岭山区，我所经过的每一个村镇，至今都弥漫着嗓音粗重的秦腔秦调，住高墙厚瓦式的关中马鞍架房。更重要的一点是，无论是在陕西山阳与湖北陨西上津古城相接的秦楚边界最后一道关口漫川关的楚汉墙边,还是在秦岭与巴山交会的汉江流域,古老的秦风秦韵,至今都滋养着秦岭山区的人们。

秦人先祖就非常迷信。

史书上说,嬴秦先祖颛顼"依鬼神以制义,治气以教民,洁诚以祭祀",是神巫世界的祖师。即便是在秦人一统天下之后,鬼神崇拜,占卜之风,在秦人贵族阶层仍然非常盛行。

礼县大堡子山,是秦先祖的祖陵。有人在勘查大堡子山一带的风水地理之后慨叹说,从古代风水学角度来看,秦先祖陵所占据的地理形势,是绝佳阴穴宝地。于是就有人推断,人们之所以把那条流经南秦岭进入长江的江水叫嘉陵江,就是因为它的源头西汉水,发源于大堡子山下。

"嘉陵江"的含义,就是发源于风水很好的陵园一带的江水。

时隔2000多年后的今天,鬼神崇拜和自然崇拜仍然是秦岭山区本土文化最有代表性的重要特征。尤其让我不能破解的一个谜团就是,在西周时期,远在东海之滨的山东,也曾经有一支称作"秦"的部族,为什么单单就是这支曾经落魄到只有背井离乡,来到西秦岭山地以给人家牧马求生存的嬴秦,能够从给周王室扛长工的卑贱地位,一跃而成为战国七雄中揭开中国历史大幕的枭雄呢?

如果要我解释这中间的因果的话,我以为除了历史的机遇与可能,就是早期秦人因祸得福地选择了秦岭这个温暖的家园。

秦人在甘肃东南部刚刚站住脚跟之际,是西秦岭北部山区得天独厚的自然环境给了秦非子养出膘肥体健的战马,获得周王室信任的机会。而且秦岭山区恶劣的交通环境,在秦人漫长的成长过程中,又阻绝了大的战乱侵扰,给了秦人休养生息、积攒后劲的机会。还有一个更为本质的因素,那就是嬴秦立足之地,四周都是犬戎部族,为了生存与生活,秦人必须天天跟善掠好斗的犬戎作战,用鲜血和生命保卫自己的家园。这种枕戈待旦的艰难生存环境,则历练了一个勇猛善战的部族的气节和魂魄。

一开始,秦人跟周王室的关系,好像有些若即若离。这是因为那时的秦人还和生活在西部的其他戎族一样,是一个不被别人瞧得起的弱小部族。但周王室毕竟还是不想失去能征善战的秦人和战马,所以"国人暴动"期间,当秦人在遭到西戎侵略之际,周宣王还是派兵帮秦人收复了失地。

此后,秦人在天水一带的秦岭北坡一面继续以牧马为业,一面开始脚踏实地地畅想成就霸业的未来,并且慢慢强大起来。先是西周附庸,随后成长为大夫,最后跻身诸侯。他们甚至还得到了一个被叫作"秦亭"的封邑。

这一段秦人卧薪尝胆的历史,持续了300多年。

直到公元前761年,秦文公率700个兵士东猎,在汧水和渭水交汇处的今凤翔县孙家南头村选定了新的都邑,秦人才开始走向更为开阔的创造千秋霸业的新天地。

这就是多少年来曾经让秦汉史专家浮想联翩的"汧渭之会"。

长期研究西北历史地理的著名学者徐日辉先生勾勒出的秦人从西垂到宝鸡的行进路线是:

从甘肃礼县的西垂宫出发,经甘肃的天水、麦积山、吴砦至甘陕接壤的陕西凤阁岭、晁峪、甘峪、碛石,最后到达宝鸡境内的"汧渭之会"。

可见,秦人最初犬丘扎根是在秦岭,在自西向东挺进时,也是紧依着秦岭,在秦岭和渭河南岸之间的秦岭山地上渐渐东进的。

接下来的历史是大家都清楚的,到秦穆公时代,秦人已经将征战的刀戈伸到了秦岭东部余脉,即我曾经两度翻越过的河南三门峡灵宝、卢氏境内的崤山一带。至于秦岭南坡的嘉陵江和汉水上游一带,早在秦文公时代,就已经出现在出土于天水牧马滩的那幅秦人绘制在木板上的作战地图上了。

从落魄到为周王室牧马,到建国立业,再到纵横天下、横扫六合,秦人好像一直都是以秦岭为中心,东拓西进。即便是在时隔2000多年后的今天,绵延1600余公里的秦岭的高峻,从来都没有阻隔秦文化对秦岭南北的浸染。甚至连最具强权意识的行政区划,也无法割断秦人的血脉沿着逶迤绵延的秦岭奔泻流淌。

在秦岭东部山区的荆紫关镇附近,有一个村庄,是个"一脚踏三省"的地方。这个村庄的行政区划是陕西省商洛市商南县白浪镇白浪村,村上100多户人家却分属于陕西省商南县、河南省淅川县和湖北省郧西县。一条巷道分别由三个省管辖，税收政策、生活状况各有差异，甚至一街之隔门对门的两家小卖铺，陕西人不敢卖南阳产的"群英会"牌香烟，河南人也不经销宝鸡啤酒。但在我驻留于此的短短几个小时里，无论你走在丹江东岸河南省管辖的荆紫关镇的街巷里，还是出入在鄂豫陕杂居的白浪村普通人家，老百姓语言和生活的根须，却依然深深扎在古老深厚的秦文化土壤里。河南荆紫关镇百姓的堂屋，也和远在三四百公里以外的周至南部老县城的山民一样，供奉着"天地宗亲"牌位。除了三个省的人互打电话得交长途费和纳税开会时才意识到他们虽然同饮一眼井的水，同走一条街巷的路，却不属同一个省的人以外，秦人的呼吸自古以来就这样无声无息地在他们的肉体与精神里悄悄地、自然而然地弥漫、传扬着，让他们无法拒绝，不能远离。

秦，这个以农耕文化为其精神内质的民族，就是这样沿着秦岭，把它精神与文化的根须深深地扎在了秦岭山区的各个角落。

那么，从一介马夫最终成为一统天下、威震四海的秦人，到底和秦岭是一种什么样的关系呢？为什么人们后来要把《水经注》上最早称为"南山"的这座山岭称作"秦岭"呢？

中国文化历来就非常讲究因果关系。后人之所以把已经被郦道元老先生早已下了定义的"南山"改称为"秦岭"，也应该是有理由的。我不是地理学家，无从寻找更多的资料来说明这个问题，但仅仅凭我沉浸在秦岭大山深处时所感受到的古代秦人生活印迹对秦岭历史、文化与精神的影响，以及作为诗人的直觉，我们是不是可以这样认为：是秦岭给了秦人生存、生活、成长、壮大的温暖家园；是秦岭的高峻与博大，在秦人历经十数代500多年的成长过程中，赋予、培养了他们从马夫到帝王的气魄与雄心；是秦岭为秦人后来的创业征战提供了天然屏障，尤其是秦人在完成霸业之后，其政权和经济的中心，仍然紧紧围绕着秦岭，依靠着秦岭。秦岭是秦人的历史，秦岭是秦人的现实，秦岭是秦人的梦想与宿命。千古一帝秦始皇的陵墓，就在秦岭支脉的骊山脚下，最近才发现的秦先祖陵园，就在西秦岭山区的礼县大堡子山。

如此等等，正如人们之所以把秦岭之南、汉江南岸古代巴人活动中心区的那座山叫作"巴山"一样，后人于是就把这座与秦人崛起、兴盛与灭亡息息相关的山岭,称为"秦岭"了。

从这个意义上来理解,我想"秦岭"的真正含义,应该是秦人的山岭,或者说是秦人居住的山岭。因为只有秦岭,才是秦人从马夫到帝王真正的见证者。

大汉之根

西汉帝国建立之前，中国人被称为"秦人"。华夏民族被称为"汉人"，是在汉代以后。

公元前207年八月，刘邦率大军攻克武关，沿秦楚古道乘势北上，从蓝田翻过秦岭，于当年十二月赶在项羽之前攻入秦国都城咸阳，将秦二世赶下皇位。中国历史上第一个封建帝国宣告灭亡，刘邦以秦岭为屏障创建西汉政权的大幕徐徐拉开。

论人格和人品，项羽敢生敢死，敢爱敢恨，自然在刘邦之上。但政治争斗历来只讲究权术和阴谋，根本不讲人格和人性，所以鸿门宴上项羽一念之差让刘邦从已经磨得锃亮的刀斧下死里逃生，留给自己的是千古遗恨，而留给中国历史的则是一个威震宇内的大汉江山的诞生。

鸿门宴逃生后，刘邦作为被西楚霸王项羽分封的十八路诸侯之一，唯一一个可以安身的去处就是他的封地汉中。

2000多年前的汉中，阻隔在莽莽秦岭南麓，是一个荒芜之地。刘邦去汉中的时候，是公元前204年四月。秦岭以南的汉中已经春意喧闹，漫山遍野花红柳绿，但秦岭深处依然残雪未融，寒意逼人。刘邦带领被项羽剥夺得只剩下三万的军队行走在莽莽秦岭的高山峡谷之际，内心充满了失意和惆怅。那时的刘邦，想的大概只是求生，还未奢望过登基称帝吧？然而，跟随刘邦征战大半个中国的张良，却从刘邦从谏如流、志存高远、能高能低的性格里发现，在当时的诸侯中，刘邦才是唯一可以完成统一大业的人。所以被项羽派去辅佐韩王的张良向韩王告假，尾随刘邦到了汉中。

经历了秦朝末年长期战乱的中国，也许就在等待刘邦这么一个人出现。而项羽也偏偏给了刘邦这个既有高大的秦岭阻隔，又有古老汉水滋润万物茁壮成长，既可攻守，也可自给自足、休养生息的丰腴之地。所以刘邦一到汉中，张良就建议烧毁当时沟通关中和汉中的几条秦岭古道中设施最齐全也最畅通的一条栈道——褒斜道。

张良对刘邦说："项羽虽然封你为汉王，但在所有被封的诸侯王中，大王还是项羽最大的心腹之患。烧毁翻越秦岭中最关键的一条古道褒斜道，既可以向西楚霸王表明大王只想安心做自己的汉中王，无意北上东进，也可以断绝关中楚军南下进攻汉中的道路。这样，大王就可以安安心心休养生息，积蓄力量，以图东山再起了。"

这就是张良借秦岭掩护，为刘邦筹划伺机北上、图谋霸业的开始。

褒斜道烧毁之后，项羽以为被困在秦岭南麓的刘邦真的安心做他的汉中王了，也就放松了对刘邦的警惕。事实上，那时候沟通关中与汉中之间的古道，除了当年秦人南下四川征服巴蜀时开通的褒斜道外，其他几条的规模和路况，都很难承载刘邦迅速调集数万人马翻过秦岭，直逼关中。所以在项羽看来，刘邦烧毁褒斜道，就等于放弃了千军万马，将自己死死困在了秦岭以南的牢笼中，任他有天大的本事，也不可能插翅飞过秦岭。

然而，已经错失过一次让刘邦成为刀下鬼的机会的项羽这一次又错了。几个月后，在汉中的安宁环境中缓过神的刘邦，又一次借助莽莽秦岭的掩护，拉开了挥戈北上、创建大汉江山的楚汉争霸大幕。

公元前206年八月，刘邦采纳韩信的建议，派樊哙带一万人从汉中境内的褒河峡谷进入秦岭，虚张声势，大张旗鼓修复几个月前自己烧毁的褒斜道。

当时守卫在秦岭褒斜道北出口附近的，是受项羽之命把守汉中进入关中入口的雍王章邯。樊哙故弄玄虚佯攻，大张旗鼓修复栈道的消息传到章邯耳朵里时，这位投奔项羽的秦朝最后一员大将嗤之以鼻。在他看来，莽莽秦岭，山高谷深，刘邦区区一万人要修通已经全线烧毁的褒斜道，最起码也得三年时间。

然而，就在章邯凭仗秦岭天险嘲笑刘邦愚笨时，刘邦十万大军早已从南郑进入褒谷口，悄悄潜入莽莽秦岭，绕开褒斜道向西秘密进入凤县，再逆嘉陵江而上，神不知鬼不觉地从大散关翻越秦岭，攻入关中西部门户陈仓城。

进入关中平原，刘邦大军势如疾风，乘势东进，轻而易举将关中全境收入囊中。西起天水，东至潼关的关陇大地，成了刘邦纵马驰骋的大后方。四年后，已经拥有大半个中国的刘邦隐约看到，以秦岭—淮河为界的中国内陆，已经成为他战马铁蹄下的囊中之物。于是，和始皇帝一样建立一个山河一统、万宗归一的强大帝国的梦想，就在他心中呼之欲出。在决定国号时，刘邦又想起了巍峨秦岭护卫下让他重整旗鼓、横扫天下的汉中和汉水。

当年，项羽封他为汉中王时，刘邦曾经很不愿意去那个被苍莽秦岭阻隔的蛮荒之地。当时有人劝说："汉水上应天汉。汉中，据有形胜，进可攻退可守，秦以之有天下。"现在，正是秦岭南麓那块天汉辉映之地让自己拥有了独霸天下的希望，汉中、汉水和巍峨秦岭就成了刘邦心目中庇护、帮助、成就他东山再起、绝处逢生的神灵和依靠。于是，公元前202年二月初三，刘邦在山东定陶称帝时，就将这个刚刚诞生的中国历史上第二个封建帝国称为"汉"。

刘邦称帝后，在确立都城问题上，大臣争议很大。当时好多大臣的老家在函谷关以东，所以主张建都洛阳。但谋臣刘敬和张良却极力主张迁都关中。张良说："洛阳四周虽是地势险固，但中间不过几百里，而且土地贫瘠，容易四面受敌，不是用武之地。而关中，左有崤山、函谷关；右有陇山、蜀山，沃野千里；南有巴、蜀富饶的土地；北有可以放牧的胡地。倚仗着天险守着西、南、北三面，只用东方一面控制着诸侯。如果诸侯安定，就利用黄河、渭水把天下的物资运进京城；如果诸侯有变，又可顺流而下，黄河、渭水足可以承担起运输重任。这就是所谓金城千里，天府之国也。"

刘邦大概也很清楚，相对于洛阳容易四面受敌来说，莽莽秦岭可以阻挡千军万马。如果建都关中，凭借秦岭天堑，他最起码可以不必担心来自南面的威胁了。所以据司马迁说，在听了张良建议的当天，刘邦立即从洛阳起驾，将都城迁入秦岭怀抱中的关中长安。

从此，一个在中国历史和世界历史上产生了重大影响的朝代——汉，就在秦岭的庇护下应运而生了。

从汉高祖刘邦到汉景帝刘启时期，汉朝国力不断增强，成为当时与罗马帝国并驾齐驱的东西方两大帝国。到了汉武帝刘彻时期，西汉内政外交达到历史上空前鼎盛时期。张骞出使西域、霍去病征讨匈奴，西汉军队平定西羌、征朝鲜、平三越、定西南，使西汉王朝的统治疆域拓展到东至朝鲜半岛北部，北至大漠以北，西至中亚巴尔喀什湖、葱岭，南至中南半岛中南部，成为当时世界上疆域空前辽阔、首屈一指的强大帝国，基本奠定了中国疆域版图。从刘邦称帝到东汉灭亡，刘汉江山前后持续400多年，是中国历史上延续时间较长的朝代之一。由于汉朝的影响力，周边少数民族和其他国家称西汉使臣为"汉使"，称汉朝军队为"汉兵"，称汉朝百姓为"汉人"。

久而久之，"汉"就成了整个华夏民族的称谓和代称。

诸葛亮到底败给了谁

诸葛亮最终是被谁打败的？

稍懂点三国历史的人肯定会毫不犹豫地回答：诸葛亮不就是被他的死对头司马懿打败的嘛，还能败给谁？

过去读三国，听人说三国，《三国演义》和《三国志》告诉我们的，就是这个答案。然而自从2004年秦岭之行归来后，我突然觉得过去我们熟知的这个答案其实根本不成立——从公元228年出兵祁山到公元234年诸葛亮病死五丈原的五次北伐，让诸葛亮北定中原的雄心化为泡影的，不是曹魏百万大军，而是横亘在中国内陆中央的一座莽莽山岭——秦岭。

公元214年，刘备在成都建立蜀汉政权后，诸葛亮就已经开始悄悄谋划北进中原、光复汉室的宏图大业了。但熟谙天文地理的诸葛亮非常清楚，蜀军要战胜曹魏，首先要征服的对手，是矗立在关中和汉中之间的莽莽秦岭，然后才是曹魏的千军万马。所以在偏居成都将近十年间，诸葛亮一直在苦苦等待时机。公元227年春，魏文帝曹丕去世的第二年，诸葛亮向刘禅递交了《出师表》后，立即不失时机地越过巴山，进驻汉中，着手实施他蓄谋已久的北伐。

然而，曹丕死了，秦岭依然苍莽高大。所以在筹划公元228年春的第一次北伐时，诸葛亮否决了魏延提出的出兵子午谷进入长安的建议，而是选择从勉县经甘肃徽县进入成县，再由黄渚关绕道甘肃西和到达西汉水上游的祁山，绕开汉中和关中之间的秦岭主脊，从山势相对平缓的西秦岭地区进入曹魏守备相对薄弱的天水的进攻路线。诸葛亮知道，无论对于曹魏还是蜀汉，秦岭都是征服对方的最大障碍。关中虽然有褒斜道、子午道、傥骆道与汉中沟通，但要在高悬于山谷河流上的栈道调动千军万马，实在是件太艰难、太危险的事。尤其是在翻过秦岭之后，后勤保障就成了决定战争成败的关键。所以街亭之战失利后，粮草供应的危机迫使诸葛亮不得不撤回汉中。

大概是首次北伐的失败，让诸葛亮更加清楚地看到了征服秦岭艰难的缘故吧，在《后出师表》里，诸葛亮早就有了一种无可奈何的预感："凡事如是，难可逆见。臣鞠躬尽力，死而后已；至于成败利钝，非臣之明所能逆观也。"

其后的四次北伐，秦岭的高峻艰险仍然是诸葛亮无法摆脱的沉重梦魇。一次次以成千上万将士生命为代价逾越秦岭天险的北伐，均因为后勤补给难以为继，迫使他不得不一次又一次扼腕浩叹着退回秦岭以南。

街亭之战失败几个月后的公元228年十二月，诸葛亮再次从大散关一线翻过秦岭，包围了曹魏在关中西部的重镇陈仓。当时，魏军曹休兵败东吴，张郃率部东下，关中空虚，眼看大功将成的诸葛亮，还是让高大雄矗的秦岭挡住了前进的脚步。深知秦岭将是诸葛亮北伐最大障碍的陈仓守将郝昭坚守陈仓，任诸葛亮硬攻劝降都不理会，只是筑城固守。果然，20多天后，蜀军粮草断绝，后勤保障难以为继，诸葛亮只好撤兵。

后勤保障是决定战争成败最关键的因素。魏蜀吴三家，论军事力量和综合国力，蜀汉政权应该是最弱的一方。但到了三国后期，刘备之所以能够在群雄争霸的纷乱中分到一杯羹，和曹魏、孙吴各据一方，形成鼎立之势，关键因素是刘备依靠秦岭天堑占据了成都平原和汉中平原。而且当时，魏蜀吴三国之间其实没有明确的边境分界，但在曹操和刘备分别占据关中和汉中之后，挺立在两个军事阵营之间的秦岭，就成了曹魏和蜀汉事实上的军事分界线。刘备要北上，曹操要南下，共同面临的一个问题，就是控制关中通往汉中的交通。

公元219年三月，雄心勃勃的曹操率大军从褒斜道南下，准备与刘备主力决战。但秦岭险阻比曹操想象的要难以逾越得多。被诸葛亮一手导演的空城计重创之后，魏军只好仓皇退回关中，等于默认了秦岭这道蜀魏之间的军事分界线。马谡失守街亭，蜀军全线溃退，曹魏大军穷追不舍。撤退路上，诸葛亮下令将留坝县江口镇到太白县王家堎的栈道烧毁，才得以逃回汉中。

接下来的三次北伐，诸葛亮还是围绕征服秦岭而展开的，最终的结局仍然是秦岭的高峻让他的满腔雄心化为乌有。继第一次出兵祁山之后的第三、第四次北伐，虽然诸葛亮也曾经小有收获，但还是没有从根本上改变蜀魏两国以秦岭为界的军事格局。更何况公元229年，诸葛亮打败郭淮而占领的武都、阴平二郡，其实都在秦岭南坡。也就是说，诸葛亮第三次北伐依然没有越过秦岭。此后再度出兵祁山所取得的局部胜利，还是得益于诸葛亮发明了可以征服秦岭艰险，保障粮草运送的运输工具木牛流马。至于公元234年，诸葛亮屯兵五丈原后开展的分兵屯田战略，能不能从根本上解决由于秦岭阻隔造成的粮草供给问题，实在是未可知的事。因为即便诸葛亮不曾在五丈原撒手西去，对于长途奔袭的蜀军来说，区区五丈原所产的粮食，也许可以保障十万人马的一时补给，大抵也很难改变与拥有八百里秦川富庶的曹魏长期对峙以失败告终的结局。

从公元228年先后出兵祁山、从大散关攻陈仓，到公元229年春进攻占领阴平、武都两郡，再到公元231年二月再度出祁山粮尽退兵，最后在公元234年经褒斜道北翻秦岭，病死五丈原，诸葛亮最后的八年，表面看是与曹魏交战，其实每时每刻都在与看似有形无神，实际上瘆人慑人的秦岭交手。诸葛亮每次的失败，都与秦岭的险阻有关。从成都移师汉中，坐镇定军山北伐的八年间，诸葛亮每次筹划北伐之战的时候，首先要考虑的是如何顺利翻越秦岭，同时保证从汉中到关中、天水一带的后勤保障问题。为了逾越秦岭天险，他甚至发明了一种至今让人们浮想联翩的木牛流马，并在褒斜道上建起了一种叫作千梁无柱式的栈道，试图掌握秦岭的交通主动权。但由于秦岭实在太高、太险峻了，诸葛亮最后八年北伐期间，从来都没有获得过任何一条古道的掌控权。所以在一次又一次挥师北上的战斗中，诸葛亮的生命和心血，是被秦岭一点一点耗干的。否则，如果没有莽莽秦岭阻隔，以诸葛亮的才智和能力，蜀魏双方最终较量的结果，大概绝对不会如我们现在所看到的那样吧！

所以，2008年我在为康健宁执导的纪录片《大秦岭》撰写的解说词里有过这样的结论："诸葛亮移师汉中的最后八年，与其说是在跟曹魏交战，还不如说是在与秦岭进行一场注定要失败的较量。无论战略进攻，还是战略防御，诸葛亮谋划运兵，首先要战胜的对手，是秦岭的高山峻岭，然后才是曹魏的千军万马。所以，诸葛亮五次北伐，不是败给了曹魏，而是败给了秦岭。"

秦岭帝国

在秦岭山区穿行的那些日子，每次与挺拔高耸、气势逼人的峰岭相遇，我就会想起这样一个问题：自西周以来，中国历史上那么多朝代，为什么紧紧依偎秦岭建都的王朝都国力强盛、威震四海，而一旦都城远离秦岭，就会迅速走向衰亡？东周是这样，东汉也是这样。是历史的巧合，还是冥冥之中另有因果？

读柏杨《资治通鉴本末》系列《苻坚大帝》，柏杨在列举中国历史上堪与彼得大帝、拿破仑相提并论的"大帝级"皇帝时说，从公元前27世纪算起，中国历史上总共出现过560个帝王，"然而，考察他们的行为（特别声明：不是听他们说的话，而是看他们干的事），够得上称为'大帝'的，不过五人而已。一是前3世纪秦一任帝嬴政，二是前2世纪西汉一任帝刘邦，三是4世纪前秦帝国三任帝苻坚，四是7世纪唐王朝二任帝李世民，五是17世纪清王朝四任帝玄烨。"

在秦岭山间颠簸，闭上眼睛一想，柏杨先生确实一针见血。中国历史上能够文韬武略并兴，创造出让世人顶礼膜拜的华夏帝国荣光的皇帝，不就是这几个人嘛！而且最为奇怪的是，这五个朝代中的秦、西汉、前秦和唐代的都城，都在紧紧依靠着秦岭的关中地区。即便是在群雄争霸、王朝更迭如走马灯的魏晋南北朝和五代十国，那些短命皇帝选择他们试图实现俯瞰天下梦想的都城时，还是离不开秦岭屏障的长安。

"生在苏杭，葬在北邙"这句话应该是宋代以后的说法。但其中也透露出一个信息，横贯中国内陆腹地的秦岭山脉，对一个王朝的兴衰、一个帝国的成长，实在是太重要了。历朝历代，凡是选择在以长安为中心的关中建都的王朝，面临的政治和军事威胁比较单一，就是北方。因此，西周开国天子可以沉稳从容地推行他的礼乐治国之道；汉武帝刘彻没有来自秦岭以南的军事威胁，才可以腾出手对付匈奴；有了秦岭的守卫，唐太宗李世民也就有了闲暇心境，逍逍遥遥进行他的贞观之治。而皇宫王室一旦远离了秦岭，麻烦就大了。东周和东汉迁都洛阳，南宋偏安杭州，且不说这些王侯皇帝本事如何，单看他们遭遇内忧外患困境时捉襟见肘的窘态，就够难受的了。

离开南阳北上，我一直在洛阳附近的秦岭东部余脉伏牛山和崤山深处出没。

陕西与河南交界处的秦岭山区，山势更加凌乱破碎。清晨5点搭乘商南发往卢氏的长途汽车，七八个小时都在纵横交错的山岭之间盘旋绕行。这样的路程，一直到了三门峡才告结束。面对伏牛山区如巨浪迭起交错的崇山峻岭，我终于明白了公元前771年周平王将都城从镐京迁至洛阳的原因。

西周末年，申侯联合犬戎攻破镐京，斩杀周幽王，西周宣告结束。周平王即位后，面对国力衰微，周王室已经无力抵御北方少数民族侵扰的现实，只好根据卦辞指引，离开周人苦心经营300多年的关中，将都城迁至洛阳。洛阳与关中既有渭水、黄河沟通，又有秦岭余脉环绕，周围还有忠于王室的诸侯国晋国和郑国呼应。将国都从秦岭怀抱中心迁到洛阳，也许是让周王室香火得以延续的最后选择吧。然而让周平王不曾想到的是，远离秦岭主脊拱卫，周王室就像裸露在风雨中的一粒沙子，随风飘摇，每况愈下，已经没有力量守卫那尊象征着王权至上、国家一统的传国宝器的尊严了！

进入关中，我一直行走在渭河与秦岭之间的西安近郊。

平静的清晨，只要有风从骊山脚下刮来，我就会收住匆忙的脚步，屏住呼吸倾听。我试图从那沾满黄土腥味的微风里，品味一个又一个秦岭帝国在这里崛起的精神秘密，然而一切都是徒劳。宋代以前，中国政治、文化和经济中心在秦岭与黄河之间。以长安为中心的关中地区，就像一本深藏玄奥的大书，其中的人间气象、世事春秋，实在太丰富了，远非我这样的凡夫俗子所能读得懂。但有一个问题，我至今尚在一遍又一遍追问自己：如果没有了秦岭屏障下黄土浩荡、气象万千的关中沃野，中国历史上还会不会有西周王朝礼治天下、秦始皇四海归一、汉武帝开疆拓土、大唐王朝威震寰宇的强大帝国的崛起呢？

那天，在终南山下一座道观，我向一位孤独地守着一间茅草屋的修行者谈起我的疑问。老人望一望头顶的绵延山岭，只说了一句话——"终南山是长安的龙脉。"

从神秘主义的角度来看，这也许就是最终的答案。

周人崛起于岐山周原，但强盛之时，都城已经迁至离秦岭很近的丰京和镐京。秦朝末年，刘邦和项羽最终的较量，还是取决于谁能够获得对以咸阳为中心的北秦岭沃饶之野的控制权。至于大汉王朝到了东汉时期气息奄奄，唐昭宗被劫持到洛阳后大唐帝国大厦瞬间倾覆，好像都在从另一个角度诠释巍峨秦岭与中华帝国之间的某种神秘关系。一本《中国帝王龙脉探索》的书在解释中国历代王朝和秦岭的关系时说，关中平原东临函谷关，西连大散关，南望武关，南有秦岭屏障，可攻可守，龙脉地气丰盈冲天，自然是诞生大王朝、孕育大气象的天赐嘉土，所以立都秦岭屏障下的王朝，必然国力强盛，威震四海。

8月下旬，秦岭山区的雨季开始了。从户县一带西行的日子，莽莽秦岭每天都浸泡在淅淅沥沥的雨雾里。然而一旦云破日出，秦岭上空便阳光朗照，水汽氤氲，关中大地的浑厚与辽阔仿佛依然在暗示，秦岭怀抱里孕育的一个民族喷薄上升的魂魄气血，还深藏在这块生生不息的土壤里！

宋代以后的长安，已经不是帝王建都的绝佳选择；宋代以后，华夏帝国的形象，也日渐丧失了以前那种光芒四射的犀利光彩。

这到底是帝王们选择的错误，还是时光流逝过于匆忙的疏忽？

一份资料上说，自夏朝到明朝灭亡，秦岭以北的关中大地，发生过400余次改写中国历史的大战。这些战争的结局就是一个帝国的灭亡，另一个帝国的诞生。

红军老祖

把牺牲的红军战士当神仙供奉，这是发生在秦岭山区的真实故事。

2004年我对中华民族父亲山——秦岭进行全程考察，一到陕西安康境内的旬阳，县委宣传部的同志就给我讲了这样一个故事。

第二次国内革命战争时期，徐海东领导的红二十五军，在南秦岭山区开辟了以陕南旬阳、镇安、柞水，湖北郧西及河南淅川为中心的鄂豫陕根据地，建立了苏维埃政权。1935年10月，由鄂豫陕游击部队合编的红二十五军七十四师遭遇国民党军队围剿，被迫转移。红军部队沿汉江向西撤退途中，特务队二班14名战士就驻扎在郧西与旬阳交界处的旬阳县红军乡碾子沟寨沟村。

当时的秦岭山区，缺医少药，老百姓有病，只有求神问鬼禳灾医病。红军特务队指导员高中宽出身中医世家，在寨沟村驻扎期间，高指导员为村民治病，常常药到病除，被老百姓视为可以包治百病的神医。就这样，红军战士很快和当地百姓打成一片，14名红军战士在深山老林里的影响越来越大，引起了国民党驻军的注意。第二年夏天，国民党安康守军组织300余名团练进入碾子沟，对红军特务队展开围剿。高中宽带领红军战士与比自己多数十倍的敌人展开激战，终因寡不敌众，被围困在碾子沟后面的山梁上。14名战士先后有12人阵亡。高中宽和一位姓尚的班长被围困在村子后面的九龙山顶，在弹尽粮绝的情况下，高指导员和尚班长飞身从山顶跳入碾子沟谷底，壮烈牺牲。

战斗结束后，与红军战士结下深厚情谊的寨沟村百姓忍泪收拾起烈士遗骨，就地掩埋，并在墓前立起一块墓碑，上面写上"红军战士之墓"。每逢农历初一、十五，村民像敬奉神明一样，带上香蜡纸表，前来祭祀。村里有人头疼脑热，也跪拜在活着时为他们治过病的红军墓前，祈求治病良方。

在旬阳县红军乡红军纪念馆，我问那位辞掉小学教师工作看守红军烈士墓的纪念馆馆长但昭用老百姓向红军墓跪拜求医管不管用时，纯朴厚道的老但神情严肃地说："红军老祖治好病的事情，在我们这一带多得很。"

但昭用还有鼻子有眼地给我讲了一个故事，说红军战士牺牲后不久，寨沟村前几年才去世的林振荣老汉当时浑身生疮，想尽各种办法都治不好。林振荣家里人本来已经在给老人准备后事了，没有想到向红军老祖许了愿，身上的疥疮就好了。现在收藏在县文博馆的"红军老祖墓"的石碑，就是林振荣还愿时立的。

在旬阳，我没有见到那块被当地百姓传得神乎其神的红军老祖墓碑，却在《旬阳县志》里看到了收录在县志里的红军老祖墓碑文。

《旬阳县志》里，有一篇"民国得道八路军故医官之墓"的碑文，这样写道：

> 盖山不在高，有仙则鸣（名）；水不在深，有龙则灵；为人亦然。近查江苏不知因何，人民暴动，聚众数万，号为八路军。及至民国二十四年，有一小股窜至陕南洵东四行乡第二保境内，被郧邑乡练击毙二人，传为法官，葬于碾子沟曹姓地内，连年显灵，远近烧香许愿者络绎不绝。当地民众合针助釜，乐捐资工，敬勒碑名，以垂不朽云。

众姓弟子　敬献
中华民国三十五年仲秋月　立

寨沟村老百姓把牺牲红军战士敬若神明的消息传出后，国民党军队先后三次派部队掘坟。为了保护红军墓，村民灵机一动，把"红军战士之墓"的墓碑换成"民国得道八路军故医官之墓"的石碑。

但昭用说，第一次，国民党安康守军派了一个旅。敌军刚到寨沟村那天晚上，村里一名中年男子装成鬼神附体，满村乱窜，逢人便说他是红军老祖高中宽，听说有人要挖他的坟，谁要敢动坟上一根草，就带谁去阴曹地府见阎王。村上德高望重的老人，也纷纷对前来掘坟的国民党军队旅长张子非和孙绍红说，红军老祖显灵了，如果挖了红军老祖的坟墓，就会大难临头。第二天，张子非和孙绍红果然头疼得要命。于是又有人建议，让他们到红军老祖墓前许愿，如果红军老祖能治好他俩的病，就不要掘坟；如果病不见好，就让他们把坟挖掉。

据说张子非和孙绍红许完愿后，头真的就不疼了，红军老祖墓也就躲过了这一劫。后来，国民党又先后派来两拨人马掘坟，老百姓用同样的办法保住了红军墓。

《旬阳县志》在对"民国得道八路军故医官之墓"碑文进行解读时说，碑文中的"一小股"是作者迫于时势，不得不采用的曲隐之笔。碑文误将"红军"称为"八路军"，是由于红军乡地处深山，不熟悉八路军和红军的演变历史。其中的"法官"一称呼，应为"医官"之误。但据但昭用介绍，陕南民间把以道家法术祛邪治病的男巫师"端公"就叫"法官"。

1949年旬阳解放后，当地百姓在红军墓前建起一座"红军老祖庙"。庙里供奉的两尊神像，就是身穿红军军装，头戴八角帽的红二十五军七十四师特务队教导员高中宽和特务队二班尚班长，塑像前还立有一块"红军老祖之神位"的牌位。20世纪50年代初，碾子沟一场大水，"红军老祖庙"被冲毁，红军老祖墓依然香火旺盛。"文化大革命"期间，"造反派""破四旧"，禁止群众到红军老祖墓烧香，老百姓就把"红军老祖"的牌位供在家里，和秦岭山区民间敬奉先祖的"天地宗亲"牌位摆放在一起。

但昭用说，"文革"期间有的群众由于供奉"红军老祖"挨批挨斗，老百姓平时把牌位收起，到了初一、十五和建军节再摆出来，烧香跪拜。当地群众中间还流传着"斗争也行，批判也行，不敬红军老祖不得行"的民谚。

我去红军乡碾子沟行政村寨沟村的那天，是2004年7月31日。

从汉江边上的蜀河镇逆蜀河河谷北上，峡谷愈行愈陡，林子也渐走渐密。高高的山腰上，东一户西一户散居的人家，白墙黑瓦，在缥缈的山岚里若隐若现。河岸水稻碧绿，坡地上玉米苍翠，清澈的蜀河水自商洛和安康之间的秦岭主峰流下来，一路在山石与峡谷之间跌跌撞撞，在蜀河镇汇入汉江之后，穿过鄂陕交界处的秦岭东部余脉，静静流过江汉平原，汇入滚滚长江。

到了碾子沟口，远远就有鞭炮声传来。碾子沟堌壁立而起的山峰下，就是红军老祖墓。巨大的坟堆前，墓碑上书有"红军老祖墓"几个猩红大字。墓区四周的山崖和树上，挂满了长短不一的红布条，上面写着在秦岭山区各种寺庙里都可以见到的"有求必应"之类的祝祷文字，有的甚至就直接写着"感谢红军老祖治好了我的病"。

这些披红，是老百姓还愿时送的。

九龙山峰顶笼罩着黑沉沉的云雾。一位中年男子还在那里放炮，爆仗在空中爆裂，在山谷激起闷闷的巨响。一位年轻妇女点燃香蜡、烧过黄表之后，捡起几粒石子，口中念念有词，在墓前占卜。另一位前来还愿的中年男子，指着隐没在浓雾中的山峰说，红军老祖就是从这座山的山顶上跳下来的。

他还告诉我，从中华人民共和国成立前到现在，红军老祖墓的香火一直很旺。当地百姓除了农历每月初一、十五来祭拜红军外，每年建军节前后也要给红军老祖敬香。

离开红军老祖墓时，浓雾笼罩的九龙山云开雾散，明亮的阳光出现在秦岭上空，漫山遍野的林木闪烁着耀眼的翠绿。返回路上，还有不少人从山下走来，带着香蜡纸表，朝红军老祖墓而去。

面对那些纯朴善良的山里人虔诚庄严的表情，我在想，中国本土宗教中的神祇，追根溯源其实都是活生生的人。碾子沟老百姓把原本是肉体凡身的红军战士推向神的境界，大抵仅仅是他们以自己的方式表达对生前做过不少好事、善事的普通人的一种感戴、怀念吧！

秦岭为何叫"秦岭"

打开《中国地形图》，在莽莽昆仑山脉收住脚步的青藏高原东缘，有一座苍莽突兀的山岭拔地而起，集合起千山万岭，莽莽苍苍，逶迤东去，绵延1600多公里，将中国内陆分为南北两半。

这条如巨龙般横亘在中国内陆中央的山岭，就是"中华民族父亲山"、中国大陆南北自然分界岭——秦岭。

秦岭山脉的起点在甘肃省临潭县北部的白石山，途经甘肃、陕西、四川、湖北和河南五省，直奔伏牛山区，与淮河遥遥相望，成为中国大陆中东部最为挺拔庞大，对中国大陆自然地理、动植物分布和文化形态影响最为深远的山系。

古老地理学认为，中国大陆众多山岭的根系在昆仑山，所以在汉代以前，秦岭和昆仑山被笼统地称作"昆仑"。成书于春秋战国时期的《诗经》《左传》《山海经》，又将矗立在关中平原的秦岭主峰称为"南山"和"终南"。直到秦以后的东汉，这座山岭才有了属于自己的名字：秦岭。

"秦岭九嵕，泾渭之川"，这是我们能够寻找到的秦岭一词出现的最早记载。这名字的起始来自西汉时期的大史学家班固的《东都赋》。

是什么原因让班固将长期被称为"昆仑""南山"和"终南"的秦岭改称为秦岭的呢？2004年，我对秦岭进行考察时翻阅了不少资料，访问了不少学者，都没有得到确定的回答。

中国文化讲究因果，中国境内的山川河流叫什么名字，历来都是有前因后果的。比如淮河，就是商王朝灭亡，一支叫淮夷的商遗民南迁时从商地老家带来的地名。再如华山，因为其山峰如一朵盛开的莲花而得名。就连秦岭山区好些名不见经传的小山峰叫什么名字，也有个原委来头。那么，司马迁要给一座对中国南北文化、地理、气候和动植物分布产生重大影响的山岭改名，难道就没有原因吗？

这些年来，我一直在思考这个问题。我在想，作为一位严谨而严肃的学者，司马迁绝不可能在他苦心经营的"史家之绝唱"——《史记》里信口雌黄，为一座已经有了约定俗成称谓的山岭随随便便地更改一个没有因果的名字吧？

秦岭一词出现于秦代以后。秦岭经过的甘肃陇南山地、关中平原和川西北、鄂西、豫西，是秦人最初的家园和最早建国立业的地方。那么秦岭的称谓会不会和秦人、秦朝有关呢？

2004年，我在秦岭山区行走期间发现了一个有趣的现象，湖北和河南西部的秦岭山区方言，至今还带有浓重的关中腔。河南内乡一带流行的南阳梆子——宛梆，就是从秦腔演变而来的地方戏种。

翻开秦朝历史我们发现，秦人发展壮大的过程，一刻都没有离开过秦岭的怀抱。

商朝灭亡后，作为殷商王朝盟友的秦人先祖被剥夺嬴姓，成了周人的奴隶，被从山东半岛的泰安一带发配到西汉水上游的西秦岭山地，开始了长达数百年忍辱负重、披荆斩棘的创业生涯。在戎狄丛生的西陲艰难求生的岁月，是秦岭山区丰茂的水草养育的战马，让他们赢得了周王室的信任，重新获得了标志一个部族尊严的称谓，并有了自己的封邑；在与诸侯列强争霸的过程中，是秦岭黄河之间退可防守、进可攻伐的地理环境，成就了秦人从周王室一介马夫，成长为横扫六合、独霸天下的霸主。

秦人最早的安身之地，在西秦岭北坡的西汉水上游。在秦文公东猎进入关中到秦始皇建立大秦帝国的500年间，秦人先后五次迁都的地点，从来都没有离开过秦岭的怀抱。在秦穆公成为春秋霸主和秦国位列战国七雄的时候，以秦岭为中心，西到天水，东到函谷关，南及汉中和湖北西部的秦岭山区，是秦国最初的国土范围。秦始皇死后为自己选择的陵寝，就在秦岭支脉骊山脚下。秦先祖西陵——甘肃礼县大堡子山秦先祖陵，也在西秦岭之中。

当年秦始皇大兴土木，修建阿房宫需要大量木材和石材，这位傲视天下的千古一帝却明令不准采伐秦岭一木一石。有人在解释这种现象时说，在本来就非常迷信的秦人心目中，秦岭被视为是与秦人兴衰存亡攸关的"龙脉"。

这种多少有些形而上意味的解释到底有没有道理，我们姑且不论，但有一点是不可否认的，那就是在长期求生、发展、壮大的过程中，秦岭给秦人的印象太深刻了。在秦人看来，秦岭见证了他们的先祖求生、创业、奋斗、立国的全部历史，秦岭的一草一木渗透了秦人的鲜血和泪水，秦岭培养了秦人不屈不挠、开拓进取的性格。所以这个有着"好祭祀，敬鬼神"传统的民族，就将一座山岭推向了寄托一个民族精神和理想的高度，成了他们共同崇拜的精神图腾。

正是由于这种原因，就如人们之所以把汉江南岸古代巴人活动中心区的那座山叫"巴山"一样，司马迁才将这座与秦人崛起、兴盛与灭亡息息相关的山岭称为"秦岭"。所以司马迁当年以秦岭命名这座山岭的本来含义，应该是指秦岭就是秦人生活的山岭，或者说秦岭就是秦人赖以生存、发展和壮大的山岭吧。

还有一种说法，说"秦岭"一词是从西方传入中国的。

即便如此，那也应该是在秦始皇统一中国之后的司马迁时代。而据史书记载，西方世界最早知道的中国，是秦国。

春秋战国中后期，秦国在秦穆公时代成长为可以与黄河以东各诸侯国抗衡的春秋霸主之后，开始着手处理与秦人结下数百年恩怨的西戎问题。

西戎，是对早年生活在西北游牧民族的泛称。西周初年，秦人刚刚来到陇山以西的天水一带的时候，那里生活着数以百计的西戎部族，这些当时还过着逐水草而居的游牧生活的马背上的民族，有一部分就来自遥远的西方。秦人在与这些游牧部族争夺生存空间的过程中，结下了太多的恩怨。到了秦穆公时期，秦国已经成为西方大国，可以腾出手解决这些数百年来如影随形，给秦人带来太多麻烦的敌人了。

公元前623年，秦穆公采用由余的作战方案，一举将盘踞在陇山以西和关中西北部的众多西戎部族击败。这些长期与秦人既邻又敌的游牧部族，面对秦人的强大攻势，一路向西逃窜，其中有一部分逃到了欧洲。当时尚处在氏族社会末期的西戎，对中国的所有认识，都来自秦人和秦国。所以到了欧洲，在向他们后代讲述自己种族的历史时，遥远的记忆里只留下一个古老国度的名字："赛尼""希尼"。成书于公元前四五世纪的古波斯弗尔瓦丁神赞美诗称中国为"塞尼"，古希伯来称中国为"希尼"，后来印度史诗《摩诃婆罗多》《罗摩衍那》称中国为"支那"，都是"秦"的音译。

由此可见，无论从秦人与秦岭的经历，还是西方人对秦和秦岭的称谓，我们都可以断定，"秦岭"一词的来源，与建立大秦帝国的秦人有关。

不朽的汉字

到了商洛，此前只有过一次信函交往的诗友慧玮一直将我陪到山阳，然后由诗人管上送我踏上去湖北上津之路。

和慧玮去洛南，原本是想看一看阳虚山下的仓颉庙。临行前查阅资料，就知道洛南县洛水河畔的阳虚山有一座仓颉庙，是传说中仓颉造字的地方。可到了洛南，一帮朋友硬是拉着我去了与潼关一岭之隔的老君山，所以对于仓颉造字的仓颉庙，我也只能从现在收藏于洛南县博物馆的那通清朝道光年间的"仓颉授书处"的古石碑上，去体味仓颉造字的神秘与伟大。

中国汉字到底起源于何时，现在比较一致的说法是，河南殷墟出土的甲骨文是最早成型的汉字。在秦岭沿线走访时我发现，汉字的源头，其实比甲骨文要早得多。地处西秦岭北坡的天水市秦安县大地湾遗址，是一处距今8600多年的古文化遗址。20世纪70年代，大地湾遗址被发现后，人们从那色彩斑斓的古陶器记事符号上发现了最早的汉字雏形。几次陪朋友到大地湾博物馆简陋的陈列室，面对那些刻画在各种各样的陶器上的水波纹、曲线和直线，我都觉得那些现在看起来再简单不过的记事符号里，有一种神秘的力量朝我袭来。大地湾人刻画的那些图案，可能只是单纯为了装饰，有可能就是他们对曾经遭遇的某一事件的记忆，也可能记录了原始人对自然和世界最初的某种理解和认识，以及人类最初感受到的渴望、幸福、苦难和祈求。正是这种复杂的情感，让大地湾人把自己深思熟虑的情绪，用现在看起来实在是最简单不过的符号，刻写在自己赖以为生的各种器皿上之后，比陕西半坡村和山东大汶口的象形文字早1000多年的中国最早的文字，就这样在秦岭山区出现了。

在中国大地上，纪念仓颉造字的仓颉庙，好像还不止洛南一处。但从商洛市政协编辑的《商洛文史》收集的资料来看，如果在中国历史上真的有仓颉造字一说，我倒觉得仓颉在洛南造字，好像更合乎情理一些。

仓颉是黄帝的史官。

《洛南县志》上说，仓颉曾随轩辕黄帝南巡，到过洛水流域的洛南。《策海·大书》说："蹬阳虚之山，临于玄扈洛汭之水。""灵龟负书，丹甲青文，仓帝受之，遂穷天地之变，仰观魁星圆曲之势，俯察龟文、鸟迹、山川，指掌而创文字。"还说元扈山石壁上，原来有当年仓颉手书的"兽蹄鸟迹"等28个字。

最初的汉字，如果是人创造的话，那这人也一定是受了某种神秘力量的启示，才产生灵感的。所以，当年秦朝丞相李斯到洛河之滨阳虚山对面的元扈山之后，也只读懂了仓颉留在悬崖上的28个字中的"上帝垂命，皇辟迭王"八个字。

远古圣人，都是不同凡响的超人。

被后世称为"仓圣"的仓颉，怎么就想起创造文字了呢？史料上说他是受了神龟鸟迹和自然万象的神秘启示。我生活的天水市，据说是华夏人文始祖伏羲的故乡。好些典籍上记载，是伏羲氏"造书契以代结绳之政"。也就是说，伏羲氏也是远古神话传说中最早创造文字的人。

那么，伏羲创造的文字是什么样子的呢？

如果说是伏羲最早创造了汉字的话，我以为他留给我们的第一个象形文字，应该就是到现在还让我们琢磨不透的八卦了。而且，当年伏羲创造八卦的情景，几乎和仓颉造字如出一辙——"仰观象于天，俯则观法于地，旁观鸟兽之文与地之宜，近取诸身，远取诸物，始画八卦。"

无论是伏羲还是仓颉，中国创世神话传说里关于汉字起源的故事，好像就由生活在秦岭地区的伏羲和仓颉做了归结。

刚到汉中那天，汉中市文联主席王蓬说，作为文化人，到了汉中，不能不去看一看收藏在古汉台博物馆里的《石门颂》。

王蓬说："汉中的《石门颂》、略阳的《郙阁颂》、成县的《西狭颂》，并称东汉隶书摩崖三大颂碑，是我国书法艺术的珍贵宝藏！"

汉中、略阳和成县，都在秦岭南坡，而且都与西汉水有着千丝万缕的联系。现在的西汉水，自陇南山地发源后流经礼县、西和、天水、成县，在略阳境内注入嘉陵江。而在东汉以前，嘉陵江其实是从陕西略阳境内阳平关附近转向东流，注入汉江的。只是后来地质变化，嘉陵江才改道南流，成了岷江支流。令我惊奇的是，在与西汉水息息相关的秦岭南坡同一区域的三个地方，都保存了我国最早的书法艺术珍宝，这中间到底有没有什么联系呢？

在汉中，我是先到褒河上古代褒斜栈道南出口看了石门之后，才去古汉台看那著名的《汉魏十三品》的。

石门是东汉年间开凿的人工隧道。当年开凿石门隧道的目的，也是为了沟通褒斜栈道。1970年修建褒河水库时，那座被称为世界上最早的人工隧道的石门，早已被淹没在波光潋滟的湖水下了。古代的栈道，也只留下一些悬在石崖上的栈孔。陪我的画家魏玉新告诉我，石门摩崖石刻群就在石门洞内东西两面石崖和洞外南北数百米的山崖上，甚至连褒河河道的巨石上都有从汉代到宋代的各种摩崖石刻，其内容多为记载历代修建褒斜栈道、石门和山河堰工程的情况。这些摩崖石刻中最著名的，就是自古到今一直是历代书法家必须反复临摹的经典笔帖《石门颂》。其中也有一块例外，那就是现在被汉中市文联主办的《衮雪》杂志作为刊头的"衮雪"二字。

公元219年，曹操与刘备争夺汉中失利后又错杀杨修。懊丧不已的曹操来到褒谷河口散心的时候，看到褒河滚滚，激流涌雪，于是雄心萌动，遂挥笔写下"衮雪"二字。随从提醒"衮"字少了三点水，曹操却仰头大笑说："一河流水，岂缺水乎！"

曹操本来就是中国历史上少有的几个能够随心所欲、纵横无忌的人精。在他看来，本来就是伏羲或者仓颉创造的汉字，多几画少几画又有何妨！

古汉台原本是刘邦设坛拜将的地方，后来又成了刘邦行宫。

斜阳朗照的午后，徜徉在从石门水库上迁移过来的100多块历代石刻中间的时候，我的周身被古老的汉字所绽放的神秘光芒照耀得通体发亮。

几乎所有的石刻上，都留有或浓或淡的墨迹。

那是一次又一次拓制拓片时留下的。

从伏羲、仓颉造字，到东汉时期《石门颂》《郙阁颂》《西狭颂》的出现，中国汉字已经从简单的象形表意，发展到成为一种形而上的艺术。这中间，汉字的演变过程几乎就是中国历史的进化过程。看完坐落在西秦岭南坡一个V字形区域内的成县、略阳、汉中褒河幽深峡谷中三处名播中外的古石刻之后，我发现，《石门颂》在褒斜古栈道上，《郙阁颂》在金牛道上，《西狭颂》在陈仓道上。也就是说，是蜿蜒在秦岭深处的古栈道，为我们留下了中国汉字的古老光芒。

从汉中到宝鸡，秦岭北侧大散关下的西府大地，本来就笼罩在近年来接连不断发现的青铜器铭文和远在渭北塬上麟游县出土的《九成宫醴泉碑》所绽放出的光彩之中。那天到宝鸡青铜器博物馆参观，我又与一个题为《汉字之光》的专题展览相遇。在将远古陶器上的文字符号、甲骨文的刻画碎片、西周和秦代青铜器上的铭文等都集中在一起的时候，我发现汉字的发展，其实也和一个人的成长一样，是一个相当漫长而又复杂的过程。

讲解员告诉我，他们之所以要办这样一个展览，是因为在中国书法史上产生过重要影响的醴泉碑、石鼓文，都是在宝鸡境内发现的。

被称为"石刻之祖"的石鼓文，是唐代初年于现在宝鸡市东郊的石嘴头发现的。陈列室展出的十个鼓形石头，虽然都是复制品，但那些刻在黝黑发亮的石头上的文字，依然透露出战国时期风骨嶙峋、强悍凌厉的霸主气势。石鼓文字体上承西周金文，下启秦代小篆，被历代书家视为练习篆书的重要范本，有"书家第一法则"之誉。

一路上，从天水、陇南到汉中，再从汉中到秦岭北麓的宝鸡，后来又到秦岭东首商洛，在旅途困顿不堪的时候，我总能够感受到一种汉字的光芒在我内心温暖而平和地照耀。有时候，我甚至觉得自己其实就是沿着一种文字成长的轨迹完成这次历时两个月的秦岭之行的。

离开宝鸡那天，汽车沿着西宝高速公路往眉县行进时，司机指着秦岭山脚下一座静静地坐落在一片绿色田野上的小镇告诉我，那就是出土石鼓文的石鼓镇。

为山河立传
——《宝鸡山水文化》序

在东西方文化中，中国传统文化大概是最强调人与自然的对应关系的了。从老子"人法地，地法天，天法道，道法自然"的宇宙观，到唐人"外师造化，中得心源"的艺术观可以看出，天地自然乃中国传统文化精神根源所在。于是自古及今，诸如庄子、陶潜、谢灵运、王维、李白一类的智者高人，便将寄情山水、与名山大川为伍视为提升人格理想、聆听万籁的绝佳选择。更有佛家和道家以餐风饮露、隐遁山林作为将人类沾满俗世尘埃的肉体融入自然山水灵光照耀之下，倾听天籁之音，妙悟禅道至理，实现灵魂与肉体无限提升的必由之路。久而久之，一种以人与自然山水相互映照、互为依托，体味人与自然相互映照奇妙境界的文化现象——山水文化，便应运而生，成为最能昭显中国传统文化精神的文化形态。沉浸在充满自然万物、自在呼吸的山水世界，我们不仅能够明晰地感受到沉默无言的山水自然波动不息的精神状态，并在"天地有大美而不言"的情境中感知人与自然万象之间相互滋润、相互启迪的神秘联系，更能从千姿百态的自然山水中体味到一个民族精神情感萌动、生发和壮大的文化经历。

这既是2004年秦岭之行后，我对秦岭自然山水沉迷不已的原因，也是披读宝鸡市社科联主席孙忠印先生主编的皇皇数十万言的《宝鸡山水文化》之际对中国山水文化的一点粗浅认知。

宝鸡原本就是关中平原唯一一座地跨秦岭南北，占尽北雄南秀、山水环绕、名山跌宕之美的山水名城。汤汤渭河贯穿全境，千河之水蜿蜒迂回，嘉陵江水源起散关、南入巴蜀，更有关山逶迤，千山绵延，以太白山为最高点的莽莽秦岭如屏如障雄矗天外，自古就是名山大川荟萃之所，更是中国山水文化萌芽生发的乐土。所以面对《宝鸡山水文化》所展示的西府大地山环水绕、山川竞秀的自然山水，我们不仅能够体味到神奇大自然对宝鸡大地的恩赐与眷恋，透过《宝鸡山水文化》所讲述的烙印在宝鸡境内名山大川之间的历史故事，我们还可以感知到宝鸡自然山水与中华文明史、中国山水文化史之间如影随形的文化经历与情感律动。

中国山水文化作为中国传统文化的一部分，孕育于中华文明萌芽初启的远古时代。但作为一种独立的文化形态，则是在诸如老子、庄子、谢灵运、王维一类中国传统文化的启蒙者与开拓者，将古老的自然崇拜、天人合一的哲学思考、象天法地的文化观念相互融合，并伴随着人类对自然山水审美水平的提升创造出丰富多彩、式样繁多的文化艺术范式后形成的。不过，在老子说出"天一生水，水生万物"之前，出于对神秘强大的自然山水的敬畏，远古人类记述对天地万物认识的岩画、表示对高山大河敬畏之情的祭祀仪式与歌舞，标志着一种以人与自然互为依存为表现形式的文化现象，已经在我们先祖咿呀学语的童年时代诞生。从天水大地湾遗址出土的彩陶上的鱼兽纹饰和水波纹可以断定，华夏人文始祖伏羲氏和他的部族在渭河上游天水境内生活时，在精神层面上已经确认了原始人类对自然山水的依附关系。神秘神圣的山水林泽给了原始人类得以温饱的资源，苍莽的山林、鱼虾成群的河流既是他们获取生活资源的对象，也是寄托他们对天地神灵崇拜感恩之情的对象。到了伏羲后裔炎帝神农顺流而下，来到宝鸡境内的时候，原始农业与采摘业的发展，标志着人类对自然山水的认知已经上升到一个前所未有的高度。生活在渭河南岸清姜河流域的炎帝部族不仅让播撒在向阳坡底的种子开花结果，还有了华丽的服饰。后来，又由于炎帝神农氏于天台山、太白山一带品尝百草，中国中医药文化和茶文化的第一道曙光也从这里升起。紧接着，老子在楼观台讲授《道德经》后又来到太白山青牛洞，沉醉于八百里终南仙境自然山水奇观之际所催生的中国山水文化与道家文化的相互融合，成为我们中国山水文化的一个新起点。到了周秦时代，宝鸡已经是中国先进文化和精英文化汇聚之地，起源于岐山一带的青铜文化、《诗经》文化、农耕文化，以及根植于石鼓山的钟鼎文化，聚集于太白山的仙道文化，生发于渭河南北的礼乐文化，与其说是生活在宝鸡境内的周人和秦人对开始萌芽的中国传统文化的重要贡献，倒不如说是宝鸡境内得天独厚的自然山水让他们拥有了开拓中国文化新天地的创造力更为贴切。于是，生活在宝鸡境内的周人和秦人在依托秦岭、关山、渭河自然山水开创历史新纪元的同时，遗留在关山千水、渭河秦岭之间的历史情感，也让一种以自然山水为表述与沟通对象的文化形态——山水文化，率先在西府大地脱颖而出。唯其如此，我以为如果要追溯中国山水文化源头，有秦岭关山环绕，有渭河嘉陵江奔流，并孕育了灿烂辉煌周秦文化的宝鸡，必然是不可回避的地方。因此，我以为孙忠印先生以一册《宝鸡山水文化》追寻宝鸡山水文化精神渊源，实际上也是在探寻中国山水文化诞生、发展的来龙去脉。

　　文化是人类文明成果积累到一定程度必然结出的果实。尽管我们不能否认殷商时期文明与文化的存在，但在依托岐山渭水崛起的周人推行礼乐文化之前，以"观乎天文，以察时变；观乎人文，以化成天下"为宗旨，"以文教化""以文成化"为目的的文化意识，尚在襁褓中。只有到了那部被视为为千秋万世立法规的《周礼》出现之后，以礼乐制度为表现形式的礼乐文化，才引领中国历史走向一个知礼节、讲人伦、重文化的文明时代。虽然周公制礼作乐时周人都已经迁至远离宝鸡的镐京，但从"凤鸣岐山"的典故可以看出，宝鸡境内自然山水仍然是寄托周人梦想的精神家园。同时，从"周之兴也，鸑鷟于岐山；其衰也，杜伯射王于鄗。是皆明神之志者也"的记述还可以推断，尽管西周时期周人也将自然山水与自然物象变化看作是神的意志体现，但相对于殷商时代的神权至上来说，周人以德配天的神权思想所赋予自然万象的君权神授意识，已经让原始自然山水文化沐浴在浓郁的人文光照之中。接下来，当"磻溪"河迎来一位直钩钓鱼、伺机出山的千古智者姜太公时，后来成为中国传统文化和中国山水文化重要形式的隐士文化，也在宝鸡境内秦岭渭河之间呱呱落地。到了秦代，且不说秦人所创造的社会政治管理制度对全面催生中国传统文化的影响，单是秦始皇先祖自天水越过关山进入宝鸡，在"汧渭之会"牧马求生,以及公元前761年秦文公东猎之际在陈仓鸡峰山建立陈宝祠的经历就足以证明,周人和秦人在宝鸡境内开创中国文明史的同时,遗留在宝鸡山山水水的历史文化遗迹不仅成为培植中国传统文化精神的重要因子,也是催发中国山水文化的雨露甘霖。

　　中国山水文化萌发于人类改造大自然的全过程,并伴随人类审美意识的觉醒而出现,到后来演化成为伴随人类精神、情感、宗教、艺术发展始终的文化形态,成为最能体现中国历史文化本相和传统文化精神的文化载体。人类混沌初启的幼年时代刻写在岩壁上的岩画、烧制在陶器上的刻画符号,既是原始先民创造文明、认识自然的心路记录,也是中国山水文化萌芽的胚胎。如果我们将殷商末年周人自陇东高原沿泾河南下,到达岐山脚下的周原一带后在岐山、扶风一带营造的城郭、宫殿、宗庙、房舍,看作是因人类文明进步而使得表述方式大步提升的中国山水文化的一部分的话,那么其后周人在渭河两岸创造的空前绝后的青铜文明,又何尝不是与中国传统文化水乳交融的山水文化催生的产物呢?公元前761年,秦文公来到"汧渭之会"选择新的国都时,既有卦辞引导,更有西依关山、濒临汧河渭水优越山水自然条件的启发与启示。原本是为了剪灭西戎、收复周王室赏赐之地进行战略侦察的秦文公,徜徉在山环水绕的西岐大地,俨然成了一位寄情山水的行吟诗人。他不仅走遍了现在宝鸡陈仓、凤翔一带的山山水水,还忘不了在紧依秦岭的石鼓山留下一组记述秦人创业、立国、发展历史的四言诗。后来,包括秦穆公在内的秦国十数代国君纵横秦岭渭河南北,横跨陇山左右,开疆拓土,这些遗留在宝鸡境内的历史故事经时间发酵后,也成为宝鸡山水文化密不可分的一部分,不仅让宝鸡山水文化表现得绮丽多姿,而且为山重水复的西府大地自然山水赋予了古老传奇的人文光芒。秦国既亡,大汉复出。站在太白山之巅我们还可以看到,穿越秦岭的褒斜道、傥骆道、陈仓道曲折蜿蜒,环绕于太白山周围,让西起大散关、东及太白山一线的莽莽秦岭显得更加突兀高绝。自汉唐到近代遗留在古道两侧的壁刻建筑、历史传奇、文化遗存,更使弥漫于西府大地的山水文化多姿多彩,蔚为壮观。这期间,我们还没有来得及细数新石器时期生活在北首岭的原始先民所创造的远古文化,分别生活在姜水与姬水流域的炎黄二帝所开拓的农耕文化,以及周秦时代率先被封为"西岳"、享有祭祀朝拜之礼一度超过泰山的吴山所开启的山岳文化。因此在阅读《宝鸡山水文化》时你可以发现，透过这本几乎将纵横交织于宝鸡境内自然山水与中国历史上重大历史、人文故事一网打尽的著作可以看到，古老深邃的山水文化在古老西岐大地不仅灿若星海，而且永续不断，代代相传，生生不息。

  公元前2世纪初，位于秦岭南麓凤县境内的紫柏山迎来了一位机智儒雅的隐居者，他就是帮助刘邦打下大汉江山的一代功臣、汉初三杰之一的张良。张良不是中国隐士文化的开创者，紫柏山也非秦岭境内钟爱自然山水的古代隐士最早落脚之处，但由于西汉开国重臣张良于功成名就、俗世人生达到辉煌顶点之际却谢绝皇帝加官晋级，辞谢已经到手的功名利禄，转身走上与溪风山林为伴的隐居之路，其所开拓的中国古代知识阶层为保全人格而选择退避山林、远遁世俗的生活方式，也就在中国山水文化史上显得尤为重要。张良之前，与紫柏山隔岭相对的太白山已经是古代那些追求餐风饮露、羽化成仙的隐修者的天堂。最早与太白山结缘的隐修者是道教十二金仙之一的太白金星，由于太白山是太白金星修炼之地，所以才有了太乙山、太白山之名。在老子告别太白山青牛洞，骑牛继续西行之后，太白山已经是春秋时期不满朝政的知识分子、渴望修炼成仙的修行者理想的隐修之地。以不食周粟的伯夷、叔齐兄弟和神秘莫测的鬼谷子为开端的隐士文化，也据此在太白山生根开花。无怪乎20多年前美国作家比尔·波特在寻访太白山之后感叹说，太白山才是中国隐士文化的源头和八百里终南仙境的起点。事实上，除了太白山，在周秦已远的时代，我们也没有看到茫茫中华大地哪一座山上曾经聚集了如此众多沉迷于自然山水的隐居者。汉魏以降，佛道文化和儒家文化盛行其时，由于印度佛教、中国道教和儒家共同选择了在太白山安身，这时的太白山早已从青藏高原以东中国大陆第一高峰和莽莽秦岭主峰一跃而为佛道儒并存、人神共处、山水文化凸显的华夏人文圣山。其间，佛、道、儒修行者和如孙思邈、马融、张载之属人类精神世界的思考者、创造者与太白山水相知相交过程中所发生的故事，不啻让原本主张天人合一、物我相融的中国传统文化思想日益丰润，也使不断走向成熟的中国山水文化向着它的巅峰阔步迈进。在与太白山隔渭河相望的扶风法门寺供奉起佛祖释迦牟尼真身舍利之前，山溪奔流、古木参天的龙门洞早已是春秋时期追求庄子所描述的"肌肤若冰雪，绰约若处子，不食五谷，吸风饮露，乘云气，御飞龙，而游乎四海之外"神仙境界的隐士高人云集之地。只不过那时候道教尚未诞生，但在那些追求长生不老之术的隐修者看来，和太白山一样远离俗世喧嚣，与山清水秀为伴的景福山，是他们通过与山水相融的大自然日复一日的交流，抵达通天绝地的神仙境界的绝佳去处。到了丘处机时代，原本借助景福山自然山水而出现的龙门洞，迅即被丘处机树立的道教龙门派旗帜，推升到了中国文化史上让人过目不忘的文化名山行列。从紫柏山、太白山、景福山由一座普通山岭上升到浸润着丰富中国历史文化精神的文化名山的经历可以看出，遍布宝鸡大地的自然山水让历史上那么多智者先贤在寻求与自然山水相互沟通、相互启迪的同时，既造就了宝鸡境内的众多名山胜水，也让与中国传统文化一脉相承的山水文化更加丰富多彩。尤其是以太白山为核心的终南山水，不仅是中国山水文化的核心所在，更是历代游仙高道、佛教僧侣和精神世界冥想者趋之若鹜的隐居佳境。终南山幽谷深林，佳山胜水，在让佛道儒相互交融、相互贯通的过程中，也让终南山的山水文化成为中国大地最为壮观的地方。

　　以人与自然山水之间的对应关系为呈现方式的山水文化，不仅丰富了中国文化的精神内涵，也为中国传统文化与传统艺术拓展了无限发展空间。公元11世纪初，一幅以自然山水为内容的水墨山水画的出现，将中国写实山水画推到前所未有的新高度，这就是唐人范宽的《溪山行旅图》。后人研究发现，这幅被赵孟頫称为"古今之绝笔"的中国水墨山水画巅峰之作，竟是以横跨眉县、太白、周至三县的秦岭主峰太白山山域的自然山水为蓝本创作完成的。也就是说，如果不是以太白山为蓝本，没有范宽与太白山水相处之际被太白山神奇自然山水唤醒的创作激情，中国绘画史上有没有《溪山行旅图》这样的千古名作诞生，也是未可知的事。范宽的另一幅作品《关山雪渡图》则更为确切地以磅礴气势，突显了作为宝鸡西部屏障的关陇名山关山"寒林萧萧，幽静深远"的意境。范宽之前，居住在终南山、太白山佛寺道观的僧侣道士，以及如吴道子一样的宫廷画家、王维一样的文人墨客，已经以太白山和终南山水为蓝本，创造出中国绘画史上独一无二的禅宗山水画和道家山水画，让中国传统山水画走向了佛道思想、自然山水、绘画者个人情怀相互映照的新境界。紧邻汉唐都城长安的宝鸡，境内的太白山、嘉陵江、关山、九成宫自然山水，不仅是他们妙悟禅机道理的对象，也是他们开拓中国山水画艺术新领域的启示者、引领者。

相对于宗教、建筑、绘画艺术与自然山水之间的关系，跌宕起伏、迂回曲折的自然山水，似乎更容易诱发好山乐水的传统中国文人追求自由人格的激情与渴望。"秋风吹渭水，落叶满长安"是一种心境，"太乙近天都，连山接海隅"也是一种心境。行走在西府大地名山胜水中，我们可以看到，与山川竞秀的中国大地大好河山滋养了摇曳多姿、情韵俱佳的中国山水诗一样，自古及今络绎不绝、徜徉于宝鸡名山胜水的历代诗人，也让宝鸡自然山水弥漫在一种充满传统人文关怀的诗歌光芒之中。大散关本来就是千古名关，公元1171年，受王炎之邀来到大散关抗金的陆游留下的"楼船夜雪瓜洲渡，铁马秋风大散关"诗句，更为大散关平添了一分金戈铁马、忧国忧民的悲壮情怀。从大散关向西、再向北，自宁夏高原蜿蜒南下的关山，因汉乐府《木兰辞》一句"万里赴戎机，关山度若飞"诗句，成为历代守边士卒挥别皇都、赶赴边塞大漠之际离情别绪丛生的分界岭。在陆游之前，卢照邻、王之涣、王维、李白、杜甫等越关山西行的诗人跋涉在关山古道上，且行且吟，留下的众多诗篇不仅让苍莽关山、陇头流水成为盛唐边塞诗最具有象征意义的诗歌意象，关山的高迈、关山古道的艰险、西行之路的孤寂，还让在都城长安过惯安逸生活的大唐诗人看到了人生的苍茫、天地的高远。苏轼到凤翔任相当于现在市长助理的签书判官时，秦岭山下的磻溪河早已因姜子牙垂钓成为凤翔府首屈一指的山水名胜。苏轼游历磻溪，大抵也不仅仅是为了独享磻溪美景，所以与磻溪清流相遇之际，苏轼与姜子牙两个伟大灵魂便展开了穿越千年时空的对话："问道磻溪石，犹存渭水头。苍苍虽有迹，大钓本无钩。"比苏轼更遥远的《诗经》时代，宝鸡自然山水已经与诗歌结缘："蒹葭苍苍，白露为霜。所谓伊人，在水一方。溯洄从之，道阻且长。溯游从之，宛在水中央。"如果打开《诗经》，将《大雅》《国风》中描写自然山水的诗句与宝鸡境内山水进行对照可以发现，周秦时代，宝鸡境内渭水、周原、漆水、凤凰山等自然山水，已经成为民间歌手、庙堂诗人借景抒情、反复吟诵的对象。汉唐时期是中国文化大发展、大繁荣的黄金时代，以山水诗为代表的山水艺术走向空前繁荣。这一时期，已经住满道士僧侣及如张载一样人类思想世界探秘者的太白山，是关中大地最受好山乐水的仁人智者青睐的山水名胜。后来被唐宋两代皇帝敕封为灵应公、明应公和福应王的太白山，迎来过络绎不绝的香客和祈雨者，包括杜甫、岑参、张籍、白居易、韩愈、王安石、苏轼在内的唐宋诗人，他们或于公务闲暇之余，或在郁郁不得志之时从长安城出来，一路吟诵着"吴岳夏云尽，渭河秋水流""朝元阁峻临秦岭，羯鼓楼高俯渭河"的诗句，朝有奇峰怪石、飞瀑幽洞、深谷林莽、古庙老寺的太白山而去。这些名贯古今的大诗人为太白山和屡次游览的宝鸡山川大地、风景名胜、历史遗迹留下的诗文辞赋，是盛唐山水诗走向巅峰必不可少的台阶之一。以太白山为核心，包括渭河清流、关山险阻、散关传奇、周秦历史在内的山水风物，也让沉浸于西岐大地绮丽多姿自然山水的来访者内心明澈，襟怀开朗："望见南山阳，白露霭悠悠。青皋丽已净，绿树郁如浮。曾是厌蒙密，旷然销人忧。"不过也有一人例外，公元742年，第二次在长安理想幻灭的大诗人李白离开都城后选择的第一个散心之地就是关中西府。出长安西行，李白第一站到达的是七年前曾在长安城引颈遥望并在《蜀道难》里慨叹不已的太白山。接下来，又去了眉县金渠镇、姜太公垂钓的磻溪和凤翔县雍城遗址。在太白山，李白写了两首诗，一首是《古风·太白何苍苍》，另一首是《登太白峰》。令人费解的是，一生狂放不羁的李白一旦与太白山相遇，豪迈之气竟然锐减！此前，李白写匡庐是平视；写天姥山时，李白似乎已经羽化成仙，让人叫绝的是梦游天姥山所激发的诗人那种鸟瞰山川大地，"一夜飞度镜湖月"的辽阔气概；即便是面对群山汹涌的巴山蜀水，他也只是发出"噫吁嚱！危乎高哉"的惊呼感叹。然而面对太白山，那种"太白何苍苍"的无奈、"夕阳穷登攀"的无助，让我们感到一代诗仙李白从精神到情感上完全拜伏在了太白山脚下！

　　这也许正是中国山水文化和宝鸡自然山水的魅力所在吧。

　　由于对秦岭的沉迷与膜拜，也由于宝鸡和天水山水相依的地缘关系，宝鸡是我最熟悉也是最有感情的一座城市。2004年以来，在反复进入秦岭、渭河之间行走漫游的过程中，我几乎走遍了宝鸡境内的山山水水。我熟悉宝鸡的山水自然，也熟悉遍布秦岭、渭河、关山、嘉陵江之间的历史文化与精神情感。近十年与莽莽秦岭的相知相交让我觉得，以秦岭为中心的渭河、汉江流域是华夏文明起源的核心，也是迄今为止中国传统文化精神最后的存留之地。我这些年的努力，就是为了寻觅、呈现并呼请社会关注我们民族情感和文化精神发生之地的过去与未来。作为饱受秦岭荫庇、渭河润泽，又孕育了最早为中华文明带来人文曙光的周秦王朝的宝鸡，自然是我这些年景仰、审视、思考的目光一刻都不曾远离的区域。所以在看到孙忠印先生主编的《宝鸡山水文化》之际，我惊讶于《宝鸡山水文化》所展现的宝鸡自然山水与宝鸡历史文化之间的情感渊源、文化精神，远比我所了解的丰富得多，迷人得多。同时我也惊喜于在与秦岭、渭河相依相偎的宝鸡，还有那么多钟爱自然山水和中国传统文化的人，和我一样默默做着为山河立传的工作。天地万物、自然山水是我们生命、情感和精神不可分离的一部分。要读懂中国历史，就必须读懂中国大地名山大川的历史身世；要读懂中国，就必须读懂中国的山川大地、江河湖泽；要理解中国文化，就必须理解历代中国文化的缔造者俯身自然山水之际的精神情感。《宝鸡山水文化》的编著者无疑是一群宝鸡自然山水、历史文化、人文精神的热爱者和痴迷者，更是中国传统文化和山水文化执着的探寻者。《宝鸡山水文化》的编者以人文学的情怀、历史学的思考、地理学的视野环顾宝鸡大地，梳理上迄仰韶先民、炎帝神农，下及当代人文历史与宝鸡自然山水之间的文化、精神、情感联系，既展现出宝鸡自然山水的绮丽壮美，也突显出底蕴深厚、雄浑厚重的宝鸡历史文化和绚丽多姿的宝鸡山水文化，对中华文明发展进程、中国传统文化和中国山水文化形成与发展所产生的重要影响。所以在我看来，《宝鸡山水文化》既是宝鸡自然山水的百科全书，也是宝鸡历史文化和山水文化的精神传记。其中所展示的山山水水、历史文化、人文精神，不仅让我们能够体验宝鸡自然山水之美、历史文化之丰富与厚重，如果沿着《宝鸡山水文化》指引的这条千回百转、曲径通幽的山水文化之路走进去，我们还可以更为明晰地看到中国传统与自然山水之间相互映照、相得益彰的文化状态，以及宝鸡自然山水文化与中国山水文化萌芽、生成、发展过程之间的隐秘联系。

2014年8月于天水

山水精神

每隔几年，著名画家刘文西都要到太白山写生。他到了太白山，既不求神拜佛，也不上大爷海、拔仙台，而是和他的助手从汤峪或红河谷进山，钻进太白山深处人迹罕至的深山老林，寻访鲜为人知的自然山水，一住就是十天半个月。

这是我在太白山听说的。

刘文西是黄土画派开创者。他的作品，多以人物为主，而且一直以陕北黄土高原为创作基地。那么刘文西为什么经常到太白山写生，并将黄土画派仅有的两个创作基地一个放到陕北，另一个则设在山水俱佳的太白山呢？在网上，我看到一本陕西人民出版社出版的《刘文西山水画》，封面上特别注明"太白山2011年6月"。在这本画册里我发现，到了太白山，刘文西不仅画太白山的山、太白山的水，也画太白山的松柏云雾。那种开阔雄浑的笔墨意境，让人感觉太白山的自然精神，已经深入到这位当代人物画巨匠的情感与心灵深处。其一笔一墨，都能让人感受到一座卓然挺拔的大山灵魂的呼吸。即便如此，我终究还是不能完全明白，一个以黄土地为创作对象的画家，对太白山的感情到底从何而来。

直到后来追溯到中国山水画本源，有人告诉我中国古代山水画巅峰之作、范宽的《溪山行旅图》就是以太白山为蓝本创作的，我才恍然大悟：原来中国山水画之所谓真山真水之根源，竟来自太白山！

太白山山水自然，不仅让盛唐以来的中国山水诗歌充满令人迷醉的自然之气，还让中国山水画走向了一个更为辽阔、饱满、壮美的崭新世界！

点透范宽《溪山行旅图》与太白山山水关系的，是太白山投资集团副总刘强中。我至今没有找到《溪山行旅图》的山水出自太白山的直接证据，但从充盈画面的大山大水所呈现的壮美气势，以及占据整个画面主体的高山峭壁、险山巨石、丛莽飞瀑可以看出，范宽所表现的是纯正北方山水。而且从作品所透露出的雄浑气势可以断定，《溪山行旅图》是一座千古名山催生的产物。在北方，尤其是出生于陕西耀州的范宽所能面对的北方名山中，北岳恒山没有画面中所表现的山水丰富，西岳华山又少了太白山的丰润空阔，至于东岳泰山的山与水一旦放到《溪山行旅图》画面上，又显得过于纤秀。如此，与《溪山行旅图》气质气势、山水形态、精神气象相匹配的北方名山，也只有太白山了。

历代赏玩者在评论《溪山行旅图》时惯用的评价是："扑面而来的悬崖峭壁占了整个画面的三分之二。这就是高山仰望，人在其中抬头仰看，山就在头上。在如此雄伟壮阔的大自然面前，人显得如此渺小。山底下，是一条小路，一队商旅缓缓走进了人们的视野，给人一种音乐的动态感觉。马队铃声渐渐进入了画面，山涧还有那潺潺溪水应和。动中有静，静中有动。这就是诗情画意！诗意在一动一静中慢慢显示出来，仿佛听得见马队的声音从山麓那边慢慢传来，然后从眼前走过。"

凡是与太白山山水精神有过交往的人，对《溪山行旅图》中那直插云霄的山，以及面对太白山夺人魂魄的自然山水之际的渺小与仰视，都有感同身受的体验。因为太白山不仅有中国大陆腹地最高矗的山峰，还有最接近原初状态的自然山水。在太白山，人的存在永远是最不起眼的，而山、水、树木，甚至看似纤弱的花草，以及生活其间的万千生灵，才是这座圣山的主人。那么《溪山行旅图》的作者通过画面上人与大自然之间的对比，是不是也在表达他面对太白山苍茫山水之际的这种感受呢？

我们不知道构思《溪山行旅图》之前，范宽是否曾经长期沉迷于太白山自然山水，更不知道他笔下的自然山水来自太白山的哪座山、哪条水，但有一点是可以确定的，即"外师造化，中得心源"的绘画理论在唐代已经提出。中国山水画强调的真山真水真性情的绘画实践，从五代董源、巨然画江南山水，荆浩、关仝画中原和太行山一带高山峻岭时已经付诸实践，那么范宽《溪山行旅图》的山水，也绝非无本之木，一定是有出处的。更重要的是，范宽一生沉迷终南山水，晚年又隐居终南山，太白山作为八百里终南仙境的起点和唐宋以来被朝野广为崇拜的文化名山，范宽不可能视而不见。在我了解的一些当代画家中，有不少人为了学习《溪山行旅图》所表现的山水形态、自然精神，至今手持《溪山行旅图》，经常深入太白山深处，体验画面上行旅者在丛林掩映中与大自然交融的感受，面对太白山真山真水，一点一点对比研究《溪山行旅图》中高山、巨石和丛林之间相互映衬的构图关系。如此，我也就在思考，既然范宽是终南山山水的痴迷者，那么他一定有可能到过太白山；既然到了太白山，太白山自然山水就一定会对他的创作产生影响。也就是说，虽然我们无法确切地说范宽什么时候到过太白山、他的《溪山行旅图》是否一概以太白山山水为蓝本，但太白山山水对范宽及《溪山行旅图》的影响，是必然存在的。

中国山水画出现于魏晋南北朝，到了隋唐，才从人物画中独立出来，成为专门以描述自然山水、展现作者情怀为主旨的独立绘画艺术门类。中国山水画第一浪高峰始于盛唐。这个时候，也是道、佛、儒文化聚集于大唐都城长安南的终南山，将标志大唐盛世情怀与中国传统文化精神高度的终南文化推向极致的时期。作为终南仙境和最高峰，佛、道、儒叠加的太白山文化不仅受到皇家青睐，也备受盛唐文人热爱。众多文人学士和佛家、道家修行者纷纷隐居其中，一方面读书习经，另一方面面对太白山自然山水修身养性。苦读面壁之余，琴棋书画、吟诗作赋，是他们调节心绪、表达与大自然交流所得的另一种方式。于是，宣扬道家文化的道家山水、表现禅宗机理的佛家山水画的出现，让盛唐山水走向一个前无古人的境界。有人通过研究敦煌莫高窟壁画得出结论：唐代以前，莫高窟壁画的山水画凤毛麟角，极为稀少；而到了唐代，山水画不仅数量剧增，而且艺术水平也很高。敦煌莫高窟壁画最能表现盛唐山水画高度的，则是青绿山水画。

尽管我不能确切说出盛唐青绿山水画是否与太白山有关，但终南山是盛唐都城御花园，也是盛唐文人寄情山水、郊游散心的休闲目的地，更是佛家僧侣和道家修行者的精神家园。所以，董其昌后来总结说，终南山是中国"南宗"和"北宗"山水画共同的源头。既然如此，太白山作为终南仙境自然山水与文化景观非常集中的地区，对盛唐青绿山水画的哺育与影响，自然无法回避。

王维的晚年，是在距太白山不远的终南山深处辋川度过的。诗歌、绘画和佛经，是这位诗佛的陪伴者。因为充满禅机的山水画作品，王维和李思训被董其昌尊为中国盛唐山水画新纪元开创者。我不知道王维生前是否到过太白山，但从他写给太白山的唯一一首诗《终南山》里，我还是能感受到太白山让他的山水诗抵临的高远、空阔、苍茫境界：

> 太乙近天都，连山接海隅。
> 白云回望合，青霭入看无。
> 分野中峰变，阴晴众壑殊。
> 欲投人处宿，隔水问樵夫。

公元8世纪中叶，太白山迎来了一位大诗人。

他就是刚刚离开长安的李白。

这是李白第二次满怀失望走出他曾经渴望不已的盛唐都城长安。此次进京，本是唐玄宗的妹妹玉真公主和贺知章共同向唐玄宗推荐的。最初的日子，由于唐玄宗和杨贵妃欣赏他的才华，李白在长安过得还算开心。但好景不长，一方面，被分到翰林院草拟告示的李白由于经常被唐玄宗叫去陪侍游玩，招致同僚妒火中烧；另一方面，舒心日子过久了，李白放荡不羁、口无遮拦的毛病又犯了。诽谤与嫉恨，让李白在京城处境再度不顺，最终因为一首《翰林读书言怀呈集贤诸学士》惹下祸端，被唐玄宗赏以黄金，客客气气地打发他离开长安。

这时的李白已经不再年轻。或许是为了散心，也或许是为了看看他早已倾慕的天下名山太白山，李白离开长安后沿渭河向西，开始了关中西府之行。据有人考证，进入宝鸡境内，李白直奔太白山。

此前，开元二十三年（735），正在从安陆北上西游的李白，因向唐玄宗上《大猎赋》获得玄宗赏识，被召进京。这期间，他还将自己包括《蜀道难》在内的诗作，献给当时身任银青光禄大夫兼正授秘书监的贺知章。贺知章对《蜀道难》和《乌栖曲》尤其赞赏，问李白："你是不是太白金星下凡啊？"尽管《蜀道难》将太白山的高险奇峻写得惊心动魄，但第一次到长安，李白是从东面进入关中的，还没有登过太白山。所以李白这次西行直奔太白山，似乎也有了却一个心愿的意思。

……
　　西当太白有鸟道，可以横绝峨眉巅。
　　地崩山摧壮士死，然后天梯石栈相钩连。
　　上有六龙回日之高标，下有冲波逆折之回川。
　　黄鹤之飞尚不得过，猿猱欲度愁攀援。
……
　　　　　　　　　　　——《蜀道难》

应该是太白山与李白心灵上的呼应激发了诗人奇绝的想象，没有到过太白山的李白竟将太白山的高峻描写得如此真切。我们无从考证李白是否登临过拔仙台、大爷海，但从一口气在太白山留下两首诗作可以看出，现实的太白山山水，比想象中的太白山更真切地进入了诗人的情感深处：

　　太白何苍苍，星辰上森列。
　　去天三百里，邈尔与世绝。
　　中有绿发翁，披云卧松雪。
　　不笑亦不语，冥栖在岩穴。
　　我来逢真人，长跪问宝诀。
　　灿然启玉齿，受以炼药说。
　　铭骨传其语，竦身已电灭。
　　仰望不可及，苍然五情热。
　　吾将营丹砂，永世与人别。
　　　　　　　　　　——《古风·太白何苍苍》

人文秦岭

李白在太白山留下的另一首诗是著名的《登太白峰》。放过两首诗共同表达李白一生所追求的仙道思想且不说，单就面对太白山之际由太白山与李白共同完成的"诗中有画，画中有诗"的中国山水文化精神，就足以让我们对太白山于缔造中国文人精神的意义，有了更深切的体会。

宋仁宗嘉祐年间，到凤翔府出任判官的苏轼，不仅和当地百姓一起三次向太白山神祈雨，还在游历太白山时经常借宿于清湫太白庙、斜峪关蟠龙寺等寺庙禅房。从这种与太白山山水朝夕相处的经历来看，苏轼应是历代文人中对太白山山水精神理解最为深刻的一个吧。所以当觉岸和尚邀请其为仙游寺山门题写门联时，当时仅20多岁的苏轼连写两联。苏轼一落笔，就道透了太白山的自然精神："客远红尘丛中，到此俗缘尽了""堂开白云窝里，从兹觉岸齐登"。如果不是受了太白山自然山水，以及周秦汉唐以来积淀于太白山的文化精神启迪与熏染，青年苏东坡怎么能够将太白山自然风光与佛家禅宗机理表现得如此透彻呢！

比诗人和画家更早赋予太白山山水丰富文化精神的，还有那些追求心境和生命与太白山山水自然完美融合的隐居者、修行者。隋唐时期，在太白山众多隐居者的背影中，有一个人虽然没有留下书画辞赋，但对太白山山水的热爱却让他的名字千百年来一直与太白山联系在一起。这个人叫田游岩，陕西三原人，唐代永徽时期的太学生。本来已经从大唐最高学府太学毕业的田游岩回家前游历太白山，一进入重峦叠嶂、山环水绕、云海苍莽的太白山，田游岩一下子就被太白山的山水林泉吸引住了。这次乐而忘返的太白山之行，促使田游岩放弃仕途，回家将和他一样喜欢自然山水的母亲和妻子接到山中，遁迹太白山水，蚕衣耕食，不交当世，在太白山隐居长达30年之久。

据说田游岩才学很高，但一生只写过一首诗。如果不是后来欧阳修等编的《新唐书》收录不足百字的传记，清代又有郑板桥的《田游岩碑》存世，这样一位钟爱太白山水的文人，恐怕早已湮没在浩荡俗尘之中了。不过，所幸凡与太白山结缘的文人，原本早已将俗世荣辱、功名利禄置之度外，他们乐山、乐水、乐自然的心境所期待的，是自己的灵魂和肉体能够如春荣冬枯的自然万物一样，自然而然地生长，自然而然地寂灭，只将心灵与自然山水的对话深藏于心间。

　　在潍县做官期间，已经产生隐遁山林之意的郑板桥，不仅敬仰田游岩隐居太白山的超然风度，还不止一次书写《田游岩碑》抒发情怀。由此看来，让太白山水成为中国传统文人精神家园的，不仅仅是太白山的高山流水、松风雾岚，更有自古以来沉醉其间，效法自然、追求人与自然完美结合的太白山挚爱者所赋予太白山水的文化精神与文化气质。

　　老子走了，孙思邈来了；王维走了，李白来了。从古到今，太白山从来就不缺乏那种胸怀大志，探求人与自然和谐相处隐秘的思想者。太白山无言，但太白山山水绽放的生命光辉，却让更多的思考者体会到了"天地有大美而不言，四时有明法而不议"的生命至境。太白山山水也因为他们前赴后继的驻留、言说、表达，成为中国山水文化让人仰视的绝世高峰。

苍老的古道

从北向南穿越秦岭的古道，最著名的有故道、连云道、陈仓道、褒斜道、傥骆道、子午道、阴平道等，这些纵贯秦岭的古栈道和由汉江南岸延伸而来的荔枝道、文川道、金牛道、米仓道相互连接，就形成了我国古代史上蔚为壮观的古蜀道。

2004年夏天，我是从甘肃徽县境内青泥岭的古蜀道转向，经从甘肃两当、徽县到陕西略阳、四川广元的故道，进入陕西凤县的。

从现在被称作铁山的青泥岭往南，也有一条古栈道，叫白水道。公元759年秋天，贫病潦倒的杜甫在漫天秋风中且走且吟，从秦州到徽县，就是从宋代才开通白水道的铁山附近南下，经略阳、剑门关，进入四川的。时隔1000多年以后，杜甫扶老携幼一路跋涉的青泥岭，依然乱石当道，四野无人。当我要求去看一看向南到略阳白水江镇的山崖上残留的栈道痕迹时，陪同的徽县旅游局局长告诉我，前些年悬崖上还有不少栈道孔，现在已经很难看到了。

秦岭大概是中国栈道最为密集的地方。

历史上，秦岭的名声，也总是和刘邦、诸葛亮争夺穿越秦岭的古蜀道紧密联系在一起的：刘邦到汉中之初火烧连云栈道，为他争取到了养精蓄锐的时间。后来有"明修栈道，暗度陈仓"，也是这潜行在秦岭中间的古道，把他送上了皇帝的宝座。相反，诸葛亮的后半生，几乎都是往来于从南秦岭到北秦岭的古道上的，而且诸葛亮的遗憾，也就在于他一生最终还是没有能够拥有这些从汉中到关中和天水一带的古栈道。

那么，什么是栈道呢？

临行前我查阅的资料说，栈道又叫阁道，是古人为了解决崇山峻岭里的交通问题在陡峻山崖上凿石架木，下撑木柱，上覆板，边有栏杆防护的悬空通道。由于这种被称为我国古代"高速公路"的道路往往悬在高山峡谷之间，上有顶棚，旁有栏杆，远远望去好似一串串凌空筑起的空中楼阁，所以又被称为"阁道"。又由于古代的栈道一般都傍水而行，于是又有人称栈道为"桥阁"。在辽阔的中国大地，秦岭雄踞疆土中央，将隋唐以前中国的政治、文化中心关中与巴楚大地阻隔开来。自战国以来，为了沟通秦岭南北的交通，历朝历代，在秦岭崇山峻岭之间修筑了一条又一条栈道。这些穿越秦岭巴山的栈道，在险途漫漫的秦岭巴山之间艰难前行，将巴蜀大地和关中连接在了一起。所以，有人称它为我国古代继长城、大运河之后的又一土木建筑奇迹。

在古代秦岭南北发生的争战中，谁能够占领蜿蜒在秦岭里的栈道，谁就拥有了战争的主动权。即便是现在，经凤县到汉中的宝汉公路，从眉县经太白到汉中的姜眉公路，从周至经洋县到城固的周城公路，以及从陕西宁强到四川广元的川陕公路，基本上还是沿着古蜀道栈道的线路修建的。

从甘肃徽县到陕西凤县途中嘉陵江上游的灵官峡，就处在当年汉高祖刘邦大败章邯于陈仓时翻越秦岭的古道上。在凤县登记好住处后，我让送我出甘肃徽县的县政府的吉普车把我捎到灵官峡，然后沿嘉陵江一路步行，去寻找古道残迹。

这条古道是甘肃境内西秦岭古道中规模最大的一条古蜀道。这条连接甘、陕、川三省的古道开通于商周时期，它从略阳逆嘉陵江北上，经甘肃徽县、两当，在凤县黄牛铺、红花铺附近与后来的陈仓道相接，从大散关越过秦岭，直抵宝鸡。相对于连云道，古道所走的线路山高路远，又偏离关中。汉武帝以后，朝廷将官驿道东移至褒斜道，这里仅仅作为必要时的军事通道和商道，在汉代以后并没有多少大事件发生，所以也就显得更加落寞一些。但50年前，著名作家杜鹏程的一篇《夜走灵官峡》，却使这条古蜀道上的灵官峡声名鹊起。

在峡谷中宝成铁路灵官峡道班的两位师傅告诉我，一个月前，杜鹏程夫人张文彬还到这里凭吊过杜鹏程创作《夜走灵官峡》的故地。

从灵官峡到凤县县城有十几公里，我走了整整一个下午。

2004年夏天的嘉陵江在甘肃境内枯瘦如一条小溪，无声无息地在峡谷里穿行。河谷里是沿民国时期的甘陕公路修建的、现在的316国道。现在凤县境内的宝成铁路，也行走在原来古道的线路上。自宝鸡到天水的312国道修通后，这条过去甘肃通往陕南的唯一通道上，过往车辆已经很少。宁静的峡谷里除了蝉鸣，就是每隔一会儿，就有一列从成都或者宝鸡穿越秦岭的火车轰轰隆隆地从头顶隧道穿过。就在我漫无目的地在公路上徘徊的时候，江对岸如烈火焚烧过的赭红色山崖上，突然出现了一个又一个的小石孔。四五个规则的石孔整齐地排列在距水面两三米的石崖上，让我本来失望的内心突然涌起了一阵亢奋。虽然手头没有任何资料证明灵官峡现在还有古代栈道遗迹，但凭我的直觉，那应该是古代栈道的栈道孔。

古代栈道，一般都是沿河谷而行。由于各个年代每条河流水文状况不同，不同时期和不同河段的栈道，距水面的高度也不尽相同。从汉中褒城到眉县斜峪口的褒斜道，栈道路基距地面和水面最高处可以达到300多米。十多年前，川陕公路还未改道时，我从广元明月峡到陕西勉县，从峡谷上看到古代栈道的残迹，就悬在滚滚嘉陵江岸的半山腰上。然而这一次从明月峡、棋盘关一线经过，作为旅游景点开发的古栈道，已经失去了当年我目睹过的那种风采和气势。

没有征兆，没有预感，从灵官峡出来的时候，晴朗的天空突然涌来一片沉重的乌云。一道犀利的闪电在黑云和峡谷之间腾起，沉闷的雷鸣落在两面的山崖上，灵官峡四周回荡起让人心惊肉跳的巨响。

急骤的暴雨从天而降，峡谷里迅即弥漫起迷茫的雨雾。

急匆匆一路赶到峡口一个叫灵官峡村的地方躲雨时，我已经成了落汤鸡。

一家小卖铺门口，几位老人正在一棵核桃树下下象棋。雨珠落在巨大的树冠上激起哗啦啦的巨响，几步之外雨水涟涟，灵官峡口的山谷上烟雨弥漫。老人们就在这废弃了的古道旁悠闲地出车走炮。谈起灵官峡石崖上的石孔，一位眼睛患有严重白内障的老人说："那就是古代栈道孔。"他扬手指着山坡上村后面乌云翻滚的山顶说，那里也有古道，过去有很多驿站，早些年他在山里林子里，还看到过许多被马蹄磨得又光又滑的石头。

"那条古道是过去汉中和四川到天水的官道,地下还有古代的犁铧和箭头。"另一位老人接着说,"后来土匪出没,那条路就没有人走了。"

十多天以后,我在汉中画家魏玉新陪同下沿褒河峡谷从马道、青桥驿一线寻访褒斜道遗迹时,在褒河水浸泡的巨石上,也发现了不少四方的栈道孔。

褒斜栈道是秦岭栈道中历史上最繁华的一条。自秦代开通以来,一直沿用到明清。那一座座建在褒河东岸的"栈阁"在马道一带,一般都在距离水面七八米的悬崖上。我们看到的那些横躺在河中的巨石,应该是在山洪暴发或者山体滑坡时滚落下来的,最终横卧在滚滚激流之中。当年支撑过千军万马的栈阁早已灰飞烟灭,一个又一个曾经悬在空中的工匠历尽千辛开凿的石孔,现在如一个个眼眶,里面注满了河水。

栈道千里,通于蜀汉,使天下皆畏秦。

这是《史记》对战国时期穿越秦岭巴山之间的古栈道盛况的描述。

公元前316年,秦惠王征服生活在四川丰都一带的巴人时,秦人千军万马从这条古道如飓风一般突破秦岭巴山的阻隔,仅用了三个月时间就灭掉了巴王。

魏老师是一位喜欢游走的画家。最近几年,创作了许多反映秦巴山区小人物生活的速写作品。每到节假日,他都夹着自己的画册,在山村小镇到处游走。他指着暮霭中莽莽苍苍的山岭说,那里的山林里,以前还有古道遗迹,川陕公路通车后,那条路也就渐渐废弃了。

一路从秦岭走过,那些曾经造就了一个又一个王朝的秦岭古道,已经基本上被荒林碎石掩埋得难觅踪迹。褒河石门水库和广元朝天、剑门关一带修复后供游人游览的栈道,修建得再逼真,也无法复原古代阁道那种飞绝凌空的气势。然而,只要行走在早已废弃了的古栈道的线路上,我仍然会被千百年间往来于古木森森、激流飞渡的栈道上的身影所感动。

对于秦岭来说,它曾经拥有过的驿马飞驰、旌旗蔽日的年代,才是它真正经历和创造的日子。

行走在苍老古道上,我的想象愈加开阔起来。

父亲山的精神之书
—— 周吉灵《华夏龙脉——大秦岭》序

或许是对光阴流逝越来越敏感的缘故吧，这些年总觉得让一个人或者一件事物发生改变其实用不了太多时间，十年时光就足够了。比如十年前我孤身一人走进莽莽大秦岭时，这座自古以来就伟岸高峻、沉默无言地挺立在中国内陆腹地中央的苍莽山岭，还和它过去任何一个时期一样行路艰难、人迹罕至，让人望而却步。对于这座曾经直接影响并改变了中国大陆自然万象、历史人文走向的大秦岭的精神世界，每一个生活在过去和今天的中国人和当时的我一样茫然无知。然而仅仅十年时光，当再一次置身曾经让我激情澎湃的大秦岭深处时，我忽然发现，弥漫于大秦岭千山万壑的洪荒已经被打破，"蜀道之难难于上青天"的喟叹也成为过去，对于越来越繁华热闹的大秦岭，我不知道该喜还是悲。但有最为让我欣慰的一点是，仅仅十年时间，关心秦岭、热爱秦岭、赞美秦岭的人越来越多，曾经备受冷落乃至所拥有的丰富多彩的文化精神被视而不见的莽莽秦岭吸引了越来越多关切的目光。尤其是《走进大秦岭》的出版、纪录片《大秦岭》播出后，有那么多作家、诗人、学者和艺术家义无反顾地将自己的一腔激情与热爱，交付给曾经造就了中国大陆基本框架、肇启了华夏文明最初曙光、缔造了中国传统文化精神，并将中华古代文明推向人类文明制高点的秦岭。俯身探究一个民族的历史身世与这座苍莽山岭的精神渊源，并以此呼唤、挽留越来越弥足珍贵的中国传统文化根脉，终于使这座如父亲一样宽厚隐忍、圣贤一样沉着智慧的文化山岭，从中国众多名山大川中脱颖而出，成为一个民族文化精神的标杆与象征——《华夏龙脉——大秦岭》的作者周吉灵，就是其中最为执着、坚持并坚守的一位。

最初与周吉灵交往，是在他主编的《秦岭印象》创刊前后。

大约是2011年国庆长假结束的前一天，埋首于《渭河传》动笔前资料梳理和提纲修订的我接到周吉灵的电话，说他路过天水，想和我见个面。十几分钟后，一位风尘仆仆、面色疲惫的汉子就出现在我位于天水老城墙下的陋室。吉灵告诉我，他利用假期考察西秦岭，刚从渭源、临洮一带回来。当时我才知道周吉灵在略阳县档案局工作且担任领导职务，创办《秦岭印象》杂志，完全出于对生他养他的大秦岭的热爱。吉灵告诉我，为了创办这份杂志，他已经与陕西作家雷涛、贾平凹、王蓬，河南作家郑彦英等取得联系并得到陕西省作家协会的支持，希望我能担任杂志顾问并为《秦岭印象》提供稿件。自从2004年从秦岭归来，我就渴望有更多的作家、艺术家走进秦岭，关注秦岭。2008年下半年，陕西电视台的郭敬宜邀我为纪录片《大秦岭》撰写解说词时谈到稿费问题，我甚至直言不讳地告诉她："为大秦岭做事，我不计报酬。"所以对这样一位对秦岭充满热爱与深情的秦岭赤子的邀请，我自然满口允诺。只是这些年来可供我写作的时间只有节假日，周吉灵也急于赶回汉中去单位上班，短暂交谈之后便匆匆离去，我至今为当时没有挽留他吃一顿饭或与之多交谈一阵感到负疚。

接下来，由于对秦岭共同的热爱，也由于如期出版而且办得越来越像模像样的《秦岭印象》，我和周吉灵的往来越来越频繁，交往也越来越密切。这期间，读到了他更多的散文及地方历史文化方面的作品后我发现，这位跟人交往起来言语不多却目光坚定、执着的陕南汉子，本质上是位内心充满炽烈热情、胸怀高远理想的诗人。他的《秦岭读春》《品读山水写苍茫》《给力西部》是写山写水的散文佳品，也完全可以当作充满传统中国文人情怀的山水诗来读。尤其是周吉灵行文、言谈所及，以及用十年时光沉迷于秦岭山水之间行走，乐此不疲地沉醉于秦岭历史文化寻觅的姿态，让我惊喜地发现在探寻大秦岭古老悠远文化精神的路上，我又多了一位执着坚定、无怨无悔的同道挚友。

周吉灵老家在登上村后山峦就能看到嘉陵江、西汉水两江交汇的秦岭山区。秦岭的山水、秦岭的一花一草、秦岭神秘神圣的呼吸，在童年时代已经深深烙印在周吉灵这位敏感而深情的秦岭之子内心深处。而这些年，他在西起甘肃境内西秦岭、东到河南伏牛山秦岭山区持续不断的行走中，以及对秦岭丰富沉智精神世界的审视与沉浸，让他对这座曾经孕育了华夏民族最初血脉的莽莽山脉更加充满了依恋、爱戴、不忍片刻远离的深情。于是将自己全身心投入莽莽秦岭，为曾经给予他童年快乐、少年激情、中年沉思的大秦岭献上一曲发自内心的赞歌，于周吉灵来说是自然而然的事。

第一次听周吉灵说要为秦岭写一本书，是2013年10月"百名作家走进太白山"文学笔会上。几个月后，他便将提纲与目录发给我，希望我能为他这部在感情深处已经存活多年的秦岭之书提些意见。经过电话和电子邮件的几次沟通过后，在我即将开始筹划已久的汉江之行前，吉灵就将一部厚实沉重、充满激情与人文光彩的作品初稿寄给了我。这就是不久前跟随我走遍了秦岭巴山孕育的古老汉江两岸山山岭岭的《华夏龙脉——大秦岭》。

"秦岭本身就是一部厚重博大的书。""对于这座凝结了太多的历史文化情感的山岭的认识和理解，无论对于我，还是对于我们这个民族来说，尚需要更多的时间、更多的精力。"在八年前出版的《走进大秦岭》代序和后记里，我就这样强调我在面对这座如慈祥沉智的父亲般矗立在华夏民族精神高地的苍莽山岭之际的感觉与感受。在2004年从秦岭归来的各种场合和文字里，我曾经用"中华民族父亲山""中华圣山""东方阿尔卑斯山"等不同概念，试图概括并描述我对这座与中国大陆构造史、物种变迁史、人类进化史、中华文明起源史、中国古代社会发展史唇齿相依、盛衰攸关的人文山岭的认知。然而对于比生存在中国大陆的各种生命更为古老悠久，比我们所能抵达的精神世界更为辽阔深沉的莽莽秦岭来说，它所拥有、蕴含、隐含的物质与精神能量实在是太丰富、太多样、太古老、太博大精深了。所以在与吉灵第一次探讨本书主题走向时，我就期待《华夏龙脉——大秦岭》在关注他所熟知的秦岭山水世界的同时，能够用自己独有的心灵感受与智慧光芒走向大秦岭的内心深处，探寻这座苍莽山岭与华夏大地、华夏民族的精神渊源。尽管在《走进大秦岭——中华民族父亲山探寻》一书里，我最初和最后渴望抵达的精神指向也在于斯，但在这么多年与大秦岭片刻不离的交流中我越来越发现，开始于2004年的我对秦岭精神世界的触摸与品读，以我仅有的知识阅历和情感心智所打开的，仅仅是一部熔铸了一个民族生命情感和文化精神萌芽、发生、发展、壮大全部经历的千秋之书的扉页。要真正读懂大秦岭，走进大秦岭精神世界深处，尚需更多对这座有过去、有未来、有魂魄、有精神、有情感，同时也拥有它的喜怒哀乐的人文山岭持有感情与激情的人，从不同角度，以不同方式发掘、发现、感受、复原大秦岭的精神世界。在披阅周吉灵《华夏龙脉——大秦岭》书稿的过程中我发现，周吉灵正是这样一位对大秦岭精神世界充满冥想与景仰之情的书写者。从周吉灵充满激情与慨叹的表述中，我们不仅可以看到现实中大秦岭山水万物对他人生经历、人间情怀的影响与抚慰，还可以明确地感受到因现代文明与现代生活方式让大秦岭自然生态、文化传统遭遇困境时，他的内心所感到的难以忍受的焦虑与隐痛。所以，我认为《华夏龙脉——大秦岭》是周吉灵这位秦岭赤子满怀深情，献给父亲山的精神之书。而让这部精神之书呈现出纵贯千古精神气象的，是大秦岭所标示的一个民族的精神高度，以及生生不息的生命力和创造力。同样让这部精神之书淋漓着掩卷沉思的现代意识的，是作者对一座非凡山岭历史与现实真切的感怀。

"西方人说上帝说要有光，于是便有了光。但在秦岭行走的那些日子，我一天比一天坚定地认为，这座横卧中国内陆腹地的莽莽山岭，才是华夏文明的光源所在及中华文明的生发地和存留之所。尤其是在走过秦岭沿线五省50多个县100多个乡镇，目睹并见证了保留在那片神秘荒蛮的丛林深处的精神秘密之后，我不得不承认，在过去和现在，秦岭负载了我们这个民族从童年到青年、壮年所有文化精神的重量与经历。如果要归结出一种可以涵盖、容纳中国历史文化的文化载体的话，那么除了黄河、长江这两个象征性喻体，也只能是秦岭了。如果说黄河、长江是一个民族的精神图腾的话，秦岭则是一个民族历史情感、现实遭际堆积起来的山岭。"这是十年前一次漫长的行走之后我对秦岭精神世界的认知。在《华夏龙脉——大秦岭》里，周吉灵为我们所展示的人文精神与自然生态相辉映的大秦岭的精神世界则更加圆满丰润："站立秦岭，南望苍莽，山峦绵延，草绿林翠，千丝万缕，江河泉源奔涌而去，为长江助阵，向淮水增源，盆地相间，成为大半个中国的绿色泉源；面北而望，秦岭直垂而下，河峪密布，冲积出了一片肥沃的关中平原，渭河中流，田垄相望，光照充沛。从上古到如今，中华文明孕育成长于斯，不仅延续了中华5000年连续不断的文明，还成就了周秦汉唐闻名于世的绝代风华。更为重要的是这高高的山岭，挡住了西伯利亚南下的寒流与沙尘暴，让南国一片葱茏，江湖密布，温润宜人。向东则把江淮河洛、华东、华北变成了中国最大的米粮仓。"这既是现实中中华民族父亲山——大秦岭的自然姿态，也是周吉灵和我共同感知到的华夏龙脉——大秦岭孕育万物、创造万物、护佑万物的精神状态。

愿更多像《华夏龙脉——大秦岭》作者周吉灵一样的秦岭赤子，加入走进大秦岭、认知大秦岭、赞美大秦岭、保护大秦岭，探寻大秦岭与一个民族精神世界相因关系的行列中来。

2014年岁末于西秦岭古城天水

我与大秦岭

我所有的幸运来自大秦岭

2004年，是我写作生涯中最幸运的一年。

幸运降临的标志，是我在这一年开始了后来成为我写作和生活必不可少内容的孤身行走，并与一座给我此后写作与生活带来巨大影响的山岭——大秦岭相遇。

我有幸与大秦岭相遇，大抵只能归结于一种宿命。

我总觉得一个人一生可以做什么，不可以做什么，与什么人和什么事物在什么时候相遇，是一种缘分。比如出生在秦岭怀抱的我，直到2004年才发现，这如屏似障矗立在我40年人生每一个瞬间的秦岭，是值得我以终身的情感去热爱并赞美的高贵神祇，那一定是上苍对一位青春时代就沉迷于对人类精神世界触摸的写作者"苦其心志"后有意安排的奖赏。因为对在"朦胧诗"兴起之初开始诗歌创作的我来说，面对世纪之初浮华散尽后写作遭遇的困境，必须解决这样一个问题：如果我的生命和灵魂还需要文学，就必须重新估量我曾经投身其中并且乐此不疲，远离人间烟火、"为赋新词强说愁"式写作的价值和意义。为了改变和调整，我必须拥有一个能够拓展我生活与写作空间的精神世界。

这种考量与召唤，让我有幸与秦岭相遇。2004年5月，我到兰州参加"第二届甘肃诗会"，《人民文学》杂志陈永春老师的一句诘问便是这相遇的机缘。陈老师说："你生活在秦岭，为何不写写秦岭呢？"那段时间，很多作家、诗人背负行囊，游走于人迹罕至的江河秘境，出版商也对这类既见山水也见文人性情的书稿趋之若鹜，书店里探秘名山大川的散文作品汗牛充栋。更让我喜出望外的是，从兰州回来到网上一搜，竟发现人们对秦岭的认识至今还停留在中学地理课本上"中国南北自然地理分界线、长江黄河分水岭"这一地理概念。从古到今，没有人为这条横贯中国大陆腹地、东西绵延1600多公里、对中国自然产生巨大影响的山脉写过一本书，甚至连"秦岭"一名的来由，也没有人能说出子丑寅卯！这让我意识到，陈永春老师为我指引了一个既值得冒险，也值得细细咀嚼的山水人文秘境。于是，紧锣密鼓准备之后，我孤身一人踏上了探访秦岭之路。

我从天水齐寿山进入秦岭的那天是2004年7月6日。同一天，中央电视台西部频道《秦岭访谈》摄制组也在麦积山石窟举行开机仪式。

尽管做了大量功课，但直至起程我掌握的有关秦岭的资料，只有大陆及台湾地理、地质和动植物学家论述秦岭自然生态、地质地理方面十分有限的文字。至于我对秦岭的直观印象，也仅限几次坐车途经秦岭时获得的一些零碎感受。所以山大沟深、交通受阻、经济落后，以及因此而导致的文化保守、观念闭塞、生活贫困，是我当时对秦岭的全部认知。我将这一切的渊薮，归结于秦岭阻隔导致的传统文化对人们思想意识的束缚。因此动身前，我已为将来的作品取好了书名——《秦岭批判》。我试图通过田野调查，呈现两种文明冲突导致的不同生存境遇，进而以一种激进的现代主义观念批判传统文化对秦岭文明进程的掣肘与羁绊。

然而，当我充满激情地走进群山绵延、峡谷纵横、丛林莽莽的秦岭深处后，山环水绕的自然风光，俯拾皆是的历史遗迹，尤其是面对大山深处随处可见的古栈道、古战场、古村落、古寺庙遗留的历史文化光芒，以及生活在与世隔绝的高山丛林里的山民固守天人合一、万物有灵，倾心灵魂关注的传统观念，在极度贫穷条件下如守护自己生命一样以一生的精力守护一座破败的祖庙、一本残破不堪的家谱的生活现实之际，我突然意识到自己不是在莽莽群山之间穿行，而是在一条融汇了一个民族数千上万年历史情感的江流中逆流而进。透过莽莽林海、起伏山峦和山民们朴素、善良、沉静的内心，我感受到了一个民族古老淳朴的精神呼吸。尤其是伴随行走的脚步不断深入，隐匿在高山峡谷之间上迄华夏文明曙光初启，下及周秦汉唐的历史遗迹中绮丽多姿的文化精神，迫使我不得不放慢脚步，重新思考我与这座苍莽山岭的沟通、交流方式。因为每当向大山深处迈进一步，纷涌而至的历史光影就会让我心旌摇荡、手足无措。这种现象愈是重复显现，我就愈益明确地发现，秉承了莽莽昆仑万千气象，又与中华文明起源、发展、壮大息息相关的大秦岭，不仅仅是中国大陆南北中轴线上一座地跨江河、水分南北的自然山岭，更是一座历史情感和文化精神被严重低估的文化高峰。

几天后，我穿越莽莽群山之间盘根错节、蜿蜒而行的青泥岭栈道、嘉陵江栈道、沮水栈道，在陕西略阳一家宾馆住下来梳理几天的行程时，突然发现仅仅一周时间，我已经从莽莽秦岭好奇的闯入者和蓄谋已久的批判者，一转而成为秦岭自然山水的沉迷者和秦岭灵魂与精神世界的探秘者、迷恋者、崇拜者。短短几天，我不仅无意中收集了为数可观的人文资料，而且随着行走越来越深入，我愈益清晰地发现，以昆仑山断层甘肃省临潭县白石山为起点，向东绵延到淮河之滨，南北以汉江、渭河为界的秦岭山脉，不仅从根本上改变了我国内陆自然的地理格局，更是中华文明萌芽起源、中国传统文化发展壮大的人文高地。当晚，我在日记中写下了这样一段话："这座挺立在中国内陆腹地的苍莽山岭，对中国传统文明和汉文化的生成与培植，对以关中和中原为中心的中国传统文化精神与秩序的建立、确认的意义，远比一座巍峨高山阻挡了南下的寒风、北上的暖湿气流重要得多。"

这种思考让我首次秦岭之行的思维走向发生蜕变。

接下来的两个多月，我像一位虔诚的宗教信徒，晓行夜宿，借助各种可以代步的交通工具走州过县，穿山越岭，途经甘、陕、川、鄂、豫五省50余县的100多个乡镇，走遍了秦岭南北以我体力可以抵达的古渡关隘、古村古镇、古城古道。那种在路上的感觉不仅让我日复一日的行走充满激情，伴随一天比一天踏实迅疾的脚步，莽莽秦岭愈益明晰犀利、神秘高大、辽阔壮丽的文化精神，也让我胸襟辽阔、心境澄澈、灵魂发亮。每当夜深人静，一天的行走归结于大山深处一座四周万籁俱寂的客栈，只要一闭上眼睛，我的内心和情感就会被一种穿越千年时空的苍莽与浩渺所笼罩。我知道这是一座有血肉、有魂魄、有精神，也有跌宕起伏的过去与未来的苍莽山岭对我灵魂的引导与提示。只要顺着这神秘提示走下去，我就可以从一座苍莽山岭的非凡身世，窥探到一个民族尘封已久、鲜为人知的精神世界。因此在后来出版的《走进大秦岭——中华民族父亲山探寻》的序言里，我这样表述我从大秦岭的批判者转而成为大秦岭的崇拜者后对这座苍莽山岭的认知："在过去和现在，秦岭负载了我们这个民族从童年到青年、壮年所有文化精神的重量与经历。如果要归结出一种可以涵盖、容纳中国历史文化的载体的话，那么除了黄河、长江这两个象征性喻体，也只能是秦岭了。如果说黄河、长江是一个民族的精神图腾的话，那么秦岭则是一个民族历史情感、现实遭际堆积起来的山岭。"

在标志我写作生活新开始的长篇散文《走进大秦岭》里，我阐释了这样一个观点：莽莽秦岭不仅具有汹涌高矗的形体，而且拥有高迈神圣的灵魂、辽阔壮丽的精神世界；秦岭是与长江、黄河共同孕育古老华夏文明的中华民族父亲山。

尽管在写作《走进大秦岭》过程中，我自信我触摸到了一座与中华民族共历兴衰的人文圣山圣洁、高迈的灵魂，但接下来的一切还是让我猝不及防：2007年花城版《走进大秦岭》刚出版就跃居西安万邦书城销售排行榜首。紧接着，又有出版社约我继续创作大秦岭系列。2008年下半年，陕西电视台计划拍摄一部反映秦岭人文生态的大型纪录片，我和《走进大秦岭》成为制作方关注的对象。后来在陈忠实和叶广芩的推荐下，我被邀请进入八集纪录片《大秦岭》主创班子，在被称为"当代纪录片沙皇"的著名导演康健宁麾下，成了被央视誉为"中国电视史上最火的大型人文历史与自然地理类纪录片"的《大秦岭》一至四集的撰稿人。

由于《走进大秦岭》的畅销和纪录片《大秦岭》的热播，秦岭旅游热和秦岭文化热就此爆发，我的写作和生活环境也发生了很大改变。我甚至因此被破格晋升正高职称。尽管后来有人在评论我与秦岭的关系时说"《大秦岭》的成功，'中华民族父亲山''大秦岭'及'秦岭文化'概念的普及，彻底改变了莽莽秦岭在中华文明史和中国山水文化精神史上默默无闻的形象和地位"，但对于自从2004年以后就将秦岭视为生命与写作幸运之神的我来说，《走进大秦岭》只是我认识、解读大秦岭的开始。2004年秦岭之行也只是我俯身以秦岭为核心，南及汉江，北到整个渭河流域辽阔区域，探寻一个民族文化精神经历，构筑我梦想中的大秦岭文学帝国的开端。接下来这十年，我不仅在写作《走进大秦岭》《寻找大秦帝国》《渭河传》《仰望太白山》的过程中不止一次返回秦岭，重新体验将自己孤寂的灵魂置放于万籁俱寂的自然山水之际所拥有的愉悦与幸福，我还将自己后半生的写作区域，也锁定在了诞生过西周礼乐、大秦帝国、汉唐盛世，催生了汉族、汉字、汉文化的秦岭、渭河、汉江之间。而渴望通过持续不断的行走，获得一如十年前行走秦岭期间辽阔壮美的大自然对灵魂与精神的提升和启示，则是这些年开始每一部新作写作之前我最为期待的精神洗礼。因为十年边走边写的经历告诉我，对于一个以大地山川为写作对象的写作者来说，没有与大自然身心交融的交流，就永远无法理解"天地有大美而不言"的状态后面山川大地暗含的精神情感，也无法真切表达一颗孤寂而沉默的心灵面对一山一水之际的真实感受。所以在《渭河传》动笔前，我不仅再度孤身走遍甘肃、陕西、宁夏境内渭河流域，在序言里我还这样陈述我体会到的行走与写作之间的奇妙关系："2004年的秦岭之行，让我真正体会到了自己被俗世烟尘熏染得感觉能力日渐丧失，感知度一天天变得麻木迟钝的心灵一旦在美丽迷人的大自然深情呼唤下上路，愈走弥新的自然景观、俯拾皆是的历史背影、绚丽多姿的民风民情，不仅随时可以唤回我恰似懵懂少年般天真而辽阔的想象，激发我日渐沉默的灵魂，而且可以让精神、情感、肉体在与大自然平等交流，相互融合，在一天接着一天，只有开始没有终点的奔走中获得一种天开地阔、扶摇直上的奇妙感觉。这些年有始无终的行走，让我体会最为深刻的是，即便再匆忙、再繁乱、再短暂的行走，都是让一颗日渐浮躁的灵魂趋于安静的最好方式。因为那种'在路上'的感觉，不仅可以让我的精神时时刻刻处于向前和向上的状态，而且可以让内心变得辽阔而透明，变得单纯而接近人本身。"

有人评论说我持续不断的行走式写作是"文化苦旅"，然而我更情愿认为，是开始于十年前的秦岭之行，让我有幸寻找到了一种荡涤心灵，提升灵魂，更真切地实现人与自然相互沟通、互相启迪的交流方式和更接近于人与自然精神本身的表达方式。而让我将这种类似神谕般的写作秘诀铭记于心并乐此不疲的，就是十年来我不曾片刻远离、今生今世绝不会舍弃的大秦岭。因为大秦岭是我的福祉，也是让我几近枯萎的文学梦想再度绽放的幸运之神。

2014年6月2日

本文系为中国作家协会《作家通讯·正在连接》栏目撰写的专题

和康健宁一起走进《大秦岭》

朋友们纷纷祝贺

今年元旦，央视十套《探索·发现》栏目连续播出了康健宁执导的八集纪录片《大秦岭》。作为该片一至四集解说词的撰稿人，与康健宁导演的这次合作使我受益匪浅。元旦晚上，《大秦岭》第一集刚播完，我的手机就响个不停。西安、兰州、汉中和天水本地的朋友纷纷打电话、发信息向我表示祝贺，一向不大喜欢恭维人的诗人古马和小说家叶舟也在电话里说，《大秦岭》大气磅礴，让人震撼。

作为一名作家，自己的作品能得到朋友和读者赞誉，自然是心底里期望的。但电影和电视是一门综合艺术，一部作品的成功与否，导演的智慧和才华才是决定性的因素，所以我在电话里告诉他们："我是沾了康导的光！没有康健宁这样的导演，《大秦岭》绝不会有这样的品位。"

欣然领受新任务

我与康导的合作始于2008年。

2004年，我在完成了对秦岭的考察后，就将自己的写作范围锁定在了秦岭和秦岭文化上。2008年9月，正沉浸于写作"秦岭三部曲"之一的《寻找大秦帝国》的我，一天忽然接到陕西电视台国际部郭敬宜女士的电话。郭女士说，陕西台和中央台准备联合拍摄一部反映秦岭历史文化精神和自然山水的纪录片，她看过我的长篇散文《走进大秦岭》，发现我是唯一一个对秦岭进行过全面考察的作家；陈忠实老师也推荐了我，因此希望我能为这部暂定名为《秦岭》的八集纪录片撰写解说词。

按说，手头这本书要在年底交稿，但自从秦岭考察归来后，我就从心里深深爱上了秦岭的自然山水，对秦岭文化更是情有独钟，当时我就不假思索应允下来。接着，我就放下手头的活，全身心投入《大秦岭》第一稿解说词的写作。

国庆节前夕，我匆匆赶写的八集解说词交稿后，郭敬宜来电话，说中央电视台看了前几集解说词后已推荐由康健宁担任导演，片子结构可能要重新调整。郭敬宜还说，康健宁正在为上海世博会拍摄宣传片《百年世博梦》，已经看过我写的解说词，康导周末将从上海抵达西安，希望能在西安见到我。

对于康健宁，我过去了解不多，但他的《大国崛起》《晋商》《复兴之路》《沙与海》都是我百看不厌的纪录片精品。后来我才知道，这位曾经在宁夏工作多年的当代纪录片奇人，在业内被称为"当代纪录片沙皇"。他的作品，是中国传媒大学等大学电视专业必学的精品教材。第一次跟电视打交道就能和这样的大家合作，我颇感幸运。

康导说推倒重来

跟康导第一次见面，在西安雁塔区的一个酒店。我和另外两位被邀请参与解说词写作的西安作家落座不久，身材高大，留着整齐干练的银发寸头的康健宁就进了房间。

康导微笑着跟我们握手后，开门见山地说："前面的拍摄方案太平，必须推倒重来。"他把目光转向我，微笑着说："这一来，你前面的工作恐怕要再来一次了！"

康导出山伊始，就决定重起炉灶，我前期的工作自然就被"全部推倒"了。但我并没有任何不悦，我从康导机敏而睿智的目光中，已经感到这次合作的挑战，这反而让我兴奋。

根据陕西电视台最初的意见，纪录片原计划10月拍摄，2009年春节播出。康导说："《大国崛起》做了三年。这部片子制作时间最起码要一年。"

当时在座的，还有陕西电视台国际部主任、《大秦岭》制片人孙杰，《大秦岭》执行导演杨光和郭敬宜。康导显然已胸有成竹，他一边抽着烟，一边静静地听我们谈各自的想法。谈到他感兴趣的话题，康导就适时地插话，引导我们将话题说透。听到大家谈出了不少精彩想法，康导情不自禁地呵呵一声朗笑，说："我不希望把这部片子做成旅游宣传片，我们要表现秦岭的精神和神韵！"

这第一次的交谈，我们基本明确了每一集的主题，康导用闪烁着激情和睿智的目光扫视大家后说："秦岭是一座长期以来被历史忽视了的文化名山，我们不仅要表现秦岭的自然风光、地理地貌，更要呈现秦岭与华夏文明的血肉联系。"还说，"文明！还有什么比文明更重要吗？秦岭孕育了大地湾人、半坡人、蓝田猿人，孕育了周秦汉唐，孕育了黄河长江最大的支流渭河和汉江。你们想想，在中国，还有哪一座山能比得上秦岭对孕育中华文明的意义？"

我们每人被分配先拿出一集解说词，一个礼拜后交稿，再由康导最后确定参与撰稿的人选。饭局快结束时，康导略微沉思后，用征询的目光看着我说："你已经写过初稿，也考察过秦岭，这次你就先拿出两集如何？"

康导是那种干练、说话不打折扣、干事非常认真的人。吃饭间，他向陕西电视台同事敬酒时严肃地说："你们要有心理准备，以后我们可以成为朋友，但片子做不好，活干不好，我是要拍桌子骂人的！"

诗意宏伟的想象

我开始写作。写完一集，就传给郭敬宜，再由她传给康导。对写作中出现的一般性问题，他通过郭敬宜向我转达修改意见。如果是更重要的问题，就在见面时跟我沟通。我已经有了写作《走进大秦岭》和前面初稿的经历，对秦岭沿线每一个村镇都烂熟于心，所以康导分配我写的秦人和秦岭的关系，盛唐文明、佛教文化和秦岭的关系两集很快就完成了。但第二次见面时，康导还是挑了不少毛病。康导指着被他勾勾画画，改了不少地方的稿子说："你的语言很好，文史知识也有了，现在关键是要改变写文学作品时线性思维的惯性。"他说，"挂一漏万是必然的。你不要期望在一个片子里把什么都说清楚！解说词不是小说，不是散文，也不是新闻，是一种四不像文体。电视解说词最忌讳一条路走到底，一根筋绷到头。无论叙述还是抒情，点到为止即可。"

第三次和康导见面时，他要求我再多承担几集。当时，我已经跟单位请了半个月的假，临近年底，单位很忙。康导看我有些为难，立即脸色一沉，深沉地说："什么是成功男人？成功男人就是有所为有所不为，要分清楚什么才是最重要的！"

在康导的眼中，为中华民族的父亲山秦岭树碑立传的工作自然是最重要的，于是，我承担下了《大秦岭》八集中前四集解说词的撰稿工作。

2009年元旦，康导又来到西安。晚上7点多，郭敬宜接我去和康导见面。

华灯初上的西安城沉浸在辞旧迎新的气氛里，热闹而熙攘。路上，郭敬宜告诉我说："两个摄制组出去半个月拍了20多盘带子，康导只剪辑到了两盘，老头子有些不高兴。"后来我才知道，最后在《探索·发现》栏目播出的280分钟的《大秦岭》，竟是康导从三个摄制组一年多时间拍摄的9000多分钟的素材里剪辑出来的！

那天晚上，康导话不多。在谈到第一集秦人农业立国问题时，他眼睛盯着我问："疲秦计你知道吗？"

我不懂老头什么意思，看着他，没有说话。康导接着说："当年韩国派郑国鼓动秦王修郑国渠，试图拖垮秦国。没有想到秦王却利用郑国修通了能灌溉八百里秦川数万亩良田的郑国渠。后来，秦国又修建了都江堰。我们在这一集里，就要表现秦人依靠秦岭南北两大粮仓完成统一大业的精神气象。"

他打了个比方，说："秦岭两侧关中平原和成都平原两大粮仓就像两只巨大的翅膀，让秦帝国起飞翱翔，最终完成了统一大业。"

在当代纪录片界，康健宁不是科班出身。这会儿这位原本毕业于北京体院学体育的导演，竟说出如此充满诗意和宏伟想象的话语，着实让我震惊。

文化是一种精神

再一次跟康导见面，是2009年春节前夕。晚上10点多钟，康导破例地到楼下接我上去，脸上挂着难得的微笑。他拿出又一次被他密密麻麻修改过的解说词，拍拍我肩膀说："成了！这几集已经差不多了，但还要改。接下来就是要注意一点，在写文稿时始终要想着镜头怎么表现。"

那天晚上，他对我说当年拍《大国崛起》，拍摄制作仅用了一年时间，解说词却写了两年。"艺术作品没有最好，只有更好。"康导说，"没有好的解说词，就拍不出好片子。这是最基本的道理。直到播出之前，稿子还有修改的余地。你要有这种心理准备。"

康导是那种非常注重电视文化精神和人类文明精神总体观照的导演，他尤其强调电视语言的思辨艺术。康导在那部经典的《大国崛起》中担任文学顾问，将世界大国崛起的历史渊源表现得见地独到，发人深省。

"要表现秦岭的精神和神韵，你的感情和身心就得沉入秦岭的内心深处。"康导说。

2009年春节过后，《大秦岭》进入大规模拍摄阶段，我承担的前四集解说词也接近完稿，康导开始考虑配乐和主题曲的创作了。那天在钟楼附近一家酒店吃完饭，康导让我帮他搜集一下古人写秦岭的诗歌。

我有些困惑，康导诡秘一笑说："我想用唐诗串写《大秦岭》主题曲。"

今年元旦那天晚上，我准时收看央视十套播出的《大秦岭》第一集《宏基伟业》，当我听到《大秦岭》"云横秦岭家何在，试登秦岭望秦川……"那激情澎湃、韵味绵长的主题曲时，内心的激动难以言表。看完《大秦岭》第一集，我已被突兀奇崛、气势磅礴、优美和壮美相得益彰的秦岭山水和底蕴深厚的秦岭文化精神深深震撼。节目刚播完，我立即给康导打电话表示祝贺。听得出，他在那边也颇为高兴。康导在电话里告诉我,如果有机会他还会和我合作。这位干活一丝不苟的老头还不忘提醒我,说我写的解说词在后期出现了一些问题,见面后再跟我谈。

与康导的合作,让我领略了一个电视纪录片导演令人敬佩的文化精神,真是获益良多。

2010年1月

探寻中华民族精神之根的成功尝试

——参加"秦岭与黄河对话"主题宣传活动感受点滴

从2013年开始,我已经连续三年参加"秦岭与黄河对话"活动了。虽然每次都是作为特邀嘉宾,在台下听各位专家谈秦岭、黄河与中华文明起源、中国传统文化、陕西旅游之间的关系,但第一年世界地质公园翠华山、第二年西岳华山、第三年黄河岸边的韩城司马迁广场特定的自然环境,每年常新的对话主题,不仅让一场原本只为配合5月19日"中国旅游日"举办的旅游主题宣传活动充满浓郁的文化精神氛围,也让我愈来愈深切地感受到这种以中华民族父亲山秦岭和中华民族母亲河黄河为言说主体的对话活动,与其说是以推介古老三秦大地自然山水为目的的旅游促销宣传活动,倒不如说是一次借助山与河对话梳理、探寻遍布陕西大地古老深厚中华民族精神的成功实践。

2013年5月19日,当一场"父亲山"与"母亲河"的对话在大秦岭最有人文与地理标志意义的终南山一隅的翠华山世界地质公园拉开序幕的时候,已经注定这场具有中华民族精神标志意义的以一山一水为对话主体的活动,将成为最具启示意义的中国旅游业文化与旅游深度融合的重大事件。三年之后,再次回视一年一度的"秦岭与黄河对话"时,我感觉到"对话"活动不仅仅是向海内外游客推荐陕西境内丰富多彩的自然山水,进行古老悠长的历史文化成功展示,而且每年的对话活动以不同主题,从不同侧面阐释秦岭、黄河与三秦大地、中华文明及中国传统文化之间不可分离的血缘关系的人文指向，才是让一个原本仅为陕西本土旅游促销宣传而举办的活动影响力超出业界和陕西本省，成为海内外媒体、省内外旅游及文化界愈来愈关注的焦点的根本。且不说每次"对话"的不同场所——翠华山、华山、司马迁故里所展示的三秦大地自然山水之美、历史文化之丰富与独特，单就是2013年在终南山解读中华文明，2014年于西岳华山之巅对话丝路文明，2015年在史圣故里谈论"新丝路、新起点、新旅程"，步步深化、丰富多彩的对话，就足以证明"秦岭与黄河对话"活动不仅已经成为具有巨大影响的陕西旅游品牌，而且还是一个极具发展前景、具有无限潜力、可以超越时间与空间、不断推陈出新、发展极具可塑性的文化旅游品牌。因为连续三届"秦岭与黄河对话"实践告诉我，这种基于自然山水游与人文历史游相互叠加、互为映照的活动，将现场实景展示、名人名家对话辨析、现场观众及主持人互动融为一体的形式，既有利于调动观众和读者情绪，又充分利用名家对话解读引导观众和读者入情入境，读山读水，体味山川大地文化精神之美，实在是策划者另辟蹊径向观众和游客提供的一种雅俗同赏的山水文化沐浴之旅，追寻中华民族人文精神的历史文化畅游。

  影响和传播愈来愈广泛的"秦岭与黄河对话"虽然举办了三届，且已经取得巨大成功，但从长远来看，要让"对话"真正成为影响全国乃至世界的文化旅游品牌，尚需足够的时间对"对话"主题与"对话"空间进行持续不断的挖掘与开拓。比如在主题上，将来是否可以将秦岭、黄河与中华文明、中国历史文化之间的联系分门别类，从自然地理、历史文化、诗词歌赋、人文类型上每年确定一个主题，进行深度解读？在空间上，是否可以借助"一带一路"展开跨省区甚至跨国界的"对话"活动，举办类似大秦岭与阿里山、大秦岭与阿尔卑斯山对话，或者举办黄河与长江对话，黄河与多瑙河、密西西比河对话？这一切，都需要在"对话"活动持续不断举行的过程中进行大胆创新、不断尝试。

  秦岭、黄河是陕西的，也是中国的。秦岭、黄河的自然美景及其所孕育的历史文化、人文精神是全人类共有的宝贵物质与精神财富。如果将已经气象初成的"秦岭与黄河对话"触角与影响力推向全国，延伸向全世界，陕西旅游及陕西文化的影响力也必将随着"对话"声音所及，传遍全国，影响世界。如此，我们不仅可以为陕西旅游做出更大贡献，也将为"一带一路"建设和重建中华民族文化精神自信做出应有的贡献。

2016年3月

大秦岭是中国的,也是世界的

——在首届秦岭生态旅游节仙鹅湖国际论坛上的演讲提纲

非常高兴作为一个秦岭山水的沉迷者和文化追随者,能够在首届秦岭生态文化节和国际论坛上跟大家交流。大家都知道,陕西历来都是国内外闻名的旅游大省,但是近一二十年,随着全国旅游客源市场的结构性变化,特别是各地旅游产业迅猛发展,陕西旅游在全国的地位不升反降。改革开放以来固有客源不断被分流,陕西原有旅游景区、景点和旅游品牌对游客的吸引力持续减少,导致改革开放初期陕西旅游在全国一枝独秀的风光不再。为什么呢?我考虑可能主要原因还是近30年来,中国旅游业从无到有,已经发展为日赚斗金的朝阳产业,全国各地都瞄准了旅游产业的发展后劲,千方百计打造传统景区新业态,根据市场需求开发新景点。而咱们陕西却多少年来一直守着西安的古城墙,30年一贯制地抱着兵马俑、大雁塔、帝王陵过日子,既没有针对旅游客源主体现状提升老景区,也鲜有开发新的旅游资源。外地游客对陕西旅游的印象停留在"上车睡觉,下车看庙"的原初层面,人们只知道陕北有尘土飞扬的黄土高原,关中有遍布渭河两岸的历代帝王陵,却全然不知道三秦大地新崛起的大雁塔南北广场,大秦岭的莽莽林海、奇峰峻岭、佳山秀水,更不知道秦岭巴山护卫下的陕南水韵。所以八集纪录片《大秦岭》今年元旦在央视十套《探索·发现》栏目播出后,才会在全国引起那么强烈的反响。外地人惊呼,从《大秦岭》里,他们不仅看到了一座他们自认为很熟悉却全然不了解的山脉,也看到了一个不一样的陕西。什么原因?一部《大秦岭》展现的主体山脉为横亘关中与陕南之间的秦岭山脉，不仅让人们从更深层面认识了底蕴深厚的中国文化根脉，也让观众突然发现，到陕西旅游，还有如此雄奇峻美、山水环绕的自然美景。这就是《大秦岭》带给陕西旅游的新机遇。

参与《大秦岭》脚本创作时我才知道，《大秦岭》是陕西省委书记赵乐际给陕西电视台的"命题节目"。我们知道赵乐际是陕西人，对陕西很熟悉、很了解。他在青海任省委书记时，为向外界推介青海，打造三江源品牌，借助全球环境研究所推出了纪录片《三江源》。现在，三江源可能算是全国乃至世界上非常火爆的旅游目的地之一了，赵书记功不可没，《三江源》功不可没。我想他给陕西电视台出这个"命题作文"，深层的意思是赵书记看准了秦岭对于陕西旅游和提升陕西文化自信的意义。前几天我在西安，听说《大秦岭》播出过程中，秦岭沿线华山、翠华山、楼观台、太白山等老景区游客剧增，各种以走进大秦岭为目标的驴友俱乐部也在西安遍地开花。商洛市委、市政府在《大秦岭》播出短短几个月后，就着手筹办首届中国秦岭生态旅游节和仙鹅湖国际论坛，我觉得这个反应非常敏捷，也瞅得准，抓得稳。在陕西，可以依托秦岭开发旅游的城市不仅有北麓的西安、渭南、宝鸡，还有陕南的汉中、安康和商洛。商洛这样先走一步，不仅对于咱们商洛优先利用大秦岭旅游资源提升和开发自己的旅游产品有非常重要的意义，而且为陕西省谋划中的大秦岭旅游战略发展格局开了好头。商洛这种敢为人先的意识，值得业界同行学习思考。

下面，我就围绕大秦岭旅游开发、保护和我们商洛打造"秦岭最美是商洛"旅游品牌，谈几点个人看法。

第一，商洛打出"秦岭最美是商洛"的旗帜，非常有创意，只要把这个旗帜坚持打下去，形成落地旅游产品，这将是商洛最有影响力的旅游品牌。我这次一到西安，大型广告牌上、公交车上，看到最抢眼的广告就是咱们这次活动的广告语"秦岭最美是商洛"。从西安到商洛的高速公路两旁最密集的广告也是"秦岭最美是商洛"。这个创意策划、这种声势，已经取得了轰动效应。在西安，就有人持有疑问地问我："秦岭沿线真的就商洛最美吗？"我回答说，东西绵延1600多公里的大秦岭山域内，各地都有绝色美景，在秦岭山区商洛不仅有美景，而且自然景观、地方文化、民风民俗都很有特色和个性。2004年把整个秦岭跑了一遍，我发现整个秦岭地区像这样整个区域都在秦岭山区的城市，还真的仅有商洛。商洛从秦岭在关中的主要峰岭柞水牛背梁到最南边与湖北接壤的山阳漫川关，山势一路向南倾斜，地势落差变化大，林莽遍地，峡谷、峰岭纵横交织，动植物分布、气候和饮食、语言差异大，发展生态旅游优势非常明显。商洛也是陕南历史文化积淀非常深厚的地方。战国时期秦楚争霸，秦国最早的东南边境就在这边，商鞅封地和封邑也在商洛，丹凤武关、山阳漫川关，是"朝秦暮楚"成语诞生之地。秦文化和楚文化长期的交融，让商洛山南山北、金钱河和丹江流域的民风民俗、饮食文化各具特色，这是发展现代旅游得天独厚的优势。我知道"秦岭最美是商洛"这个广告词是贾平凹的创意，他为这次活动写了一首歌，歌名就是《秦岭最美是商洛》。这个广告词很响亮，又是贾平凹作的，也有名人效应。其实，贾平凹对于商洛自然山水的宣传在他早期的商州系列作品里已经有很多，海内外读者对贾老师笔下那种充满自然氤氲的秦岭山水早已心向往之了。即便是后来，贾老师的作品里依然弥漫着商洛神秘的地域文化气息。2004年第一次到商洛之前，有人评论贾老师作品时，老说贾平凹作品的神仙鬼怪是受了蒲松龄《聊斋》的影响。2004年8月从宁陕进入商洛，几天漫游之后我才发现那些评论家太不了解贾平凹了。商洛地处秦岭主脊腹地、丹江源头，既是楚文化发祥地，也是至今中国传统文化保留最完善的精神秘境。楚文化的敬神好祀、鬼神崇拜和中国传统文化的天人合一、自然崇拜意识到现在在商洛地区仍然根深蒂固。贾老师是土生土长的商洛人，幼年和青少年时代商洛特有的文化传统对他的滋养、影响，才是使他成为中国独一无二的作家的根本。讲贾平凹的成功，是为了提醒我们商洛在打造"秦岭最美是商洛"旅游文化品牌时，一定要注意凸显商洛自然山水和文化传统独一无二的地域特色，让游客到了商洛不仅能看到自然美景，还能吃上特有的美食，更能体会到商洛古老、悠久、神秘历史文化特有的魅力。如果做到这些，"秦岭最美是商洛"的品牌也就成了。

第二，在大秦岭旅游开发、宣传上，一定要树立秦岭在中国，乃至在世界上独一无二的观点，将秦岭和秦岭旅游放到世界文化名山和整个中国旅游圈这个背景下提升它的品位和价值。我非常同意张锦秋老师刚才的观点，因为秦岭是中国内陆最庞大的山系。中国大陆有这么多名山大川，缺少任何一座山对中国大陆的自然生态、历史文化都没什么特别明显的影响，唯独大秦岭是不可缺的。这不仅因为在欧亚大陆造山运动中，秦岭是中国大陆最早隆起的为数不多的几条山脉之一，秦岭山脉的崛起构成了我们现在看到的中国大陆基本骨架；更重要的是如果没有秦岭，来自北方的黄土就会滚滚而下，填平四川盆地，四川也就不可能成为天府之国。如果没有秦岭，与四川盆地遭遇同样命运的还有广大江南地区。每年冬天，呼啸的寒风在没有秦岭遮挡的情况下就会长驱直入袭击南方大部分地区。与此同时，中国动植物资源的丰富性、文化的多样性，都会受到很大冲击。从这个意义上讲，我觉得国家无论从保护中国内陆目前硕果仅存的一个巨大"绿肺"的生态意义，还是从重建中国旅游业来讲，都可以考虑将大秦岭设立为中国国家中央公园，从可持续发展角度进行规划保护。还有一个观念，咱们陕西人一定要有清醒的认识，这就是，秦岭是陕西的，也是中国的。如果从欧亚大陆的形成和东方文明肇启的角度讲，秦岭也是属于全世界、全人类的，秦岭拥有的自然资源和文化遗产，是全人类共有的物质与精神财富。有了这个认识，我们对大秦岭的开发利用、保护研究，就有了一个高起点和辽阔视野。如果我们很简单地把秦岭局限在陕西范围内，就降低了秦岭的影响力和秦岭本身的价值。在这一方面我有一个想法，大秦岭的旅游开发现在大家都在热议。实际上，秦岭旅游热从《大秦岭》纪录片播出时已经显现出来，我觉得近几年大秦岭旅游可能会成为陕西重要的旅游热点。从发展旅游业角度来看，我们如果把秦岭特别是大秦岭这个概念打造成如兵马俑、华山一样能够丰富中国旅游内涵的品牌，对陕西和整个中国旅游业都是一个重大贡献。

  第三，在秦岭旅游的开发和保护上，要特别注意秦岭作为中华民族父亲山的这种历史文化内涵的发掘、发现和展示。秦岭地区是华夏文明的发祥地，除去天水的大地湾人，西安的蓝田猿人、半坡人等创造的远古中华文明不说，单说周秦汉唐对中国乃至整个人类文明的贡献和影响，我们就可以自豪地宣布：秦岭是中华民族历史情感和文化精神堆积起来的文化高峰。孔子说"登泰山而小天下"，但有人看了《大秦岭》后说，应该把孔子这句话改为"登秦岭而小天下"了。我想这话里头包含了人们从自然与文化意义上对大秦岭的再认识。这是我们借助大秦岭自然与文化资源，发展自然生态游与历史文化游叠加的大秦岭旅游绝佳的介入点。具体到咱们商洛来说，我们在打造"秦岭最美是商洛"品牌时，要特别注意对自然资源和历史文化遗存的保护与利用。这些年我跑了商洛很多地方，特别让我感兴趣的是商洛保存了很多非常好的古镇、古村落、古建筑群，比如漫川关、船帮会馆等。这些古镇、古村落、古建筑地域文化特色非常明显，保存也相对完好，咱们商洛在旅游开发规划阶段一定要及早考虑对这些历史文化遗存的开发利用。有了古迹，文化就有了依附；有了文化，我们拥有的自然山水也就有了灵性和精神，有了历史感。这对大秦岭旅游可持续发展具有非常重要的意义。

第四，大家不断谈到发展大秦岭旅游要十分注意开发与保护并重的问题。开发和保护是一个矛盾体，国内在开发旅游资源的时候破坏旅游资源、自然环境、文化遗存的例子很多，大秦岭旅游开发刚刚开始，我们一定要特别重视秦岭旅游的开发和保护问题。今天上午，我们到仙鹅湖看了以后发现，仙鹅湖的现状还是原生态的，这种情况下咱们市委、市政府请专家论证、做规划，首先提出的口号是在保护的前提下进行开发，这对大秦岭自然资源保护非常重要。我建议咱们陕西对秦岭旅游资源做一个全面调查，在调查的基础上制定一个整体的发展规划。我知道咱们秦岭沿线各地实际上都在凭借秦岭搞自己的旅游开发，各自为政，摊子可能都不大，但都在搞。我觉得这样搞的话，在开发利用上可能处于无序状况，对秦岭的自然资源可能会造成破坏和浪费。我在考虑，现在咱们陕西旅游行业有一个上市公司——西安旅游，对西安旅游业发展起到了很好的推动作用。那么现在大秦岭旅游拉开的架势涵盖全省六个市，省上是否可以成立一个股份制的大秦岭旅游机构，在统一规划、统一部署的前提下，根据各地区特点进行开发，统一设计旅游线路，统一协调游客？这样既能在保护的前提下做到有序开发，同时还可以避免资金和资源的浪费。这样做几年，积累了一定实力和经验后，还可以考虑由陕西牵头，联合甘肃、河南、湖北、四川四省和大秦岭沿线市县组建一个跨区域的大秦岭旅游文化区，联合打造"大秦岭旅游"品牌。

最后一点，今天上午看了咱们仙鹅湖，对仙鹅湖将来的开发利用提两点建议。仙鹅湖自然风光优美，水质清澈，旅游线路比较长，各具特色，但在下一步的规划设计上尤其要在自然景观与文化接入上下些功夫。尽管目前景区沿线人文景观也很多，但有些地方人文景观的揳入比较生硬，只有其然没有其所以然。我觉得下一步在湖面周围景点设计的过程中要提前注入一些人文方面的东西，比如说可以对周围的一些山、水、石、树做一些命名，然后根据命名赋予它恰当的文化精神和文化意味。必要时还可以组织人创作一些宣传各个景点的故事、传说和文学作品，以提升其文化品位，让游客到每一个景点不仅有看的，还有导游的讲解。同时，还可以利用湖区的山崖搞一些摩崖石刻，烘托景区人文氛围。至于仙鹅湖和商洛将来的旅游宣传，一定要抓住丹江源头这个由头。现在搞南水北调，北京、天津人喝的水就是我们的丹江水和汉江水。我觉得商洛完全可以策划搞一个类似"丹江水清、两地情深，北京游客游商洛"的系列活动，不断组织京津地区游客来商洛，到丹江源头看一江清水，看商洛自然美景。这种情感式旅游，商洛可以搞，汉江上游的汉中、安康也可以搞，其所能拉动的旅游市场不可小觑。

我就谈这些，不妥之处请各位领导、专家和嘉宾指正。谢谢大家！

2010年4月27日于商洛

我主张终南山申报世界自然和文化双遗产
——在终南文化申报世界文化遗产论证会上的发言提纲

空山新雨后，天气晚来秋。
明月松间照，清泉石上流。
竹喧归浣女，莲动下渔舟。
随意春芳歇，王孙自可留。

1200多年前，大诗人王维《山居秋暝》描写的这种悠然自得、天人合一的隐居生活，让历代中国知识分子充满无限遐思与向往。时至今日，王维当年隐居过的终南山，仍然保留着幽雅怡人的自然生态和众多独具古老东方文化特色的历史遗迹。终南山保留的地质地貌、自然生态奇观、古老东方文化传统，不仅是中国大地和我们民族弥足珍贵的物质与精神财富，也是全人类共有的珍贵自然与文化遗产。所以举陕西全省乃至全国之力，申报终南山列入世界文化遗产名录，不仅对保护终南山现有自然生态和积淀深厚、丰富多彩的终南文化具有重要现实意义，而且对保护大秦岭特有的生态系统和文化系统也具有极其重要的历史意义。

有关终南山申遗的话题，21世纪开启时就有不少有识之士提出，但进展一直不大。今天，陕西省文物局和西安电子科技大学举行终南文化申遗价值及可行性方案论证会，是将停留在议论中的终南山申遗话题向前推进的实在举措。作为大秦岭的崇拜者和秦岭文化沉迷者，能为终南山申遗做一些力所能及的工作，感到非常荣幸。下面，就将我的一些不成熟想法陈述如下，供各位专家批评指正。

一、关于终南山究竟适合申报世界单遗产还是双遗产的问题

在这个问题上，我主张终南山申报世界双遗产，即世界自然遗产和文化遗产。

终南山自然景观丰富多彩，终南山地质地理、自然生态及动植物资源的独特性、唯一性，在2009年8月终南山入选世界地质公园时已经得到部分认可。为什么说部分认可呢？因为终南山被列入世界地质公园，仅仅是对终南山在第四纪冰川期全球地质变化中所起的作用，以及终南山现存第四纪冰川地质奇观的肯定和认定，还不能涵盖终南山自然遗产在世界范围内的不可替代性。事实上，终南山作为秦岭山脉的核心部分，不仅有第四纪冰川留下的众多地质变化奇观，更有奇峰秀岭、高山峡谷、莽莽森林、河流瀑布，特别是如太白山（当然，还应包括牛背梁等）从高山区雪山景观、高山湖泊、冰川遗迹、高山草甸到河谷地带亚热带风光垂直分布的地质地理、动植物资源、气候带，这些景观不仅使终南山成为中国大陆自然风光极为优美、不可替代的自然禀赋比较集中的区域，而且由于终南山在中国地理分界上的独特位置，其山域所汇聚的多种世界濒临灭绝的动植物资源，更是值得全人类高度重视并予以保护的宝贵自然遗产。在这一点上不用多说，秦岭大熊猫就生活在终南山这一区域，另外秦岭四宝中的羚牛也是终南山的"常住居民"。不仅如此，秦岭羚牛还是世界羚牛种群仅存的四个亚种之一。在植物多样性与唯一性上，以终南山为核心的秦岭山区更是世界公认的"世界生物基因库"、中国大陆变迁的地质博物馆、亚洲珍稀动物乐园。秦岭山体内生长着3800多种植物，470多种兽类和鸟类。其中的秦岭大熊猫、秦岭羚牛、金丝猴和三叶草等都属终南山仅有世界绝迹的孑遗品种。《保护世界文化和自然遗产公约》在界定自然遗产适用范围时明确指出，世界自然遗产必须符合下列规定之一：从美学或科学角度看，具有突出的普遍价值的由地质和生物结构或这类

结构群组成的自然面貌；从科学或保护角度看，具有突出的普遍价值的地质和自然地理结构以及明确划定的濒危动植物物种生态区；从科学、保护或自然美角度看，具有突出的普遍价值的天然名胜或明确划定的自然地带。

所以，终南山申报世界自然遗产具有得天独厚的禀赋优势。

同时，终南山也是中国古人类最初的生存家园和中国传统文化萌芽诞生、发展壮大的母床。这一点，各位老师研究得比我透彻。李利安老师早在2009年谈及终南山申报世界文化遗产的优势时就指出："终南山是秦岭核心区，西起武功，东至蓝田，在整个世界文化历史发展上有很重要的地位。我国的儒、道、佛三大家，楼观台是道教的发源地，其重要流派祖庭都在终南山，八仙中绝大部分的仙人都是在终南山修炼成仙的，还有韩国的道教祖庭就在子午峪金仙观。佛教八大宗派中有六大宗派的祖庭在终南山。还有基督教，传入中国后最早建的大秦寺也在终南山。其文化具有高雅性、历史性、丰厚性和神圣性的特点，具有世界级的文化影响。"而中国传统文化（应该是东方文化）正是在终南山最早萌生并在接纳这些文化的基础上发展、壮大、成熟的。在终南山与中国古人类起源的关系上，蓝田猿人头骨不仅是我国长江以北发现最古老的人类化石，而且是亚洲北部最早的直立人头骨，其生活遗址、考古现场均有实物佐证。至于围绕终南山文化形成的仙道文化、隐逸文化、辞赋文化、山水文化等等，不仅对中国传统文化和中国古代社会发展起到了至关重要的作用，而且由于大唐盛世时的扩散与传播，对世界文明与世界文化也产生了深远影响。更重要的一点是，终南山之所以成为上迄西周近及当代的众多东方传统文化追随者和隐逸之士趋之若鹜的地方，是因为终南山山川形胜自然形态符合中国传统文化审美理念。所以对于终南文化来说，终南山的自然山水是不可或缺的；同样对于终南山自然山水、地理风光来说，如果缺少了终南文化的映衬与烘托，也就缺少了精神的呼吸、文化的滋养。

因此，我主张终南山申报世界自然与文化双遗产。

还有一点，根据《保护世界文化和自然遗产公约》，缔约国每年最多向联合国教科文组织提交两个申遗项目，其中一个必须是自然遗产或者双遗产。目前国内"排队"申报文化遗产项目达45个。而文化和自然双遗产"门槛"颇高，

"排队"项目相对较少。今年4月，四川就是借助《保护世界文化和自然遗产公约》这一条款，成功将蜀道列入双遗产预备名单的。

二、终南山申报双遗产的优势

目前，中国获得世界双遗产的有泰山、黄山、武夷山及峨眉山—乐山大佛。在自然遗产方面，终南山地处我国南北自然分界岭的特殊位置，使其所具备的符合联合国教科文组织《保护世界文化和自然遗产公约》入选世界自然遗产要求的条件，要比泰山、黄山、武夷山及峨眉山—乐山大佛丰富得多。同时，由于终南山地处公元前11世纪到公元10世纪中国社会与文化的核心地带，其所遗留、积淀的文化精神与文化传统，在中国大地独一无二，无有可与之比肩者。

（一）申报世界自然遗产的优势

秦岭山脉是第四纪冰川的产物，也是中国南北地理分界岭，终南山是第四纪冰川秦岭造山运动的核心地带，也是第四纪冰川期遗迹最集中、我国南北自然地理分界最为明显的区域。许多地方古地质、古生物遗迹和南北地理差异现象属国内唯一、世界罕见，申报自然遗产有得天独厚的优势。

1. 地质优势：终南山世界地质公园在地质上已经为申报自然遗产提供了很好的支撑。如果继续挖掘，终南山范围内"从美学或科学角度看，具有突出的普遍价值的由地质和生物结构或这类结构群组成的自然面貌"的地质地貌奇观还有很多，比如太白山的冰川遗迹、石阵石海、临潼区斜口镇的丹霞地貌，72峪的峡谷景观，终南山深处随处可见的地质断层等等，不仅让终南山拥有丰富多彩、壮观迷人的景观，而且它是秦岭山脉崛起、中国大陆诞生的见证者。

2. 地理优势：终南山处于中国南北地理分界岭大秦岭核心地带，南北过渡的地理位置，使其在气候、自然地貌、动植物分布方面呈现出国内罕有的多样性特征。特别是在如太白山、牛背梁这样的高山地带，一山有四季，十里不同天的自然景观非常普遍。高山到峡谷垂直分布的不同气候类型，使这里的动植物种群垂直分布异常明显。许多分水岭山北种玉米，一转身到了山南就是阔叶林和稻谷的世界，一山之水分别流入黄河、长江的现象在终南山主脊一带随处可见。这一自然景观，是我国目前列入世界自然和文化双遗产的黄山、泰山、武夷山等均无法比拟的。

3. 生物多样性优势：《保护世界文化和自然遗产公约》对入选世界自然遗产明确提出的条件中就有"从科学或保护角度看，具有突出的普遍价值的地质和自然地理结构以及明确划定的濒危动植物物种生态区"一条。秦岭不仅是中国大陆变迁的地质博物馆，还是亚洲生物基因库和珍稀动物乐园，特别是秦岭和终南山所处的南北地理过渡带的特殊位置，使其区域内生长着3800多种植物，470多种兽类和鸟类。这种万千生物汇聚一山的壮观场面不仅在国内绝无仅有，在世界范围也非常罕见。以终南山的一部分——太白山为例，据统计，太白山现有野生植物2594种，其中不少种子类植物是亚洲起源最古老的孑遗种类和太白山独有的稀有类属。太白山是第四纪冰川期亚洲大陆一些濒临灭绝的珍稀植物最后的避难所。如此来看，终南山在生物多样性方面在世界范围也不多见。根据世界自然遗产申报要求，申报区还需有明确划定的濒危植物物种生态区，这一点上，终南山范围内就有太白山和牛背梁两个国家级自然保护区。

4. 从《保护世界文化和自然遗产公约》的"从科学、保护或自然美角度看，具有突出的普遍价值的天然名胜或明确划定的自然地带"要求来看，终南山范围内高峰林立，峡谷纵横，清流环绕，林海莽莽，自然景观壮丽迷人，其所拥有的自然山水景观之丰富，在中国大陆极为罕见。同时，由于终南山处于中国地理分界线核心，山域内各种特色的自然风景名胜区星罗棋布，是中国大陆领略自然山川之美不可多得的区域。

（二）申报文化遗产的优势

1. 文化渊源悠久，文化积淀深厚。在包括泰山在内的五岳还名不见经传的时候，位于西周都城之南的终南山已经是修行者云集的文化名山。《诗经》里的"节彼南山""终南何有，有条有梅""终南何有，有纪有堂"都说明，西周时期的终南山已经是一座令文人雅士趋之若鹜的文化高峰。接下来的2000多年，被美国人比尔·波特称为"月亮之山"的终南山几乎就是中国文人心向往之的精神高地,各种中国文化溪流聚集的源泉,历史上为中国文化带来一丝光彩的文化名人,几乎都与终南山发生过关系。

2. 中国传统文化萌发的母床,儒释道聚集的文化高地。这方面,李利安老师已经讲得很清楚。我们还可以发现,终南山与道教渊源关系十分密切,不仅《道德经》因尹喜在楼观台为老子设坛讲经而发扬光大,中国唯一的本土宗教——道教,也诞生于终南山一带(汉中五斗米教)。后来,八仙故事、王重阳创立全真教,都让终南山弥漫着千秋不绝的仙雾。我们还注意到,孔子当年发誓不到秦国,然而将儒家学说推到封建社会主流意识位置的,是建都终南山下的西汉王朝。后来,又是在终南山修行的著名经学家马融弟子郑玄,不仅把儒家学说推陈出新,而且肩负起在河东地区广泛传播儒家学说的使命,才使得儒家学说2000多年来长盛不衰,成为影响中国社会的文化形态之一。至于佛教与终南山的关系,就更是密不可分了。佛教诞生于印度,但目前流传于世的,则是中国佛教。而佛教文化发展壮大的根据地,就在终南山中,这一点大家比我有研究,我就不多说了。所以在终南山申报世界文化遗产上,单凭中国佛教诞生壮大于终南山这一点,就有绝对竞争力(中国佛教六大宗派的祖庭遗迹依然存在)。

3. 终南山还是中国古人类的古老家园。蓝田猿人生活在距今115万年到70万年前的终南山山麓,是亚洲北部最早的直立人。终南山下的半坡人、宝鸡境内的北首岭文化,以及蓝田华胥镇所映现的伏羲女娲创世传说都证明,终南山是中国古人类最初的生活乐园——而这些都是终南山申报世界文化遗产的巨大优势。

4. 此外,还有许多值得我们挖掘与关注的文化点,都是终南山申报世界文化遗产具有较大说服力的支撑因素。这包括:

(1)终南山与中国山水文化:中国山水诗和写实山水画均起源于终南山。范宽《溪山行旅图》就是以终南山水为蓝本创作的。盛唐王维、李白不仅开创了中国山水诗新时代,而且对世界诗歌发展史也产生了重要影响。1990年获得诺贝尔文学奖的墨西哥诗人帕斯,就深受李白、杜甫、王维、苏东坡的影响。

加拿大超现实主义诗人迈克尔·布洛克，甚至用意大利文转译了王维的《辋川集》，取书名为《幽居的诗》。

（2）终南山与中国中医药文化：中医药文化本身就是中国独有的医药文化，而神农尝百草分辨出中草药、孙思邈隐居终南山写作《千金要方》，还有太白山一带流传至今的太白道医、太白草医文化都说明，中国中医药文化源头在终南山。

（3）隐士文化："隐士是中国保存最好的秘密之一，他们象征着这个国家很多最神秘的东西。"这是20世纪80年代，美国作家比尔·波特在他的《空谷幽兰》里写的一句话。中国隐士文化的源头也在终南山。西周时期，终南山上就已经有人筑庙建堂，试图修炼成仙。战国时期，鬼谷子曾在太白山隐居。再后来，终南山几乎成为佛家隐修者、道家修行者、儒家遁世者的天堂，隐者云集，求仙者络绎不绝。时至如今，"终南隐士"仍然是现代文明社会最让人猜想不断的话题。根据媒体报道，终南山近年来有数千名当代隐士筑庐隐居、参禅修行，这更让终南山古老的隐士文化跨越时空，成为当今世界最有历史渊源的文化奇观。

（4）终南山古道：穿越秦岭的子午道、褒斜道、太白山三国古道、蓝关道（商於古道），都从终南山腹地穿行而过。这些古道不仅沟通了南北交通，也促成了中国历史上南北方政治、经济、文化的大交流、大融合。其中建于公元前4世纪的褒斜道，被誉为世界上最早的高速公路。

在终南山，类似以上既有史料依据又有文化遗存的申遗点还非常多，如申遗工作步入正轨，尚需我们进一步发掘整理。

三、申报前期尚需进一步加强的几方面工作

（一）对于终南山地域范围进行进一步明确界定

历史上关于终南山范围，有"八百里终南仙境"和"五百里终南仙境"几种说法，有人说终南山所涵盖范围西起天水境内的秦陇、东至蓝田，也有人说西起眉县、东至蓝田，还有人认为西起太白山、东至华山。在前期准备

阶段，应组织人力进行考证，以最有说服力的史料为依据，给终南山地域一个明确界定。在界定终南山范围时，既要考虑科学性，也要从有利于申遗成功的角度考虑，尽可能地将对申遗工作有支撑作用的自然与人文遗产涵盖进来，比如牛背梁、商於古道、周至老县城，以及宝鸡大散关、和尚塬、石鼓山、北首岭，甚至天水麦积山石窟等人文遗址能不能纳入，都有待于对终南山山域范围的界定。

（二）终南山的历史文化遗迹是不是仅仅有这些

几千年来鲜有人进入的终南山深山峡谷深处，还有没有我们尚未发现、对终南山申遗有支撑意义的历史文化遗迹？我觉得有必要组织人力，开展一次有目的、更为详尽的考察与探寻。在条件允许的情况下，可组织媒体与专家进入终南山深处，进行一次"发现终南山"之类的自然与人文考察活动，进一步探寻隐藏在山林深处的自然与人文遗迹。

（三）由省上出面成立跨区域的终南山申遗领导机构，协调解决申遗过程遇到的问题

即便目前将终南山范围划定为从眉县到蓝田县的秦岭北坡，申遗所涉及地区也跨越了西安和宝鸡两市，再加上近年来兴起的秦岭旅游热，各地都在借助秦岭山水打造景区，有些历史遗迹和自然生态已经不同程度遭到破坏，所以如果申遗，必须有一个具有省级行政管理权力的机构协调解决申遗过程遇到的各种问题，形成合力，才能确保申遗成功。在前期准备阶段，尚需组织人力，对终南山范围内具有申报世界双遗产竞争力的课题展开攻关研究，为申遗做好理论准备。

以上观点，仅供参考，不妥之处，敬请各位老师指正！

2015年11月7日于西安电子科技大学

附录

秦岭是中华民族父亲山

随着《大秦岭》纪录片在央视的热播，横亘1600余公里的秦岭成为一时热议的话题。《大秦岭》主要撰稿人、知名作家王若冰，已相继推出《走进大秦岭》与《寻找大秦帝国》等著作，一步步践行着对秦岭的精神踏访。5日中午，记者采访了应邀来陕举办秦岭主题讲座的王若冰。

几年前，曾想过"批判秦岭"

也许西部有些山脉更加雄伟奇峻，但缺少一些人文历史含量；东南一些山脉确实有内涵，又难免纤巧，远没有秦岭雄奇。秦岭是雄秀兼得，自然人文均佳。

《华商报》记者（以下简称"记者"）：作为《大秦岭》纪录片的主要撰稿人，你力倡"秦岭是中华民族父亲山"，为何有此比喻？

王若冰：此前或许有人也有过类似表述，但系统的论述，应该说，以我目力所及，尚未看到。我觉得，几千年来哺育我们这个民族的，有黄河这条母亲河，那就应该相对有一座父亲山，父山母水，一阳刚一阴柔，共同养育了我们。严格来讲，我并不是学者，要深入阐释这个概念的话，并不具备深厚的学养和扎实的理论功底。我只是秦岭文化精神的一个沉迷者，多年来奔走其间，陶醉其间，为之激动，为之时悲时喜，不能自拔。希望能用点滴感受，表达对秦岭的一点认知吧。

记者：作为一个媒体工作者，你所经见的名山大川想来不会少，为什么对秦岭如此着迷？是一直就情有独钟吗？

王若冰：我确实也见识过不少名山，不能算是孤陋寡闻（笑），以前也相信过人们说的什么"五岳归来不看山"之类。但，随着行走的一步步深入，我愈来愈感觉到秦岭才是华夏文明一个当之无愧的精神高地，除了秦岭之外，其他任何山脉，似乎都无法承受如此大的精神重量。在秦岭怀抱里生存、壮大起来的秦人首次让西方人知道了中国；在秦岭护卫下诞生的汉朝，让中国人拥有了一个名字——汉；以秦岭为屏障的长安诞生了7世纪世界文明的中心——盛唐文明。

也许西部有些山脉更加雄伟奇峻，但缺少一些人文历史含量；东南一些山脉确实有内涵，又难免纤巧，远没有秦岭雄奇。秦岭是雄秀兼得，自然人文均佳。我并不是从一开始就对秦岭如此着迷，作为秦岭山地的一个原住民，恰恰相反的是，我当年其实是想写一个类似"秦岭批判"之类的东西，对秦岭给人们所造成的封闭、滞后、不便等消极负面影响进行反思，但随着对秦岭的深入走访，我自己得到了陶冶和教育。我发现，秦岭是一座何其伟大的父亲山，一座被淡忘了很久、冷落了很久、亟须我们重新认识，或者简而言之就是膜拜的父亲山。

行走秦岭，每次都有新收获

记者：你2004年夏天那次行走秦岭，两个月在秦岭南北麓进行探访，当时颇有影响，回首看看，收获如何？在这么多次的行走秦岭期间，有没有特别难忘的事？遇到过危险或者尴尬吗？

王若冰：那是2004年5月，我在兰州参加第二届甘肃诗会期间，《人民文学》杂志的陈永春老师建议我写一本关于秦岭的书。当时我心中怦然一动，心想，对呀，作为内陆的一条文化地理分界线，茫茫数千年，有多少影响历史文化进程的事件在秦岭沿线发生啊。而且当时我心中一直惶惑，写了这么多年，日益痛感一个作家应该有自己的写作根据地，就像商州之于贾平凹、白鹿原之于陈忠实。于是，当年7月起，征得单位领导同意后，我就一个人上路了。整整两个月，所见所闻，倒也不少，但毕竟是一把年纪了（笑），加上时间所限，更深的山，我孤身一人，也不敢深入走进去，一般都是到乡镇，晓行夜宿，有时住在村里。而秦岭更神秘的部分，可能并没有真正触摸到。不过，尽管如此，已经足够震撼和回味。称得上是险情的一次，是在陕南，从山阳县城去漫川关的路上，所乘坐的车与对面来车会车时，半个轱辘悬空，下面是万丈深渊，运气稍微差一点，全车人绝对就葬身深谷了，想起来还有些后怕。还有一次，是去周至老县城，所租的车提前返回了，100多公里的路，我没法出山，便搭了一辆拉石头的大货车，驾驶室里人已经坐满，我就扒着大货车车窗，站在踏板上。要说尴尬的话，当时中央电视台西部频道的《秦岭访谈》西线摄制组正在行走秦岭，他们前脚走，我后脚到。每到一地，我一般要去当地宣传部门找县志之类，复印留些资料，至今大概还有20多公斤。到河南一个县时，因为央视节目组刚走，当地宣传部门说"我们不需要在你们天水做什么宣传"，当时，也只能苦笑一声。

记者：后来担任《大秦岭》的主要撰稿人，与2004年的行走可能有所不同吧？

王若冰：记得剧组的郭敬宜女士邀我撰稿时，我并没有感到意外，可以说是一拍即合吧。我当时就对她表态，剧组想做的，其实也是我所乐观其成的，都是为了秦岭，报酬之类倒在其次。然后我专门又去了秦岭，而且确实与以前的行走大大不同。比如，2004年行走归来后，所写的书中有一篇是《淡淡的佛光》，我当时觉得，与流传极盛的道教相比，佛教在秦岭中稍显逊色。但这次在《大秦岭》中，在拜谒过一个个佛教祖庭后，在见识了一处处佛教遗存后，在与那么多于秦岭中潜心修行的人聊过后，我转变了认识。在《大秦岭》中，我用《盛世佛音》这一集来描写了佛教。秦岭，有太多东西需要进一步去探索、发现和展示。

秦岭需要继续被隆重地推出

记者：在对秦岭进行观察、行走和思考过程中，有没有特别能打动你的东西？

王若冰：我想说的是，有两点。第一，是它无比丰富的文化内涵。秦岭像大海一样深邃、浩瀚，真真切切地走到那些古遗址、古战场中，能感受到儒文化、道文化、佛文化、兵戎文化甚至绿林文化在这块土地上留下了深深的烙印。第二，是秦岭腹地中无数的平凡人，特别是陕南一些小城的百姓，非常热情，有着极高的修养和素质，让我感动。走在秦岭里，翻看着当地的志书，多少年前，一场场水灾、旱灾、雹灾、蝗灾、霜灾、战乱、匪灾、霍乱，真正是惨不忍睹。而秦岭、我们这个民族，就这样走过来了。我到佛坪时，距那场洪灾过去刚刚两年，这个曾陷入灭顶之灾的小县城，渐渐拂去痛苦，重建家园，负重前行，让人感到欣慰。那年去宁陕，当时该县负责宣传的刘云得知我来过，在我已经乘坐农用三轮车离开后，又把我截了回去，非得一起再聊聊秦岭不可。我遇到了太多这样热情的"秦岭人"。

记者：能感觉出，在你眼中，秦岭已俨然成为一个中心。

王若冰：绝对是一个中心，自然中心、历史文化中心、精神中心，而且这是一个处于内陆腹地、多年来被有意无意忽视和遮蔽的中心。我感觉秦岭像是一个巨大的树根，周边衍生出的巴蜀文化、荆楚文化、关中文化、中原文化、关陇文化等，都受到它潜移默化的影响，被它催生、养护。

记者：有没有想过下一步还能怎样关注秦岭？

王若冰：说到这里，我非常感谢作家陈忠实老师。《走进大秦岭》完成后，他来天水参加我的作品研讨会，要我把"秦岭文化"和"秦岭是中华民族父亲山"的概念做深做透。回首这几年，2004年那趟行走更像是某种精神和文化的游历，接下来需要的是理解和审视。我觉得，有关方面应该成立一个有关秦岭的学术组织，对秦岭进行全方位、多层次的深入研究。另外，能不能考虑申报秦岭为世界自然与文化双遗产。我觉得条件成熟时，可以尝试去做。随着秦岭被更多人所熟悉，一个大范围的"秦岭热"，必将到来。"秦岭热"，必须的。

原载《华商报》2010年2月7日，作者：王锋

大秦岭和阿尔卑斯山同样伟大
——和一位《走进大秦岭》读者的通信

若冰老师：

您好，我叫张雨青，是西安外国语大学一名大二的女学生。最近一直在读您的《走进大秦岭》这本书，因为家就在西安，对书中的内容很有同感，所以趁此机会想和您交流一下。特别是我也很喜欢写作，几年来获得了不少作文奖项并有作品在刊物上发表，读这本书，也是提高我写作水平的一次机会。

我们一家经常在节假日进入秦岭，游山玩水放松心情。我前后到过您书中所提到的汉中市和汉中所属的西乡、勉县、留坝、褒河，安康市和宁陕的广货街，宝鸡市和宝鸡的扶风、岐山，特别是去年夏天西乡一行，给我留下很深的印象。我从来没想到在广袤深厚的黄土地南面——秦岭山深处，有着江南水乡般的神奇秀色，山林中的珍稀植物、飘浮于山腰的浓雾、山脚下白墙黑瓦的农家，都从名家山水和百尺油画中走出来了。

不过在大赞美景之余，我也为对当地风俗、地理了解甚少而感遗憾。去年元旦后，中央电视台播放了一部介绍大秦岭的纪录片，在全国都产生了巨大的反响，短短几集让我对这座大山有了进一步的认识，不过还是意犹未尽。今天手捧您的佳作，我简直爱不释手，您书中句句都洋溢着对这座山的敬畏和仰慕，看得我心潮澎湃，每当读到有共鸣处，我都激动得无法继续阅读，必须要停下来，走到窗前眺望一下远处朦胧的秦岭山影。我感到真正融入的不光是山水，更是活着的历史。从书中的照片，我看到您是一个追求自然和具有豪放气质的汉子，但您的文字清新隽永，句句在理，我真的很钦佩您。

　　王老师，再过两周我就要远赴意大利学习了。这几年在西安游玩积累了很多游记，我还想到意大利后了解那里的风俗人情，回来后整理出一本有关两个国家对比的书来。意大利和中国都是历史悠久的国家，但如果写些有深度、有内涵的文章我又不知从何下手，该是经济、历史还是政治方面？我涉世未深，对那个国家又不甚了解，还请王老师多多指教。

　　好了，信就写到这儿，希望我们多多信件来往。祝您身体健康，再出佳作，我将带着对秦岭的感悟走向世界。

雨青同学：

　　你好！

　　非常高兴我又认识了一位秦岭的热爱者！

　　我觉得你的想法非常好！这不仅因为你热爱秦岭，熟悉秦岭，最主要的是你将意大利和中国进行比较研究的想法。但有一个问题，你可能在那边时间不会很多，又要上课，从两个国家着手难度有点太大，怕写作不好把握。我有个建议：第一，你可选择罗马和西安为介入点，从古罗马与古都西安的历史文化、中西文化的不同形态入手，以你所亲历感受到的现在的罗马和现实的西安之间文化精神、生活方式等方面的差异来映现东西方文化缔造两个世界级古都和创造东西方文明的不同形态。第二，我建议你到了那边以后多到阿尔卑斯山走走，多了解一下阿尔卑斯山的身世，将阿尔卑斯山对地中海文明的影响与秦岭山脉对中国传统文化精神的培植进行比较研究——阿尔卑斯山被称为欧洲的"众神之山"，秦岭是中华民族父亲山，这两种称谓之间就包含了东西方文化的根本性差异。我在《秦岭帝国》一文里也阐述过这种观念（见去年12月《西安晚报》）。西安和罗马，秦岭和阿尔卑斯山同样伟大，而且他们的身世足以承载欧洲大陆和东方文化在人类社会进步走向极度辉煌时所创造的物质和精神文明。因此只要你努力，一定能够写出对世人有启示意义的作品的。

感谢你对秦岭的热爱！感谢你对拙作的偏爱！上面的观点，只是我个人的一点想法，仅供你参考。如在写作中有什么问题或想法，欢迎多交流！

祝你春节愉快！

王若冰
2011年1月27日

我触摸到了秦岭的灵魂

记者手记:

2004年7月3日,就在新华社以《中国第一位作家全程关注"中华民族父亲山"》为题,播发王若冰对秦岭进行全程考察的消息的三天以后,王若冰背囊负笈,从天水齐寿山起步,钻进群山莽莽的西秦岭,开始了孤身一人的秦岭之行。天水的文友深知每年夏秋之交的南秦岭洪灾如猛兽,而且性情耿直的王若冰体质又有些孱弱,大家为他此行的安全忧心忡忡。临行前的那天晚上,为他饯行的朋友个个喝得泪流满面。但秦岭的苍莽与神秘已经深深摄取了他的情感和灵魂,第二天一早,王若冰毅然走进了丛林森森、层峦叠嶂的莽莽秦岭。

从秦岭北坡麦子泛黄的初夏,到陕南连日艳阳高照的酷暑,再到南阳盆地阴雨连绵的秋天,王若冰昼行夜宿,披星戴月,成天奔走于隐没在密林深处、峡谷之间、高山顶上的古道、古战场、古村落和历经岁月烟火的古城、古镇,面对那些至今还遗存着华夏民族童年时期精神烙印的历史遗迹,面对至今还生活在几乎与世隔绝的高山密林里纯朴善良、祖祖辈辈像守护自己的生命一样守护着一座破败的祖庙、一册破烂得几乎无法辨认的家谱的山民,他经常被这片莽莽山岭里还留存的一个民族最本真的精神形态感动得双目含泪。

2004年整整一个夏天,王若冰行程6000多公里,绕秦岭东西穿行,先后六次南北穿越秦岭主脊,途经甘肃、陕西、四川、湖北、河南五省50余县,考察了100多个乡镇,翻阅了沿途各县县志,收集了几十公斤的资料。他白天穿行在大山深处,晚上住在乡间客栈或者农户家里,一边整理当天的资料,一边为他供职的《天水日报》开辟的专栏撰写新闻稿件。次日一早,天色未亮,他又搭乘早班车赶往下一个目标。从7月3日到9月6日，60多个日日夜夜，王若冰每天都在山林河谷之间奔走，汽车、拖拉机、摩托车，他坐遍了所有能够代步的交通工具，实在没有车辆就步行。从周至老县城回来时天色已晚，他扒着一辆拉石头的大货车的驾驶楼窗子翻过秦岭梁；在从山阳县城去漫川关的高山顶上，两车相会，他坐的长途汽车一只轮胎悬在万丈深渊半空，差一点车毁人亡……

行走让他历经了艰辛，也让他享受了快乐。面对善良的山里人捧上的一杯茶水、手机短信里传来的素不相识者关切的问候，特别是当他确信自己已经触摸到了秦岭沉智伟大的灵魂时，他不仅深深地爱上了这座古老神奇的山岭，而且每每投身山林之际便激情飞扬。8月底，在即将完成这次秦岭之行前，他甚至依依不舍地沿蓝关古道再度进入黑龙口，顺108国道进入到黑河峡谷，重温一路奔走中这座神秘山岭给自己情感、精神和灵魂的震撼。

作为2004年中国诗坛的一个事件，王若冰的秦岭之行引起媒体广泛关注，国内数十家报刊和网站播发了第一位中国作家考察"中华民族父亲山"的消息。诗人王若冰全程考察秦岭还被《诗家园》等网站评为"2004年中国诗坛十大新闻"。《走进大秦岭——中华民族父亲山探行》即将和读者见面之际，记者电话采访了诗人王若冰。

《兰州晨报》记者（以下简称"记者"）：大家都知道秦岭是一个中学地理课上就被提到过无数次的名词，在文学家眼里，秦岭和黄河并称为中华民族的父亲山、母亲河，秦岭还被尊为华夏文明的龙脉。多年来不少学者一直坚持进行田野考察，并希望能有机会把自己在田野考察过程中产生的文化思考和生命感悟表达出来，您考察秦岭是不是也出于这样的考虑？

王若冰：我们通常意义上只把秦岭作为一个地理和物种变迁的概念来理解，从来没有人对秦岭的文化精神进行探究、阐释和考察。而事实上，对于国土面积如此辽阔、文化积淀如此深厚的中国来说，秦岭的地理意义直接改变了中国的历史现状和文化结构。正是由于在行走过程中我触摸到了中国文化精神的真实灵魂，所以在整个考察和《走进大秦岭》的写作中，我目前所能做到的文化思考和对自己情感、精神、生命感受的投入是非常自主的。我希望能够通过自己的行走和感悟提醒更多的人关注秦岭所具有的文化光芒和生命力量。为此，我在该书的序言里还专门提出了"秦岭文化"这一文化学范畴的概念。

记者：在您的启程仪式上，秦州区政府向您赠送了取自诸葛军垒的土样，委托您在途经陕西勉县时，培到诸葛亮墓上，并在返回时为即将建成的诸葛军垒带回诸葛亮墓的土样。当您怀揣这份土样开始探访秦岭山脉时，肩负着怎样的重托？您是怎样的一种心情？

王若冰：在《走进大秦岭》中，我专门有一节是写诸葛亮和秦岭的。我有一种观点，就是诸葛亮一生最后的失败就是他用自己的毕生精力没有能够战胜秦岭。诸葛亮后期的北伐，始终都想征服秦岭，但最终都失败了。因此在我看来，诸葛亮最终不是败给曹魏，而是败给了秦岭。从我起步的天水到此行最东端伏牛山拱卫的南阳，秦岭山区到处都可以看到纪念诸葛亮的庙宇。而天水作为当年诸葛亮进军关中反复与魏军争夺的地方，曾经是诸葛亮满怀信心和充满希望的地方。我把那一个装满取自诸葛军垒泥土的塑料瓶带到陕西勉县时，已经快到黄昏。在斜阳夕照下，我涉过汉水，来到定军山下，在古柏森严的墓区焚香跪拜，神圣庄严地把来自天水的土撒入坟茔高大的诸葛亮墓，然后小心翼翼地把墓土装满瓶子，再用红绸包裹起来放进我的背包。那泥土一直伴随我走过了6000多公里的秦岭之路。背上那泥土，我就觉得有一个伟大的灵魂时刻和我走在路上，我心里觉得踏实。我内心总在怀念那些千百年来怀抱梦想的如诸葛亮一般人格高尚、终生都为一个民族的梦想而苦苦奔走在秦岭古道上的人们。因为有了这些与秦岭高迈的灵魂对视，甚至相互征服的人的存在，秦岭才具有了让我们仰视的伟大魂魄。

记者：您的考察活动历时两个月，请问为什么要采取坐车与步行结合的方式呢？

王若冰：根据台湾学者的观点，秦岭山脉应该包括西起陇南山地，东至伏牛山区，南到神农架，北到渭河南岸的范围。其直线距离在1600多公里，如果绕秦岭南北不停留、不走岔路也得3000多公里，所以两个月时间纯粹靠步行即使匆匆赶路也走不完整座秦岭。但要真正深入到秦岭文化精神的内核，如观光客一样光匆匆赶路肯定触摸不到秦岭的灵魂。在迫不得已的情况下，我只能在需要细细品味的地方和没有车可坐的地方步行，而在没有多少可以了解的东西的地方就坐车赶路。我觉得这种方式既加快了行程，又能深入下去，还让我既俯瞰了秦岭全貌，又深入了解了秦岭人生活的各个细节。三年了，我至今闭上眼睛都能回忆起绵延1600公里的秦岭南北每个驻留过的村镇的生活细节。

记者：每一个作家都有他写作的背景，作为一个在天水工作和生活的作家，这一次考察是不是您有意让自己写作背景的深度和广度有所伸延和发展？

王若冰：其实在最初产生走秦岭的想法时，我首先想到的就是通过行走为自己的创作寻找一个更宽广的精神文化背景。我从出生到现在一直没有离开天水，而天水从文化和地理角度来看，是甘肃最没有明显个性的地方。从20世纪80年代到现在，虽然评论界也将我划入西部诗人的范围，但我自己清楚，对于真正的西部文化精神我感受得太少。尤其是在20世纪末期之后，我一直在寻找自己的创作背景。因为一个没有大的文化精神背景作为支撑的作家，他的创作是没有根性的创作。因此我期望秦岭之行能改变我已经熟悉的写作路子和范式。事实上，近两年来我重新焕发的诗歌创作和散文创作激情，那趟秦岭之行的气息已经开始介入。而且从我内心来说，我已经做好了将来要为我钟爱的秦岭而写作的准备。最近我已经开始另一部散文写作的准备工作——还是在秦岭山区。

记者：希望读到您这本散文集的人和您一起完成这次独特和诗意的探访秦岭文化之旅。

王若冰：这正是我写作这本书的愿望。在《走进大秦岭》的序言里我有这样一段话："是那些充满传奇和征战，苦难和幸福，大喜大悲，大开大合的经历，让秦岭拥有了可以标示一个民族精神和情感的高迈灵魂。所以相对于我对秦岭的感情来说，这本书也只能算是我在秦岭之间徜徉、驻留、徘徊期间捡拾到的一块留下了一些岁月痕迹的石头，而对于这座凝结了太多的历史文化情感的山岭的认识和理解，无论对于我，还是对于我们这个民族来说，尚需要更多的时间、更多的精力。"所以，我希望有更多的人能够走进这座苍莽山岭，唤回我们民族目下愈来愈缺失的精神魂魄。

原载《兰州晨报》人物周刊2007年12月13日

开创"中华民族父亲山"的文化建构
——王若冰长篇散文《走进大秦岭》研讨会侧记

2007年12月23日，冬至。

位于西秦岭北坡的古城甘肃省天水市，在岁末年终之际，迎来了一批尊贵的客人：中国作协副主席陈忠实，中华新闻报社常务副社长蔡励，广东花城出版社文化艺术编辑室主任、《走进大秦岭》责任编辑温文认，百花文艺出版社《散文》月刊主编汪惠仁，青年评论家马平川，著名作家王族、秦岭、牛庆国、白麟、郭严隶、张存学，诗人阳飏，甘肃省文学院常务副院长高凯。这些来自全国各地的文化名流为一座山而来，为一本书而来。甘肃著名诗人、作家王若冰的长篇散文《走进大秦岭》首发式暨研讨会将在这座具有8000年文明史的陇上古城举行。

上午9时，由广东出版集团花城出版社、甘肃省文学院主办，天水市文联、天水日报社、天水市作协承办的王若冰长篇散文《走进大秦岭》首发式暨研讨会在天辰大酒店隆重开幕。首发式由天水市副市长郭奇若主持，天水市政协主席冯沙驼讲话。来自全国各地的作家、天水市党政领导及天水本地文化、文学界人士等100多人参加。首发式上，王若冰向他的母校赠送了刚刚出版的长篇散文《走进大秦岭》，天水市书画院向王若冰赠送了四名画家联合创作的巨幅国画作品。位于秦岭山区的甘肃省清水县人民政府授予王若冰该县"荣誉市民"的称号。

简短的首发式结束后，与会者立即展开了对目前我国第一部全面反映秦岭历史文化的长篇散文《走进大秦岭》的研讨。

研讨会主持人、甘肃文学院常务副院长高凯首先代表会议组织者，介绍了本次研讨会的缘起、主题和基本设想。他说："2004年王若冰独自走进大秦岭，不仅感动了我，也感动了文学院同人。王若冰当时是以天水日报社记者和甘肃文学院特邀评论家的双重身份考察秦岭的。在他走秦岭的过程中，省文学院曾经给予了力所能及的支持。回来后，省委宣传部和省文学院曾经专门召开'青年诗人走秦岭归来暨青年作家下定西座谈会'，期望能够创作出无愧于秦岭的作品。王若冰用两个月时间完成了对横贯陕西、甘肃、四川、河南、湖北五省，全长1600多公里的秦岭的全程考察。一路上，王若冰途经50余县市百余个乡镇，沿秦岭南北绕行，先后六次翻越秦岭主脊，行程6000余公里，是一件非常有高度、有难度的事情。他的行为不仅代表王若冰个人，也是代表甘肃乃至全国作家的一次壮举。"

作为第一位完成对秦岭全程考察的作家，《走进大秦岭》将秦岭喻为"中华民族父亲山"，并首次提出"秦岭文化"这一文化学概念，一开始就成为本次研讨会讨论的焦点。

花城出版社文化艺术编辑室主任、《走进大秦岭》责任编辑温文认在介绍该书编辑过程时说："黄河被誉为'中华民族母亲河'，一个人、一个民族既然有母亲，也必然有父亲。所以在接到《走进大秦岭》书稿的时候，我首先被书名和'中华民族父亲山'的象征喻体吸引住了。别人没有这么思考过，没有这么表现过，王若冰发现了这一点，而且通过作品阐释了秦岭与一个民族上万年的情感和文化渊源，这对中国传统文化继承和发展是一个贡献。"

作为当代文坛重量级大师，著名作家陈忠实一生都生活在秦岭护卫的西安古城。他的到来，使同样地处秦岭北坡的天水读者感到十分亲切，请陈忠实签名的读者络绎不绝。短短两天时间，天水市区大小书店的《白鹿原》和陈忠实其他作品全部脱销。而陈忠实也对偏居秦岭西部余脉的王若冰能够把握到如此重大的题材，连声说没有预料到。

陈忠实说:"王若冰把一个民族的起源、发展,到今天的大历史,用一座大山概括起来,并且提出了秦岭就是'中华民族父亲山'的概念,是我始料未及的,很了不起。其视野之大,把我震撼了,也让人折服。《走进大秦岭》内容非常丰富,从古到今发生在秦岭两边的历史故事几乎都涉及了。秦岭在中国历史和地理上的作用非常重要,影响过中国历史的许多重大事件,包括秦人发展壮大、刘邦建立汉朝,都与秦岭有直接的关系。我有时想,假如没有秦岭,西安的气候肯定不是现在这个样子的。所以王若冰把秦岭称为'中华民族父亲山'是很有意义的。要确立'父亲山'的概念,是一个大的课题,王若冰还需要做很多工作。但我们常说'大散文',我觉得《走进大秦岭》这种把一座山岭与一个民族历史情感贯穿起来的写法,就是一种大散文、大视野。王若冰既然已经提出了'中华民族父亲山'的概念,就应该在这种大视野下以更多的作品、更大的支撑点来完成对'父亲山'的文化建构。《走进大秦岭》里既有历史,也有民间传说,但在以后的作品里,应该强化秦岭与中华民族历史和地理之间的关系,从更广泛的层面建立现在已经提出的'父亲山'这一概念。如果做到了这一点,王若冰对于中国文化的功劳和贡献,就不言而喻了。"

陕西青年评论家马平川则从《走进大秦岭》与当代文化散文创作的角度阐述了他的看法。他说:"《走进大秦岭》突出的一点就是把作者对秦岭自然、经济、历史和文化的感悟结合在一起,以独特视野把秦岭的方方面面浑然一体地结合起来,使我们对民族文化、民族精神有了更深刻的认识。当下的'文化散文'在其旗帜人物余秋雨的影响下,让一大批追随者进入死胡同。许多散文家的所谓文化散文无非就是僵死无趣的史料,加上缺乏自我独到见解的文字躯壳,写得密不透风,叫人喘不过气来,文化大散文其实没文化。而王若冰的散文则用现代意识和现代情怀观照秦岭山水,他的行走是对民族精神和民族灵魂的探索和寻觅。"

西起甘肃境内的陇南山地,东至河南伏牛山区,南及神农架,北临渭河的秦岭山脉,不仅是我国南北气候和动植物资源的分界线,而且是南北方文化和东西部文化交融、形成和相互渗透的一个聚合点。中国历史上第一个奴隶制国家、第一个封建制国家、第一个东方帝国，都诞生在秦岭温暖宽厚的怀抱。老子、秦始皇、刘邦、刘彻、李世民，在这里成就他们的千秋伟业。道教文化、秦楚文化、巴蜀文化、中原文化、关陇文化和佛教文化的发生发展都与秦岭密不可分。即便是在中国传统文化日益受到外来文化严重冲击的今天，秦岭深处仍然保存了当代中国最为珍贵的中国传统文化之根。就是这样一座渗透了中华民族历史情感和文化精神的山岭，由于山高林密，千百年来却很少进入我们的文化视野。与会者一致认为，王若冰的行为本身，就是对中国传统文化的捍卫和张扬。

《散文》月刊主编汪惠仁从《走进大秦岭》所呈现的民族身份的文化认同角度指出，一个作者的作品如果获得历史的帮助，作者个人的命运、精神、情感与历史形成合力时，成功的可能性就大一些。他说："如果我们还可以说王若冰这次行为仍然是文化寻根的话，《走进大秦岭》所表述的文化指向，就是要寻找我们这个民族的立足之处，并实现对民族身份的文化认同。这一点，在当下传统文化日益受到外来文化浸染的背景下非常重要。王若冰抓住了这个机遇，也就抓住了个人情感与历史的交合点。对作者而言，要多思考个人感受与历史的交合问题，因为顺应历史的力量是给有准备的人的。所以王若冰对秦岭的考察，从某种意义上提出了意识形态中对历史的随意的诠释，使现实主义的广阔道路变得更丰富。"

甘肃文学院副院长、小说家张存学在以《被召唤的行走》为题的发言中认为，《走进大秦岭》是将大量内容放在人对秦岭这一地域痕迹的探寻上，并以文化划分的说法加以切入。人类最早的活动，汉民族发祥和形成的过程，历史进程中的战争、融合、分立等，这些都在秦岭留下了深深的痕迹。王若冰将重点放在这一方面一是强调它的文化价值，同时又出于这些痕迹对其内心的召唤。说到文化价值，这本书着重于显示，着重于通过对历史痕迹的追寻而将其放置到各个应有的文化层面上，从而给秦岭一个总体位置。而王若冰作为秦岭山脉一个身体力行的到达者，他切身的触摸和凝望更加具有拨动人心、让人沉思的力量。在这种零距离的触摸和深情凝望中，秦岭在过去绽放，在今天依然绽放,这也是王若冰给我们的有益启示。

《走进大秦岭——中华民族父亲山探行》以作者当年考察行走路线为线索,采用纵横交织的结构方式,以精美的语言文字、富于激情的想象和大量图片,追寻"中华民族父亲山"在培植、塑造一个民族精神形象过程中所呈现的文化精神意义的同时,探寻梳理秦岭在中西部与东部、北方与南方,在政治、经济、文化上,相互征服、相互影响、相互渗透的历史脉络,思考秦岭铸造一个民族精神、情感和灵魂的历程,并创造性地提出了"秦岭文化"这样一个文化学观念。

青年作家、天津市和平区文联副主席秦岭认为,《走进大秦岭》体现了两个"大"。首先是大气象。通过展示秦岭地貌特点、自然风光,剖析了秦岭山脉所蕴含的人文含量、精神含量、品质含量,展示了秦岭伟岸、昂扬、磅礴的精神骨架和魄力。即便是一个小小的典故、小小的领悟,都蕴藏着历史的回声、人文的照耀、民族的光辉,使人想到父亲的肩膀和脊梁。其次,是大视野。王若冰的视角总是在探寻、发现,无论是秦岭腹地一次小的巧合、一片遗骨、一个陶罐等,我们都能发现这些事物在与历史接轨、与地理回应,既能看到历史的纵深,同时又听到时代的脉动。

青年评论家、天水师范学院副教授丁念保说:"《走进大秦岭》是一部元气淋漓的作品,可以说,若冰建构了他心目中庞大的'秦岭帝国',他笔下的秦岭,是'文化秦岭'。而秦岭这条'文化长城',有秦文化、楚文化、巴蜀文化、关中文化、中原文化、道教文化、佛教文化、兵戎文化、土匪文化、移民文化、交通文化、建筑文化、医药文化等等,秦岭文化是多元文化集聚的产物,多元文化的勾连与呼应,使《走进大秦岭》丰厚如织,散射出绚烂迷离的光芒。"

民俗学者李子伟认为,《走进大秦岭》最大的特点,就是能用大文化的观念、眼光去审视两水夹一山的"秦岭"这个神秘空间。王若冰的写作是主体的、全方位的,主要体现在两个方面:一是摆脱了文学层面上的描述,能从政治、经济、文化、历史、宗教、神话、哲学、民俗的综合层面上去观察、去思索，给人以全新的体会与感受，使人深受启发。二是摆脱了以往传统的考察纪实性思维，不是以时间为经、事件为纬去编织题材，而是以专题为经、以资料为纬进行综合性思考、写作，这种专题式的写作，使得所要揭示的主题更加深刻和集中。

评论家、天水师范学院文史学院院长马超则将王若冰考察秦岭称作"读图时代的精神漫游"。他说，《走进大秦岭》通过对古城镇、古村落、古战场、古蜀道和古遗迹穿越时空的追寻，提升了秦岭在汉民族文化形成发展中的精神高度，挖掘了深藏在大山深处，渐渐被时代所淡忘和疏忽了的深厚文化底蕴。

青年作家刘子认为，《走进大秦岭》对莽莽秦岭诸多文化、人文精神的探索，并对那里濒临灭绝的历史文化进行补充性抢救、记录，使秦岭深处的历史记忆得以在以后岁月中延续下去，正是王若冰倡导"秦岭文化"的意义所在。

花城出版社文化艺术编辑室主任温文认认为，《走进大秦岭》最重要的意义，在于文化的高度上认识秦岭。虽然人们都知道秦岭，但真正认知和熟悉的人并不多。而王若冰用自己的脚步行走，用脚步代替脑袋，最终又告诉我们秦岭的过去和现在经历了什么，是什么样子的，以及秦岭在我们民族文明进程中到底起了什么样的作用。

中华新闻报社常务副社长蔡励认为，王若冰作为记者，踏踏实实地做了一件别人没有做的事，的确不容易，这是我们记者的光荣。他是我们记者中的优秀代表，值得全国记者同行学习。

著名青年作家、诗人王族也认为，《走进大秦岭》突破了一般书的文学品位，显示了一个作家的精神高度。其中有翔实的历史、地理、军事等方面的资料，特别是有丰富的文化内涵，为我们从文化意义上认识"中华民族父亲山"提供了可信的东西。相对于长篇散文来讲，《走进大秦岭》有大的框架和坚固的文本支撑，代表着甘肃文学呈现的新景象。

研讨会上，许多与会者希望王若冰以《走进大秦岭》为契机，在今后的创作中致力于"中华民族父亲山"的文化建构和"秦岭文化"的阐释与发展。王若冰也在发言中表示，从开始考察秦岭的那一刻，就有了以秦岭为他将来创作对象的想法。研讨会后，他将继续调整创作思路，为完成和丰富"中华民族父亲山"的文化精神内涵做更多的工作。他也期望有更多的作家、学者能够关注秦岭，关注"秦岭文化"。王若冰还透露，他已经着手准备的另一部作品，仍然意在呈现秦岭的文化精神。

原载《中华新闻报》2008年1月9日，作者：王玉国、胡晓宜

一位行者的背影

2007年没有迎来期望中的暖冬，大面积的雪灾更让人从心底发冷。不眠长夜怕寒衾，必须找一本有温度的书置于枕畔方能入梦——我毫不犹豫地选择了花城出版社出版的《走进大秦岭》。

这是一部大书，一部有着补白意义的著作，一部关于中华民族父亲山秦岭的传记，洋洋40万言，图文并茂，大开大合。有散文的行云流水，有小说的传奇神秘，有诗歌的激越澎湃，有神话的诡谲荒诞，有通讯的真实缜密，甚至还牵涉到历史、天文、地理、考古、民俗、宗教、动植物学等多个门类。它洋溢着诗人的激情，旅人的再现，哲人的天问。阅读同样需要天赋，凭我的学养，只能接收文化的涓涓细流，对这本势如奔马的文化大书根本无法大快朵颐，每行文字都需思量良久，每个章节都要回望反刍。每当目光虔诚地从字里行间熨过，便仿佛有股溽热推窗而入氤氲在我周身，便自然而然地怀念起三年前那个酷热的中午，怀想起一位文化苦行者，一个男人，一个有着青铜时代特质的男人——该书作者王若冰先生。

2004年8月14日正午，狗儿们躲在阴凉处急喘，一街两行的法桐树叶病恹恹耷拉着脑袋，渴望一场暴风雨的洗涤冲去尘埃并焕发生机，诗人慧玮和远洲不期而至，同来的还有一个陌生男人。他的精神状态和法桐树叶一样不是很好，步履沉重，西部强烈的紫外线给他裸露在外的肌肤镀上了一层古铜色，浑身上下透着长途跋涉的疲惫。

殊不知，此时的他，已被西部毒辣辣的太阳曝晒了整整40天。

"这是天水日报社的王若冰，诗人。这次全程考察中华民族父亲山秦岭，最后要写一本关于秦岭的书。"慧玮简单的介绍中他并没插话，只是很谦恭地给山阳朋友一人一张名片。

横贯中国大陆腹地、绵延1600公里的秦岭，被称作中华民族的父亲山，因为它悠久、博大、深沉、神秘，我们才对它满怀敬意。同时因它伸手可触、抬眼可见，祖祖辈辈就安居在它的怀抱中，我们却又对它熟视无睹，麻木不仁。和平是军人的不幸，安宁让诗人激情匮乏，单枪匹马对秦岭做全程考察？纵然不是浪游的借口，也只能是所谓太平盛世里诗人的一点可爱的浪漫，结局不外乎是诌几句分行的文字罢了。对此，我们并没放在心上，朋友来了有好酒，只是按照昔日接待惯例进行。不料这个沉默的男人十分善饮——划拳，赢了，面无表情，看着对方喝；输了，亦无表情，自己端起喝。间或，发给我们一支烟或接过我们一支烟。热天，白酒，人多，地主们很快醉得一塌糊涂，他却依旧黝黑着脸，依旧沉默，依旧步履沉重，背起相机，让两位没喝酒的朋友做向导，一下午把山阳县城转了个遍，拍了个遍。开始商定由我和另一位朋友陪他到秦鄂交界的古镇漫川，谁知相隔一夜后酒魔仍在肆虐，我实在无力应对那近百公里劣质路面的颠簸，只能强打精神送他到车站。我用身上仅有的十元钱买了两盒烟两瓶水，他木然接过，一脸秦俑表情地同我们握别。

就这样，一个满腹诗情又沉默寡言的男人，或许永远走出了我们的视线。

对于没能陪他走一程，已凝固成我永远的遗憾和愧疚。记得临别时，我向漫川两位称我为"老师"的业余作者写了封短笺，希望他们接待这位远来的行者。但时不凑巧，正值暑假，两位业余作者回了老家，没有收到我的短笺，或者是，若冰先生根本没有真心打算让他们接待，因为，他已经习惯了不事张扬的孤旅。2004年7月6日，诗人王若冰怀揣一包取自诸葛军垒的黄土和满腔诗情，从他的故乡崦嵫山起程，踏上了探寻中华民族父亲山秦岭的灵魂之旅。他出发那天，中央电视台西部频道《秦岭访谈》西线摄制组也在著名的麦积山石窟举行开机仪式。和声势浩大、装备精良的摄制组比，他淹没在万山丛中的孑然一身，简直到了可以忽略不计的程度。"两个月时间，60个日日夜夜，我坐遍了各种可以代步的交通工具，走了甘、陕、川、鄂、豫五省50多个县100多个乡镇。与中央电视台《秦岭访谈》摄制组庞大的摄制阵容，前呼后拥的迎送队伍相比，一个人在苍莽山岭之间的行走，实在是太渺小了。"

但是，阵容庞大的摄制组拍摄的《秦岭访谈》如缕轻烟，孤旅者奉献给秦岭的是一部史诗。

曾经读余秋雨的《文化苦旅》，文化是读出来了，或许是因为愚钝吧，对"苦"字却有点莫名其妙。《走进大秦岭》虽然书面上没有这个字，但可以随时体会到。"从陕西山阳漫川关进入郧西县那天，好像是2004年夏天最热的一天。在郧西下车后，我满身是汗，背心短裤都湿透了。到邮局盖邮戳时，一位老大娘看着我大汗淋漓的样子，还背着个沉甸甸的大旅行包，慈祥地说：'这么大热天也不找个伴？半道上中暑谁管啊！'一路上风风雨雨都熬过来了，老大娘一句话，竟感动得我想流泪。"想流泪的远不止作者一人，托着这本沉甸甸的秦岭史诗，眼前就出现了作者坚毅果敢的背影，同时我也不由得联系起自己来——小草和大树不仅仅是高度的差距，更是木本和草本的区别。什么时代的男人活得最本色？青铜时代！沉重、简单、悲壮、义无反顾。以力量和勇气对决挑战，以鲜血和头颅答谢信念。王若冰具备了这样的特质。他已经出版了多种文集，挂有中国作家协会会员、甘肃省文学院特约评论家、天水日报社记者等头衔，应该说功成名就了，却又向自己发起挑战。而同是20世纪60年代初期出生的我，和他相比，无论从肉体到精神都是那么的孱弱，竟然常常滋生出让冬夏互补四季如春的谵妄，对人生体验浅尝辄止，对事业满足于小农式的经营……

忏悔和内疚，是不是对自己的再次宽容呢？已经步入中年，多梦无益，只渴望今生能再次碰见一个有着青铜时代特质的男人，以期给自己孱弱的精神增加一点硬度。

作者：周知

从大秦岭到宝天的文化相依
　　——作家王若冰访谈录

　　4月24日，中国作协会员、甘肃文学院特邀评论家、西部著名诗人王若冰在宝鸡市作家协会和万邦图书城的邀请下，来宝鸡做了一场题为《秦岭，华夏文明的精神高地》的专题公益讲座，并现场签售"秦岭系列"专著。从秦岭最初孕育的远古华夏文明，到依靠秦岭怀抱生存、壮大的封建王朝，再到秦岭对中国传统文化的孕育和铸造等等，王若冰为广大读者展开一部围绕秦岭而诞生的华夏文化孕育、发展史。绵延1600公里的秦岭山脉，居甘肃、陕西、湖北、四川、河南间，而对于宝鸡这片自古便依傍秦岭的古老土地来说，秦岭蕴含着太多的意义。为此，记者对王若冰进行了专访。

　　《宝鸡日报》记者（以下简称"记者"）：从长篇散文《走进大秦岭》到电视专题片《大秦岭》，再到探寻大秦帝国成长轨迹的长篇历史文化散文专著《寻找大秦帝国》，这几部有关秦岭的著作和专题片都在全国引起了广泛关注。大家知道，这些作品的成功都来源于您2004年对秦岭全线的实地探访和考察，那么您当时为什么会有想法来做这个考察？

　　王若冰：从出生到现在，我一直生活在西秦岭北坡，但对秦岭山脉进行一次文化考察还是不曾想到的。2004年5月，在参加一个诗会期间，《人民文学》杂志的陈永春老师建议我写一本关于秦岭的书，陈老师的一句话当时就提醒了我：作为横亘中国内陆的文化地理分界岭，自秦汉三国到宋元明清，发生在秦岭沿线直接影响过中国历史和文化进程的人和事实在太多了。一个作家应该有自己的写作根据地，就像商州之于贾平凹、白鹿原之于陈忠实。我发现，这些年极尽豪华精美的各种旅游书几乎写尽了全国的名山大川，但是仔细一搜，竟然至今还没有一本全面反映秦岭人文历史的书。于是在匆忙两个月的准备后，便于2004年7月踏上了走访秦岭之路。

记者：这两个月的考察中，您是徒步加坐车，遇到了不少艰难险阻，听说有一次在陕南，所乘车辆半个轱辘悬空，下面是万丈悬崖，差点车毁人亡。那么在经历这一次次艰险而收获这沉甸甸的著作时，您希望得到的是什么？

王若冰：我希望读到这本散文集的读者能和我一起感受这次独特和诗意的探访秦岭文化之旅，这正是我写作这本书的最大愿望。我在《走进大秦岭》的序言里有这样一段话："是那些充满传奇和征战，苦难和幸福，大喜大悲，大开大合的经历，让秦岭拥有了一个可以标示民族精神和情感的高迈灵魂。所以相对于我对秦岭的感情来说，这本书也只能算是我在秦岭之间徜徉、驻留、徘徊期间捡拾到的一块多少留下了一些岁月痕迹的石头，而对于这座凝结了太多的历史文化情感的山岭的认识和理解，无论对于我，还是对于我们这个民族来说，尚需要花费更多的时间、更多的精力。"所以，我希望有更多的人能够走进这片苍莽山岭，唤回我们民族目下愈来愈缺失的精神魂魄。

记者：秦人发源于甘肃天水一带，兴起于陕西宝鸡，从这个层面上来说，您所在的城市天水和我们所在的城市宝鸡从历史渊源上和文化形态上都有非常微妙的关系。在您的探寻过程中，是怎么发现和理解这些的？

王若冰：宝鸡和天水如同系在秦岭北麓渭河岸上的两只苦瓜，山水相依，民风相通。宝鸡是我在考察当中途经的一个最熟悉也很有感觉的城市，即便是这次来宝鸡搞讲座，我也从未有离家的感觉。秦人在当时被称作"犬丘"的天水西南一带慢慢成长,这时期有300多年,是一个求生期。后来向东南发展,第一个落脚点,就是现在宝鸡境内的凤翔(古称雍城)、周原一带,是秦人发展壮大的地方,也是西周文明的大本营。所以多年以来,先秦史研究者在探询先秦文明的光源时,总是把目光牢牢地盯在地处秦岭脚下的宝鸡。而秦人在进驻宝鸡之前,在天水的历史,目前还在一个学术探讨期。现在天水的文化其实还是秦文化,我发现宝鸡和天水人的口音、饮食习惯等都非常相似,因为他们本来就是一家,文化传统都是相互传承的。如果写秦人文化历史方面的东西,光写天水不写宝鸡是不行的。反之,也一样。

记者:在目前"关中—天水经济区"的大背景下,同为秦人后裔的天水人和宝鸡人在文化方面的沟通和交流,对这个经济区的建设能起到什么作用?

王若冰:天水和宝鸡是"关中—天水经济区"中非常重要的两个城市。从文化人的角度来说,我认为应该是无意识地沟通了天水和宝鸡,文化的交流和发展为这个大经济片区的建设提供了智力的支撑和文化的支持。这两年宝鸡和天水的文化交流非常频繁,尤其是两地的文化单位经常往来、协作。宝鸡和天水本来就是一个脉络上的,所以两地有着文化认同感,之间的文化交流也从未间断。我了解到,"五一"后天水还会组织一些文化人士专程来宝鸡签订一些文化方面的合作意向。在目前这个经济区建设的大背景下,宝鸡与天水可以共同发展的东西有很多,旅游和文化这块会比较突出,例如可以合作的有"姜炎—伏羲始祖游""秦文化一线游"等。我觉得这种文化方面的交流应该走在最前面。因为随着交流的不断深入,大家的文化认同感会更加深刻,从而促使经济更好地交流和发展!

原载《宝鸡日报·文化周刊》2010年4月30日,作者:麻雪

从批判到热爱
——王若冰和他的《走进大秦岭》

秦岭是座山

20世纪90年代中期,余秋雨的《文化苦旅》在中国文坛上一石激起千层浪。这本令人为之动容的散文集将那一代人的内心纠结与中国的文化紧紧地联结在一起,这不仅成为广大读者的阅读风向标,同时也拉开了作家"圈地运动"的序幕。越来越多的作家开始把目光和笔触投向了鲜为人知的地域,开始了一场人类对历史、地理、文化的思索。比如,毛丽华笔下的西藏、王族眼中的新疆,老北京、老苏州城里的那些故事都成为人们最热衷的谈资。

一次偶然的机会,有朋友问王若冰:"你生在大秦岭,怎么不说说你们大秦岭的故事呢?"王若冰愣了。出生在秦岭西麓的他开始仔细追寻自己脑海中有关秦岭的记忆,除了小时候坐在打麦场前远远望到的一排高低起伏的山脉,就只有柳青《创业史》中对秦岭的描述。"大秦岭"第一次作为一道命题正式闯入了王若冰的内心世界。自此之后,不论是平日里的阅读写作,还是出差时看到车窗外连绵不断的秦岭山脉,一种让王若冰自己也无以名状的秦岭情结在他的体内盘桓积蕴。那种魂牵梦绕的感觉如同百爪挠心,让他不吐不快。

2004年夏,王若冰开始了自己走进大秦岭的计划。

"其实,一开始我是带着批判大秦岭的想法进山的。"王若冰说,"那时候,秦岭在我的意识中仅仅是一座山而已。而且由于秦岭的阻隔,那里也是中国经济和文化最落后的地区。"

向前倒推十几年，那时的秦岭山区因为各方面原因，经济、文化等都很落后。因为交通不便，王若冰几乎换乘了所有的交通工具，从火车、汽车到三轮车、牛车，再步行进山。每到一个地方，他白天都要去当地的县志办查阅并复印资料，然后马不停蹄地探访谙熟历史文化的研究人员与当地老人；夜晚，他总要在整理好一天的笔记之后才休息。

行走与写作，成了王若冰那段时间的生活总括。一路上的凤州城遗址、古栈道遗迹，让他忽然意识到自己脚下所走的路正是无数先贤曾经走过的路，而这些地方曾在中国历史的发展进程中，起到过非常重要的作用。

"诸葛亮三次北伐就走过此路，杜甫从华县至天水后，也沿此路去的成都。我觉得我不是在一座山里面行走，而是在中国的历史文化长河中畅游！"王若冰说。

回归父亲山的信仰

仅仅一个星期，王若冰就改变了自己秦岭之行的初衷。他开始刻意地避开一些热闹的城镇和相对成熟的景区，而是铆足力气去探索那些深山老林中有人烟的地方。

"那时候写作的意识已经不存在了，只是想去探索、去回味那些记忆里的画面。"王若冰深深地吐出一口气。

越来越深入到秦岭腹地，一种强烈的使命感也慢慢地涌上了他的心头。正如他自己在文中写的那样："每当夜深人静，行走暂时滞留于某个灯光暗淡的山间客栈，我的思绪会越过黑暗中神秘莫测的起伏山峦，在星光低垂的秦岭上空收住翅膀……我惊讶地发现，茫茫大地上最为高大雄矗，让我震惊并激动的文化峰岭，竟就是今夜我安睡于它博大怀抱的秦岭山脉！"这种发现常常让王若冰激动得彻夜难眠。

在两个多月的时间里，王若冰从秦岭西部余脉的齐寿山出发，对横贯甘肃、陕西、四川、河南及湖北西北部的秦岭进行了一次全程考察，包括天台山、太白山、终南山、武当山、伏牛山、熊耳山、嵩山、邙山、华山……完成了一系列有关秦岭的历史、文化、名胜的研究论证。他一天比一天坚定地认为，这条横卧中国内陆腹地的莽莽山岭，是中华文明的生发地和存留之所。在过去和现在，秦岭如同父辈一样负载了我们这个民族从童年到青年、壮年所有文化精神的重量与经历。如果要归结出一种可以涵盖、容纳秦岭的文化概念的话，那么秦岭一定是中国人的父亲山。

结束考察后的很长时间里，王若冰迟迟没有动笔写有关大秦岭的这本书。"因为一个庞大的秦岭在我的脑海里盘根错节，如何表达也是一个我必须考虑的问题。"在时断时续的写作过程中，王若冰不得不尽量节制自己的感情，淡化文学色彩，并且不厌其烦地引用大量史料。因为他希望通过讲述这条山脉的情感经历来呈现它的文化精神："那些充满传奇和征战，苦难和幸福，大喜大悲，大开大合的经历，让秦岭拥有了一个可以标示民族精神和情感高度的高迈灵魂。"

做大秦岭的梦想

2007年年底，《走进大秦岭》付样出版，在读者中引起了巨大的反响。为了让更多的人能够关注并投身到秦岭的保护与开发中来，王若冰受邀参与了大型纪录片《大秦岭》解说词的撰写。2010年1月1日，八集纪录片《大秦岭》在央视《探索·发现》栏目播出，立即引发持续至今的大秦岭旅游热。

面对汹涌而来的大秦岭旅游热，在2010年商洛"秦岭生态旅游节"上，王若冰呼吁，建立一个陕西、甘肃、四川、湖北、河南五省的"秦岭联盟"，共同开发大秦岭。2013年"百名作家走进太白山活动"仪式上，由王若冰主笔的《太白山宣言》更是提及了有关大秦岭旅游保护与开发的双重使命……王若冰在秦岭山中奔波并追寻着一个有关秦岭梦想的太阳。从2004年与秦岭相遇，到现在将近十年，王若冰的诗歌、散文、纪实文学和纪录片写作，不仅一刻没有远离过秦岭，而且还坚持以每年三五次的频率不断进入秦岭，感受秦岭深沉博大的灵魂。

谈及近年来大热的秦岭旅游，王若冰认为，就目前形势来看，旅游绝对是一个可以让世界重新关注秦岭的最有效的方式。然而,此刻的秦岭热仅仅是局域性热,要形成一个大秦岭旅游圈,开发大秦岭旅游线路才是最长效的秦岭开发方式。王若冰说起秦岭开发竟然也有许多独到的见解:"保护永远都是大秦岭开发的首要问题。我们可以让有关部门联合成立一个秦岭保护开发机构,对整座秦岭山脉旅游开发与保护做出整体规划,在保护优先的原则下合理利用大秦岭旅游资源。"

王若冰认为,合理规划、有计划地保护性开发秦岭,可以在避免生态破坏、资源浪费的前提下,做大秦岭旅游体系。王若冰建议成立一家大秦岭股份有限公司,统一规划、协调、整合,管理陕西、四川、湖北、河南、甘肃境内的秦岭旅游,同时积极创造条件,联合申报大秦岭为世界文化与自然双遗产。

"只有这样,大秦岭对于中国乃至世界的价值和意义,才能真正得以体现!"这也正是王若冰一直为之努力的秦岭梦。

原载《中国旅游报》2015年1月6日第7版"读书",作者:王静茹

多伦多遇见大秦岭

2015年春，我作为国家留学基金公派访问学者赴加拿大多伦多大学进行为期一年的访问，主要是进行学术交流学习，其间大部分时间都是泡在图书馆内查阅各种文献资料。

一日，正当我在图书馆翻阅文献时，书架上一个熟悉的字眼跃入眼帘，骤然间吸引了我的全部注意力，那就是王若冰先生所著的《走进大秦岭——中华民族父亲山探行》。之所以瞬间被吸引，一是因为近20年生活在陕西关中，深受秦岭文化的感染与熏陶；二是因为作者王若冰先生曾在2013年11月受聘于我校终南文化书院，我有幸聆听了先生当时所做《秦岭与华夏文明起源及中国传统文化的萌生》的学术报告，印象非常深刻。

我还清晰地记得先生讲述的一个观点："如果黄河是华夏民族的母亲河，那么秦岭就是这个民族的父亲山。""秦岭就是用中华民族的文化精神、文化情感和所有的历史精神堆积起来的一座文化高峰。"

翻开《走进大秦岭》，我的思绪即刻就陷入了中华民族发源、发展的历史长河中。从大秦岭所孕育的创世纪、女娲补天、神农尝百草等神话说起，再凝视蓝田遗骨、仰韶村、恐龙天堂等历史遗迹，又历经淡淡佛光、楼观访道，耳边悠然飘起幽幽山谷中传来的诵经之声。巍峨的大秦岭不仅孕育出了伟大的中华民族，更涵养了这个民族的兴盛与强大。自青铜时代到秦岭帝国，自秦岭古道到楚河汉界，自秦腔再到汉赋唐诗，整个中华民族的历史画卷悠然铺开。

我仿佛看到了数万年前的蓝田猿人在秦岭之中围捕狩猎，听到了子午道、荔枝道快马飞牒传送荔枝的马蹄声，目睹了大秦勇士在战场的厮杀，见证了大唐盛世的威严与华丽。

先生的话语再次在耳边响起:"秦岭就相当于欧洲的阿尔卑斯山,因为它在人间很高大、很神圣,但是它与我们每一个人很接近。秦岭所有的经历都渗透了一个民族几千年来萌芽、发展、壮大的所有辉煌灿烂和所有的艰辛苦难,到现在它仍然就像一位仁慈宽厚的父亲一样,默默地注视着我们一个民族兴衰繁荣的所有过程。"

大秦岭,我们的父亲山,中华民族的脊梁。

历史兴衰已成为过去,而中华民族的伟大复兴正在成为现实。

数十亿华夏儿女为了自己民族和国家的梦想正在奋力拼搏,大秦岭所孕育的民族精神正在延绵不息地传承。这种精神不仅在中华大地熠熠发光,更闪耀在全世界每一个流淌着华夏民族血脉的中国人心中。

远眺窗外静静流淌的安大略湖,心中充满对伟大中华民族的敬仰与期待。

我相信,未来属于中华民族,属于每一个为中华民族崛起而拼搏奋斗的中国人。

原刊《终南文化书院网》,作者:赵常兴

八集纪录片《大秦岭》解说词（一至四集）

第一集　宏基伟业

不去秦岭，你是听说；去了秦岭，你是感受；你经历秦岭，你就是神秘。

——刘闯（中国科学院地理科学与资源研究所研究员）

在考察秦岭地质公园的过程中，我清楚地认识了大陆的碰撞、山脉的形成以及后期的演变，这拓宽了全世界所有地质学家的视野。

——帕斯奎尔（联合国教科文组织地质公园考察团成员）

秦岭地区的环境直接影响到长江和黄河的健康情况，因为秦岭是这两大水系重要的水源地。

——詹姆斯·李普（世界自然基金会总干事）

秦岭不仅有自然美的魅力，而且有文化美的魅力，甚至于文化美的魅力更勾引我们的魂魄。

——肖云儒（文化学者）

生活在终南山里的人大概都知道，他们现在赖以生存的这座山岭曾经养育了他们的祖先。他们的祖先是秦人。但是有一件事他们未必都很清楚，那就是这些被称为秦人的人后来又翻天覆地地建立起了中国历史上第一个封建大帝国。

自古以来，秦岭就充满着令人向往的神秘色彩，就连它名字的由来都还是个谜。究竟出自谁口，得于何时，史学界至今还莫衷一是，只有一种观点被普遍认可，那就是它源于古代秦人和秦帝国的威名。所以，这座横亘在中国内陆腹地的巨大山系，就叫秦岭。

古老的地理学认为，中国大陆众多山脉的根是昆仑山。因此，在秦始皇统一中国之前，秦岭被称为昆仑。后来，又因为秦岭矗立在秦国都城之南，所以秦岭又被称作终南山，或者南山。

秦岭这个名称，早期在从先秦开始的著作里头，《山海经》《禹贡》里头，譬如说还有《诗经》里头不叫秦岭，当时都叫南山，或者叫终南山。

——邹逸麟（复旦大学中国历史地理研究中心教授）

你看《禹贡》，一般我们认为都是2000多年前，一般的说法最迟就是战国末期就已经有这个名称，实际上这些名称形成的时间比这个还早，但是我估计到秦国的时候就开始用秦岭的名称了，因为到了《史记》里面已经有了秦岭。

——葛剑雄（复旦大学教授）

直到公元1世纪，东汉著名史学家兼文学家班固在他著名的《两都赋》里先后写下"眡秦岭，睋北阜"和"秦岭九崚，泾渭之川"之句后，秦岭才有了正式的文字记载。

当这座横亘在中国大地之上，绵延1600多公里的山脉告别"万世之宗"的昆仑山之后，便义无反顾地踏上了奔向中原大地的漫漫征程。途中，一座座高峻的山岭又加入秦岭逶迤东进的阵营，形成了一个庞大的山系，它西起甘肃，穿越陕西，东至河南，最终把中国大陆一分而为南北两半。

一座非凡的山脉，必然有着不同寻常的身世。

截至20世纪50年代的很长一段时间内，人们一直把中国南方和北方，笼统地归结于长江流域和黄河流域。那么，在中国大陆上真正意义的南北方分界线究竟应该在什么地方呢？

这个问题从20世纪50年代就有人注意到了，而且在1959年的《中国自然区划》这个草案里面就提出了这样一条建议，说把秦岭作为北亚热带和暖温带的一个分界线。

——秦其明（北京大学地球与空间学院教授）

1959年，中国科学院综合自然区划工作委员会组织全国数百名专家，搞这个中国的自然区划。

——刘胤汉（陕西师范大学旅游与环境学院教授）

终于，科学家们一致认定，以秦岭为界，在中国版图上画出一道东西向的横线，作为南北大陆地理分界线。

这条不同凡响的横线，就是位于中国大陆南北中轴线上的秦岭和淮河。

事实上这种分界线的作用都是自然方面的，可是它对于后来人类的经济活动、生产活动乃至于生活方式都产生了强烈的、深刻的影响。

——曹明明（西北大学城市与环境科学院教授）

如果你到西安，你可能吃的臊子面、馍，以面食为主。但是到秦岭南部，南坡以南，到汉江再往南，都是以米食为主。

——刘闯（中国科学院地理科学与资源研究所研究员）

比如咱们老话说的什么南稻北麦、南船北马都是指的以秦岭分界的南北差异。

——王浩（中国工程院院士）

冬天到了，秦岭以北的关中地区寒风凛冽，冰天雪地，人们守着热炕、炉火，才能度过这个寒冷的季节。而秦岭以南与关中地区仅一山之隔的汉中盆地，却依然青山绿水，春意融融。人们忙碌着撒网捕鱼，播种收获，尽情享受阳春三月般的舒适与温暖。

寒流过后，皑皑白雪覆盖了大江南北，霜冻天气可以越过南岭，把逼人的寒意推进到北回归线横穿而过的广东。而远离北回归线近1000公里的四川盆地，却依然百花吐艳，遍地流芳，成为中国境内除海南岛以外，唯一一个免受霜冻之害的省份。而这一切，秦岭山脉所起到的作用是决定性的。

是我们国家的一个中轴，以及我们中华民族发源和我们国家发展非常重要的、占据突出位置的一道巨大的山系。

——张国伟（中国科学院院士）

一条山脉居然能够改变中国大陆的自然格局，其地位的显赫足以令人崇拜。而还是这同一条山脉，孕育滋养出一个日后创立千秋伟业，统一全中国的古老族群，面对这时的秦岭恐怕任何人也不得不肃然起敬了。这个由秦岭庇护的古老族群，也就是2000多年前被称为秦人的人，从秦岭出发，历经500多年的漫漫征程，在华夏大地上拉开了一场波澜壮阔、最终改变中华民族文明进程的帷幕。

截至目前对于早期秦文化的认识，认为最早的秦人应该是和商人同源，或者大致是族源比较接近，他们都是崇拜鸟的、以鸟为图腾的上古的先民。大约在商代的时候，秦人就被商人迁徙到西边，迁徙到现在的甘肃。

——焦南峰（陕西省考古研究院研究员）

秦国的历史如果要从姓氏来说，大概可以从非子开始。这个非子当时是秦人的一个首领，那么从我们现在的史料上来看，他当时是给周天子养马的。

——田人隆（中国社会科学院历史研究所研究员）

周孝王时期，秦先祖伯益第11代孙非子牧马有功，经历二三百年失姓亡国屈辱的秦人，终于恢复了被剥夺的嬴姓，跻身西周贵族行列。

公元前770年的华夏大地上，春秋争霸的大幕徐徐拉开。中国历史上一个英雄辈出、摧枯拉朽的时代即将到来。

这一年，秦襄公的儿子秦文公做出一个大胆的举措，他要把秦人都城，从西汉水上游的西垂，迁往宝鸡境内凤翔县长青镇。这绝不是一次简单的搬迁，其意图是迈出挺进关中、觊觎中原的关键性一步。

秦文公貌似小心翼翼地向东推进，对秦人和中国历史来说，却具有划时代的意义。

秦国这个时候正式建都，这个国都叫雍，就是雍正皇帝的雍，就是现在陕西省的凤翔。这是一个重大的事件，就是说秦人建都雍以后，把这里作为一个政治经济文化的中心。

——朱子彦（上海大学历史系教授）

在古代来说，地理环境对一个民族、一个国家的发展往往会起到很关键的作用。那么在秦汉历史当中，关中这块地方就是一个非常典型的特例。

——周天游（中国秦汉史研究会原会长）

秦岭庞大而绵延的身躯，以略带弧形的走势把富饶的关中平原揽于怀抱，而秦岭高大险峻的层层山峦，又有效地阻隔了来自东南方向的刀兵威胁。如果说秦岭为秦人在关中的聚集形成了安全之势，那么纵灌八百里秦川的渭河水就成了秦人立足关中的生存之本。

关中平原应该说是我们国家农业的发祥地。历史上一直到现在，它在农业方面的优势，从自然状况来说，一个是黄土，一个是气候。

——山仑（西北农林科技大学水土保持研究所教授）

《禹贡》对关中地区农业发展的评价很高，讲到关中地区雍州土壤的时候，它的评价是上上，也就是说它把土壤分成九等，上上应该是最高的一等，第一等。所以也就是说，秦人所占据的关中平原有发展农业非常良好的条件。

——张晓虹（复旦大学中国历史地理研究所教授）

秦文公进入关中之后，秦人就开始从半农半牧，一跃而成为先进生产力的开拓者。到了秦穆公时期，强大的农业基础，使秦国脱颖而出，跻身春秋五霸行列。

公元前647年，秦国近邻晋国遭遇饥荒，国内粮仓十室九空。晋惠公向秦穆公求救，购买粮食，以度荒年。

据《左传》记载，当时秦国向晋国运送粮食的船只，从秦都雍城出发，沿渭水东进，再转陆路和漕运，抵达晋国。800里路程，运送粮食的船队白帆相望，首尾相接。秦人就是用这样的历史事实为后人留下了"秦晋之好"的典故。

在墓葬中发现了比较多的粮食遗存，像凤翔的、西安郊区的这些秦墓，在秦墓的发掘中我们都发现有粮食的储存，比如在陶仓里边，在陶罐里边，都有粮食。

——焦南峰（陕西省考古研究院研究员）

而且秦墓里面普遍出土的仓的模型，体现出民间也非常重视这个粮食储备，粮食有了富余才可以储备。

——王子今（中国秦汉史研究会会长）

其实，距今2000多年前的秦文公并不是在关中平原的土地上播下种子的第一人，早他3000多年之前，生活在浐河和灞河冲积而成的浐灞三角洲的半坡人，就已经在这里种植关中平原最早的粟和油菜了。而与半坡人不谋而合的是，生活在西秦岭的大地湾人，也在距今8000年以前，就已经开始以黍为辅助食物了。

我就非常感慨我生存的这块土地，应该是最适宜人类生存的一块土地，不然蓝田猿人不会选择公王岭、灞河边，半坡母系氏族部落也不会选择浐河边。起码那时的人凭自己的感觉就认为这里最适宜人类生存，他们才在这里生存。你想想，这块土地多好啊！

——陈忠实（作家）

　　秦人能够立足于具有悠久农业文明的关中平原，就等于拥有了当时中国最大的粮仓。

　　秦景公是秦人入主关中后，第一位将秦国势力推向中原的国君。他继承发展周人的农业技术传统，按照自然天象和天文历法安排农事，关中地区农业由此进入发展时期。

　　公元前475年，奴隶制的苍茫暮色悄然落下，一场新的社会变革，正在酝酿之中。

　　300多年的诸侯争霸，最终分化并重新组合为齐、楚、燕、赵、魏、韩六国，它们势必要与秦国瓜分天下，利益的冲突使得国与国之间的争斗变得更加复杂激烈。

　　为了强大自己，战胜对手，魏国利用李悝、楚国起用吴起变法图强，其他各国也纷纷废除西周遗留下来的井田制，开始实行土地私有化。

　　当时的秦国，虽然疆域不断拓展，却怎么也改变不了在中原各国君王心目中的弱小地位，所以秦国依然是常常被人忽略，甚至被蔑视的国家。

　　晋国当时是很强大的一个国家，而秦和晋又是邻居，经常发生摩擦，在和晋的战争中秦国总是失败，所以在这种情况下秦国内部也有酝酿改革、改变现状的这种思潮涌动。

——黄留珠（西北大学文博学院教授）

　　秦简公在公元前408年实行了"初祖禾"，无论是"初税亩"还是"初祖禾"，实际上都是承认了土地私有制的存在和它的合法化。开始对土地征收赋税，以粮食作为实物来进行征收，这个实际上对过去奴隶制的土地国有制是一种否定，从这可以看到封建制的萌芽。

——周天游（中国秦汉史研究会原会长）

"初租禾"政令的颁布，使秦国开始了有限度的土地制度和赋税的变革。不仅于此，在华夏大地风起云涌的变革大趋势下，已经迟走一步的秦国，还在耐心地等待着一个人物的出现，等待着这个人物给秦国带来一场更为彻底的变革。

这个人，就是战国时期法家代表人物、卫国人商鞅。

商鞅原本是卫国的贵族，少年时期就非常喜欢研究法家治国强兵的理论，由于在魏国得不到重用，公元前361年，商鞅带着实践法家思想的梦想投奔秦国。他说，一个国家要想富裕起来，必须注重农业；一个国家要变得强大，必须奖励将士。在秦孝公的支持下，中国历史上浓墨重彩的"商鞅变法"拉开了序幕。

他当时第一就是要在大国兼并的格局下生存下去，第二发展起来，第三再兼并其他国家。

——田人隆（中国社会科学院历史研究所研究员）

农耕是强国之道，战争是称霸之路。秦国决心以发展农业为手段来实现称霸天下的梦想了。

奖励耕战国策的基础就建立在土地肥沃的关中平原之上。而在秦孝公和商鞅这两位变法主角的背后，却是游牧与农耕两种文明的深刻矛盾。

在这种历史背景下，始于公元前356年的商鞅变法，就成为秦国能否由弱小走向强盛的重要标志。

核心问题实际上是他实行了耕战结合，奖励军功制，实际上秦国从战国的晚期到秦统一，整个都实行一种军功爵制。

——段清波（西北大学文博学院研究员）

所谓军功爵制，就是对包括贵族在内的所有的人，怎么奖赏他、怎么提升他，完全靠他的军功。

——谢维扬（上海古代文明研究中心教授）

在这么一种情况下，秦国在后来的发展，整个国家的实力确实是国富民强，军队强大。也就是我们看到的，在秦始皇帝陵考古发掘当中兵马俑一、二、三号坑全是军事性质的，像石铠甲坑，那么一个军事装备库放到地下，表明整个秦国的实力，军事也罢、国力也罢，包括老百姓的实力也都非常强了，这实际上也就奠定了秦国统一中国的基础。

——段清波（西北大学文博学院研究员）

从《汉书·地理志》"秦孝公用商君，制辕田，开阡陌，东雄诸侯"的表述中可以看出，商鞅变法最基本的内容，是强化军事力量，发展农业生产。井田制废除后，土地私有化大大激发了农民的热情。

短短20年，秦国便从一个为六国所不齿的西垂小国一跃而激变为战国七雄之首。秦人尽管已经具有了发达的农业优势，但是依然难以支撑规模越来越庞大的军队。于是，扩张国土面积就成为秦国决策者们的共识。

当时秦国一个大将叫作司马错，他提出，巴蜀这个地方非常重要，我们秦国如果能拿下巴蜀，就有了一个巩固的大后方。

——朱子彦（上海大学历史系教授）

所以有了巴蜀了不得。所以史书上讲，秦孝公的儿子秦惠文王，他把巴蜀打下来以后，秦就完全跟以前不一样了。

——吴荣曾（北京大学历史系教授）

秦国拿下巴蜀，它的领土就扩大了一倍还多，比它原来的本土面积还要大。

——朱子彦（上海大学历史系教授）

公元前316年,秦人从楚国手中夺取汉中的第四年,秦惠文王派张仪、司马错率兵,从褒斜道翻越秦岭,攻入四川,吞并了巴国和蜀国。

高大的秦岭造就了四川盆地物阜民丰的自然环境。然而长期以来的岷江水患,却是让秦人怎么也无法回避的严峻挑战。

公元前256年,一项具有为大秦帝国奠基之意义的浩大水利工程付诸实施。

担任这项工程修建工作的,是秦国蜀郡太守李冰和他的儿子。

在都江堰建成100多年后,汉代司马迁考察了这座集防洪、灌溉、水运为一体的浩大工程,他在《史记》中写到,都江堰使成都平原"水旱从人,不知饥馑,时无荒年,天下谓之'天府'也"。

可见秦人对水资源的重视,那么首先也是对农业的重视。"水利,水利是农业的命脉",毛泽东说。实际上"水""利"这两个字合在一起作为一个词汇出现就是在秦人的笔下。

——王子今(中国秦汉史研究会会长)

就在秦国由于富足而在战国七雄中脱颖而出之际,雄才大略的千古一帝,也在这个时候不失时机地登上了秦国国君宝座。

这位13岁即位、21岁登基的国君,就是秦王嬴政。

秦国的强大和雄心,让各诸侯国惶惶不安,其中,秦国近邻韩国朝不保夕的感觉最为强烈。

就在秦王嬴政登基的第二年,韩桓王就派韩国著名水利专家郑国游说秦王嬴政兴修沟通泾水和东洛水之间的水利工程,试图以此消耗秦国国力,最终拖垮秦国,阻止秦人东进的步伐。

谁能知道,秦王嬴政此时正在考虑如何在关中发展灌溉水利的问题。郑国别有用心的建议,对秦国来说可谓正中"秦以富强,再灭六国"之下怀。

(郑国渠)按照当时的记载是灌溉四万顷,折合成现在的亩数的话就是280

万亩。280万亩实际上是一个比较大的灌区了。

——樊志民（西北农林科技大学农业历史文化研究所教授）

　　这都是很了不得的，所以应该说在水利方面，秦国所做的这两件事情是空前的。我不敢说是绝后，但起码是空前的。

——成建正（陕西历史博物馆研究员）

　　当这个处心积虑的"疲秦计"败露后，秦王并没有杀死郑国，而是利用他掌握的水利工程技术，完成了这项可以灌溉渭河北岸万亩良田的大型水利工程。从此郑国渠和都江堰一道成为展示中国古代农业文明高度的并峙双峰。

　　此时的秦国，南有都江堰灌溉天府之国的成都平原，北有郑国渠保障关中平原旱涝丰收。韩王的阴谋不仅没有能阻止秦国东进的步伐，反而让更多的粮食流进了秦国的粮仓。

　　就在郑国渠完工的那一年，秦始皇发动了统一中国的全面战争，而煞费苦心的韩国恰恰就是第一个被灭的国家。

　　当然秦国的军队很厉害的，但是很重要的还是它有了富强的后盾，就是充足的粮食供应，所以最后能够打败六国，统一天下。

——邹逸麟（复旦大学中国历史地理研究中心教授）

　　至此，在秦岭那庞大身躯的两侧，关中平原的小麦、谷物，成都平原的稻谷、果蔬，源源不断充实着秦国仓廪，秦国拥有了一南一北两个巨大粮仓。这两个粮仓就如同雄鹰身上的两只巨大翅膀，它挟带着秦人500多年奋斗与抗争的雄心与理想，以兵甲利剑为前导，展翅高飞，去实现开拓帝国伟业的理想了。

　　公元前230年，秦王嬴政在咸阳城举行庄严的出师仪式，秦军面对秦岭，举起了征讨六国的大旗。

　　秦王扫六合，虎视何雄哉。

秦军声势浩大的坚甲利兵奋勇向前，所向披靡，运送粮草的车船密密麻麻，紧随其后。一场改写中国历史的征伐就此拉开序幕。

美籍华人学者黄仁宇说，秦统一六国最深刻的历史原因，不在武力，而在农业。

——肖云儒（文化学者）

那么在秦统一列国之后，汉又继承了秦的政策，除了对于天下的治理采取郡国制之外，作为管理国家的"农为本"这个政策，又被继承下来了。那么到汉武帝时期，可以说变成了国家的一个基本政策。"以农为本"，它对于中国整个国家的历史发展进程，应该是影响非常大的。

——韩茂莉（北京大学城市与环境学院教授）

公元前221年，天下一统，四海归一，秦王嬴政终于登上了皇帝宝座，史称秦始皇。

从秦岭大山中走出的秦人，先后用了550年的时间，终于完成了从游牧部落文明到农耕文明的艰难融合。

终于成为千古一帝的那一刻，不知道无上荣光的秦始皇是否会想到在实现帝国梦想的道路上，那连年不断的厮杀和死亡，是多么令人心悸，与此相比，生长在辽阔疆土上金灿灿的麦粒和谷穗，才是供奉生命的神祇。大秦帝国的创建，与其说是与鲜血和杀戮紧紧相连，不如说是春种秋收的大地与绵绵不绝的秦岭成就了他那中华一统的理想与霸业。

第二集　山佑汉脉

位于秦岭南麓洋县境内的一座小镇，名称龙亭。龙亭镇名字的来历和一个人有着密切的关系，这个人就是古代中国造纸术的发明者、东汉龙亭侯蔡伦。

早在1800多年以前，已经厌倦了宫廷内你争我夺、危机四伏的蔡伦，每有闲暇，便经常带养子和亲属，来到洋县的封地，徜徉在山光水色中调养身心。由于这位地位显赫的宦官的光顾，给这座秦岭深处的小镇带来无尽的荣耀，同时古老的造纸工艺也随之来到了洋县。

公元105年，蔡伦用树皮、麻头、破布、旧渔网为原材料，制造出了人类历史上第一张植物纤维纸。当蔡伦把这种开创人类文明史的纸张呈献给汉和帝时，皇帝龙颜大悦，下诏在全国推广。

有了纸和没有纸，这个是不能比的。这个东西又轻巧。像竹简、木简那东西多笨啊。

——吴荣曾（北京大学历史系教授）

我们说学富五车，实际上是因为一捆捆的简它不便于携带，也不便于阅读。

——高蒙河（复旦大学文物与博物馆学系教授）

好家伙，我要写几万字的著作，我得拿一个马车拉。

——吴荣曾（北京大学历史系教授）

我想这个对世界影响上太大太大太大了，真的是太大了。造纸，在文明史上的贡献来讲，我想大概仅次于火的发明吧。

——孙铁刚（台湾政治大学历史系教授）

造纸术的出现，不但改变了人类文明进程，也为蔡伦的命运带来了新的转机。

公元2世纪，就在东汉皇帝已经开始用"蔡侯纸"下诏行文颁布政令时，西方的欧洲人还在羊皮上书写文字，而埃及人也在用一种非常原始的纸莎作为书写材料。由于笨重而昂贵，极大限制了文化的交流与文明的传播。

令人匪夷所思的是，中国造纸术向西方的传播竟然和一场战争关系密切。

唐朝有个大臣叫高仙芝……在哈萨克境内打了一仗，这一仗高仙芝打败了，打败了以后他的部队很多人被俘了，被俘的士兵里头有一部分人就是造纸工人……后来阿拉伯大食帝国知道了这个情况以后，就把这批人专门弄到他们的手头，让这些人去造纸。这样子造纸术就西传了。

——黄留珠（西北大学文博学院教授）

随后，源自中国的造纸术又随着阿拉伯大军迅速传到叙利亚、埃及、摩洛哥，并在公元10世纪以后传入西班牙、意大利等欧洲各国。到19世纪初叶，造纸术已遍及世界。

造纸术的出现，堪称人类文明史上的一个重要分水岭。

就在蔡伦发明造纸术的300年前，也就是公元前207年，和项羽结盟推翻秦王朝的刘邦，攻克武关，沿秦楚古道，乘势北上，从蓝田翻过秦岭，抢在项羽前面，攻入秦国都城咸阳，将在位仅46天的秦三世子婴赶下王位，拉开了建立西汉帝国的序幕。

然而，就在刘邦准备和项羽分享推翻秦王朝胜利果实的时候，鸿门宴上的死里逃生，让刘邦不得不再次面对生存与死亡的抉择。

我们今天讲的鸿门宴，当时项羽本来想把刘邦杀掉的，所谓项庄舞剑，意在沛公。

——邹逸麟（复旦大学中国历史地理研究中心教授）

范增是坚决主张要杀掉刘邦的，认为刘邦是日后和项王争天下的主要对手。

——黄留珠（西北大学文博学院教授）

项羽，从英雄好汉的眼光来看，我就看不起你，我就不愿意跟你去一比高下，恐怕是有这种思想，所以我杀不杀你无所谓。

——吴荣曾（北京大学历史系教授）

我让你到汉中去，那儿隔着一个秦岭，有一个天险，而且汉中相对比较闭塞，和当时关中的地理、经济条件不能相提并论的，把你放到那儿去。

——周天游（中国秦汉史研究会原会长）

项羽最终不仅没有允许项庄的利剑刺向刘邦，还封刘邦为汉王。西楚霸王的一念之差，留给自己的，是最终将他逼上绝路的强硬对手，而留给历史的，是一个在秦岭深处酝酿崛起的大汉王朝。

从关中到汉中，刘邦要翻越的，不仅是"上有六龙回日之高标，下有冲波逆折之回川"的秦岭险阻，更有无尽的失落与绝望。从咸阳到汉中，刘邦走的是穿越子午谷的子午道，行走在险象环生的秦岭古道，刘邦心情灰暗无比，前路漫漫，一片凄凉。他一定没有意识到，一个足以让后人引颈仰望的王朝，将会在秦岭的荫庇下从他的手中横空出世。

刘邦到了汉中以后，他实际上念念不忘还是要收复关中的。所以他一方面是要给项羽制造一个假象，一方面他开始着手做收复关中的准备。

——周天游（中国秦汉史研究会原会长）

再一个他也用了一些能人，你比如张良就是很好的一个谋士。萧何、张良、韩信，韩信有一段时间觉得刘邦不用他一气之下走了，然后就有了"萧何月下追韩信"之说。

——成建正（陕西历史博物馆研究员）

在尾随刘邦前行的队伍中，还有一个对日后大汉江山的建立起到至关重要作用的人物，这个人名叫张良。

秦末汉初的军事谋略家张良，是中国历史上一位颇具传奇色彩的人物。他是刘邦重要的谋士之一，协助刘邦制定了许多军事作战方略，对刘邦夺取楚汉战争的胜利，最终建立起西汉王朝起到了关键性作用。后人所谓"运筹帷幄之中，决胜千里之外"指的其实就是张良。

在汉中以北以及东南，是高耸绵延的秦岭，而在它的南面有大巴山环绕。由于高山阻隔，来往交通十分不便，以至于在秦朝以前，盘踞在仅仅一山之隔的关中的统治者，对秦岭以南的巴蜀大地几乎一无所知。

正是一条绵延500多里的穿山古道，把辽阔的关中平原和富饶的巴蜀大地艰难地建立起有限的联系。这条具有血脉一般重要功能的道路就是褒斜道。

褒斜道就是一条褒水，一条斜水。斜水北面入渭河，褒水南面入汉水，中间有一条山脉，山脉上筑的道就叫作褒斜道。

——邹逸麟（复旦大学中国历史地理研究中心教授）

褒斜道其实我们也称为栈道。因为它是当时秦在南取巴蜀的时候修的一条道路，用栈桥的方式，所以它叫栈道。

——张晓虹（复旦大学中国历史地理研究所教授）

褒斜道，三国故事里诸葛亮和司马懿对阵，多次厮杀，很多历史故事、很多战斗发生在这条道路上。

——王子今（中国秦汉史研究会会长）

据《史记》记载，刘邦率部到达汉中以后并没有进城，而是听从张良之意绕道褒谷口，这里就是褒斜道的最南端。出人意料的是，张良让刘邦下令，即刻烧掉褒斜道。

张良对刘邦说，项羽虽然封你为汉王，但你依然还是项羽最大的心腹之患。烧掉褒斜道，项羽一定以为你失去了交通手段，不可能随时向他发起进攻，同时又可以断绝关中楚军南下进攻汉中的道路。这样一举两得，你大可安安心心休养生息，积蓄力量，以图东山再起了。

烧掉栈道以息攻天下之意，就是说向项羽表示我不会再出来了，我不会和你争天下了，我栈道也烧掉了。这里唯一的通道就是栈道，把栈道烧掉了就不会回来了，麻痹项羽。

——邹逸麟（复旦大学中国历史地理研究中心教授）

另外一个，把栈道烧了以后，行了，这些跟我打天下的你也甭走了，他还有这个意图在里面。

——田人隆（中国社会科学院历史研究所研究员）

熊熊燃烧的火焰，映红了秦岭的夜空。顷刻间，不知耗费了多少人力、物力的500里栈道，化为灰烬。

秦岭山谷中燃烧的火焰，让沉醉西楚霸王美梦里的项羽，如释重负。在项羽看来，没有了褒斜道，刘邦就等于失去了千军万马，任他有天大的本事，也不可能插上翅膀，飞过秦岭险阻。

就在那把烧毁褒斜道的大火熄灭短短两年之后，身居汉中的刘邦却采用韩信的建议，大张旗鼓地对外宣称要重修褒斜道。

表面上是要修复栈道，栈道也就是现在的褒斜道。修复褒斜道，这样就让位于关中的章邯非常紧张，他就把守在褒斜道这个关口上等待着，守候着。

——张晓虹（复旦大学中国历史地理研究所教授）

其实是虚晃一枪。实际上佯攻——这就是佯攻，我那个度陈仓是正攻。

——朱子彦（上海大学历史系教授）

项羽完全被迷惑了，就在他嘲笑刘邦异想天开的时候，刘邦统率的十万大军，已经兵分两路，悄悄地绕过褒水。几乎是在一夜之间，刘邦的十万大军从天而降，他们从大散关越过秦岭，进入楚军镇守的陈仓，关中平原顿时门户大开。

汉刘邦"明修栈道，暗度陈仓"的成功军事实践，至今还被世界军事史奉为避实就虚、声东击西的经典战例。

兵法上讲:"实者虚之,虚者实之;虚虚实实,其争相生。"刘邦以及他的部下运用得非常好,所以烧栈道、修栈道就是不同阶段、不同战略中心任务转移的时候提出来的一种非常契合当时实际需要的对策。

——黄朴民(中国人民大学国学院教授)

公元前202年,经历了四年楚汉战争,已经拥有了大半个中国的刘邦,在定陶称帝。确立国号时,想起被贬为汉中王的艰难岁月,他毅然决定,把刚刚建立的江山称为"汉"。三个月后,他又力排众议,把都城从洛阳迁至紧靠秦岭的秦国旧都栎阳,两年后又将都城迁到长安长乐宫。由此,中国历史上一个开疆拓土、威仪天下的朝代呼之欲出。

秦岭南麓城固县博望镇的博望村,共有120多户人家,这些人家都为张姓。究其原委也就不足为怪,因为这里就是西汉时期丝绸之路的开拓者——张骞的故里。

博望村村民采访:

这村叫博望村,我是张骞后裔第六十四代张兆元,全村都姓张。

我们第六十五代现在大概30多人,第六十六代可能有100多人。

公元前140年,西汉第六位皇帝汉武帝刘彻即位。正是这位年轻气盛、胸怀宏图大略的皇帝,把西汉带进了一个开疆拓土、盛极一时的崭新时代。

据《汉书》记载,从汉高祖刘邦立朝建国,经历文景之治,到汉武帝即位,汉朝经过60多年的休养生息,国力空前壮大。

当时汉武帝的时候就出现了这么一个问题,北方匈奴入侵,汉高祖曾经被匈奴围困在平城。一个国家的皇帝被外国军队给围起来,那是不得了的大事情。

——邹逸麟(复旦大学中国历史地理研究中心教授)

所以他通西域是拉拢西域的国家跟中国合作两面夹攻匈奴，所以他主要是为了联络西边的这些国家。

——徐泓（台湾东吴大学历史系教授）

公元前139年，年仅26岁，从城固县博望村翻过秦岭来到长安的张骞，肩负汉武帝建立大汉帝国理想的重托，从西秦岭北坡陇西出发，踏上了漫漫西行之路。

没有张骞出使西域，也就不会有丝绸之路的开辟；没有丝绸之路的开辟，也就不会有汉朝和西域以及和欧洲文化的交流。所以，通西域的意义十分重大。

——张岂之（清华大学历史系教授）

张骞从长安出发的时候，整个世界东方与西方还相互隔绝，就在张骞到达中亚各国1100多年后，意大利旅行家马可·波罗的双脚，才踏上中国的土地。而西班牙探险家哥伦布开往东方的船队，在张骞出使西域1300多年之后，才从西班牙的巴罗斯港，扬帆起航。

汉武帝开通通往西域各国的道路，最初的想法只是为了征讨匈奴，开拓大汉疆域。但战争结束了，被张骞带到西方的中国丝绸，却源源不断地走向世界；西方的珍宝黄金，也沿着这条闪烁着丝绸光芒的道路，涌进西汉都城长安。

丝绸之路，一条由开拓者张骞走在最前面的万里通途，把古老中国和遥远的西方世界，连在了一起。

丝绸之路这个历史，大致上可以相当于我们现在所说的古代的中外关系史，因为它的范围不仅仅涵盖了经济和贸易，或者只是某些商品，而是涵盖了中外交流关系的方方面面。

——芮传明（上海社科院历史研究所研究员）

比如说宗教，许多这个西方或者东南亚、南亚的宗教，像佛教传进来，也都是从这一条路进来的。

——徐泓（台湾东吴大学历史系教授）

它的语言文字、宗教信仰、生活习惯，还有跟这些有关系的奢侈品都会跑进来，那就是文化交往。

——朱维铮（复旦大学历史系教授）

所以丝绸之路，现在我们可以把它作为一个象征，具体的丝绸可能已经风化了，但是丝绸的闪光，带给我们的是一条闪光之路：文化闪光、和平闪光、历史闪光、意志和品格闪光的路。

——肖云儒（文化学者）

东汉末年，持续不断的军阀混战中，秦岭，又一次成为延续汉室最后一丝气脉的屏障。

公元218年，刘备攻取汉中后，文武百官上书汉献帝，推举刘备为汉中王。先祖刘邦来到汉中424年后，后人刘备又来到秦岭山中，在勉县旧州铺刘备举起了征讨曹操、拯救汉室江山的大旗。

当时魏蜀吴三国鼎立，在这三大政治集团之间，其实并没有确定的边境分界，但曹操和刘备分别占据关中和汉中之后，挺立在这两个军事阵营之间的秦岭，自然就成为曹魏和蜀汉的军事分界线。

秦岭山高水长，道路崎岖，这样的一道天然屏障，使魏蜀双方在没有具备压倒性优势的情况下，谁也不敢轻易发动军事进攻。

诸葛亮是个聪明人，他的北伐叫作"以攻为守"。就是说我以攻的一种形式，以这种姿态，让曹魏政权忙于应对我的进攻，而避免他们大规模地南征。

——韩茂莉（北京大学城市与环境学院教授）

蜀汉建兴五年，也就是公元227年，屯兵汉中的诸葛亮以《出师表》上书，拉开了五次北伐的序幕，那一年他47岁。

悲壮的五次北伐，从某种程度上来说既是主动的进攻策略，同时也是一种无奈的防御选择。与其说诸葛亮是在与曹魏交战，不如说是诸葛亮在一座山脉面前的挣扎，而这座大山正是秦岭。

从公元227年出兵祁山，到公元234年兵败五丈原，为了逾越秦岭，诸葛亮煞费苦心。

几次北伐非但没有取得寸土，反而使得蜀国兵马疲惫不已。秦岭山中道路崎岖，在缺乏有效交通工具的情况下，险峻的秦岭始终是摆在心存高远的诸葛亮面前一道难以逾越的屏障。面对重重险阻的秦岭，这位胸怀大略的军事天才，不得不一次又一次痛苦地面对北伐失败的现实。

公元228年，马谡失守街亭，蜀军全线溃退。撤退路上，为了逃命，在先祖刘邦火烧褒斜道434年后，蜀军不得不再次把留坝江口镇到太白县王家塄的栈道烧毁。

刘邦烧栈道，我刚才说了，他还是一种战略欺骗的行为，那是虚的，虚实是结合的，那属于奇，属于虚。

——黄朴民（中国人民大学国学院教授）

而诸葛亮再次把路烧了，断绝这个路，这个方面占的比重大概更大一些，防御对方的进攻。

——黄留珠（西北大学文博学院教授）

公元234年秋天，农历八月二十八日深夜，秦岭上空星光暗淡。五丈原军帐内，诸葛亮病榻前无力摇曳的长明灯，骤然熄灭。一代贤臣诸葛亮溘然长逝，犹如支撑蜀汉江山的栋梁轰然倒塌。刘汉江山从此走向它的末路。

大汉帝国的背影，已经离我们远去。

杀戮声渐渐平息，蜿蜒在秦岭腹地古道上的，只有络绎不绝的商队，昼夜穿行。遍布秦岭的驿站把温暖的家书，传向南方与北方。面对绵延山岭和刚刚飘逝的烟云战事，过往的文人雅士，用手中的笔墨，留下了他们对历史的慨叹。

在与大汉历史纠葛最深的褒斜道两旁，镌刻着数量众多的汉代遗迹，正是这些文化遗存，使大汉文明的光芒，穿越千年时空留传后世。

13块历经风雨，今天已经模糊不清的汉代石刻，就是2000多年以来，深刻影响着中国汉字演变和书法艺术走向的《汉魏十三品》。在此之前复杂难辨的篆字，到了汉代这个大变革的时期，发生了脱胎换骨的变化。一种更简洁、更便于书写与辨识的字体——隶书，把中华书法推向了一个更加广阔的文明高度。

面对一个个斑驳遒劲、稳健雄厚的方块汉字，令人至今还能感到大汉王朝那囊括天地、气吞八荒的气象精神。

我们今天中国的版图辽阔，有960万平方公里。当然在唐朝、清朝，版图要辽阔得多。但是这个辽阔版图的基础是谁定下的？就是汉朝。

——朱恒夫（上海大学教授）

儒学，汉武帝时期"罢黜百家，独尊儒术"，现在看来，也没有选择错。确实是在统一的多民族的国家，儒学作为一个主流意识形态、主流文化的代表，当之无愧。

——张岂之（清华大学历史系教授）

汉民族、汉人、汉字、汉文化、汉语，就是一个国家文化中间、种族中间最重要的符号，都被冠以汉字，所以汉朝这个朝代就由一个具体的历史朝代化为一种血液，流到了我们每一个汉人的血管里边，而这个是被遗传下来的，这是一种文化基因。

——肖云儒（文化学者）

这两个字读"衮雪",书者正是与诸葛亮对峙秦岭的一代枭雄曹操。

公元219年,曹操与刘备争夺汉中失利,又错杀杨修,懊悔之余,曹操来到褒谷山口。当时正值夏秋之交,褒河水波浪翻滚,激流涌雪,曹操感慨系之,挥笔写下"衮雪"二字。随从提醒曹操,"衮"字少了三点水,曹操却深藏不露地说:"一河流水,岂缺水乎?"

公元263年,曹操离开汉中44年后,曹魏大军兵分三路,攻入成都,前后持续465年的大汉王朝,彻底灭亡。

刘邦走了,汉武帝刘彻走了,蔡伦、张骞、诸葛亮也走了。巍峨的秦岭却依然挺立在中国的大地中央,大汉帝国把它那枯萎的根茎和叶脉留给了大地。把一个时代曾经的波澜壮阔,永远留给了秦岭。

第三集 盛世佛音

在蓝田县的秦岭深处,有一条静谧幽深的山谷,名叫辋川。远在1400多年前的唐代,辋川就是水波含翠、山林相映的地方,盛唐大诗人王维晚年也就是在这里忘情山水,吟诗作画的。在他那首流传了上千年至今毫无褪色的《山居秋暝》中,王维是这样描述秦岭山水的:

空山新雨后,天气晚来秋。
明月松间照,清泉石上流。
竹喧归浣女,莲动下渔舟。
随意春芳歇,王孙自可留。

王维的母亲是一位对佛教有着虔诚态度的人。就是因为曾经梦见了印度一位著名居士维摩诘,于是便给刚出生的儿子取字号摩诘。

就在长大成人的王维官至尚书右丞,万人垂涎的仕途前景一片光明之际,这位名震诗坛的大诗人却辞官远去,沉醉于秦岭的山光水色之中。每日里悠闲自得的王维谈禅赋诗,礼佛作画,过起了超然尘世的隐居生活。

很有名的一句话叫"终南捷径",就是对和王维差不多同时代的另外一位文人的说法。那么王维从他本人的行为来讲的话,他的隐居或者修佛并不完全是作为这样的一种手段,他更多的还是热爱自然,感受自然,在自然之中能够体悟到人生和自然的融合为一。

——陈尚君(复旦大学中文系教授)

王维一生曾四次出家隐居,其中就有三次选择了秦岭。做尚书右丞的时候,他甚至还在家里供养着僧侣,为的就是与他们说佛谈禅,探讨佛教真谛。有人记述王维当时的生活时说:"平日茹素,不着彩衣,居室当中,只有茶铛、药臼、经案、绳床,此外一无所有,完全过着禅僧一般的生活。"

因为佛教的思想确实是在哲学、在本体上,对本体的探索,是对我们人的精神生活彼岸的探求,儒家思想是远远不如佛教的。所以当时的知识分子,你治国、修身,可以用儒家的思想治国,但是他如果要做哲学上的探求,他必然要到佛教里面去寻找依据,找到他生命的源泉。

——王雷泉(复旦大学宗教学系教授)

这时的王维,以松林明月做伴,与湖光山色为友,终日里赋诗作画。秦岭山中那宁静优美的自然景色,陶冶着他的性情,这一阶段,王维的诗歌创作达到了一个前所未有的至高境界。

但是现在看起来最有代表性的作品,成就最高的作品,还是他隐居辋川以后,特别是写的叫《辋川集》20首。

——陈允吉(复旦大学中文系教授)

他把哲学作为诗歌表现的方法、技巧,甚至是诗歌追求的一种境界。所以有人说他的诗是"诗中有佛理,诗中有佛法,诗中有佛境"。

——李浩(西北大学文学院教授)

公元8世纪中后期的盛唐，是中国古代文化史上巨星荟萃并且交相辉映的时期。就在王维沉迷于秦岭山水，将自己塑造成一位超然尘世的诗佛形象的时候，潇洒飘逸的一代诗仙李白正在盛唐大地上四处放歌游走，悲天悯人的诗圣杜甫也沿着秦岭山路踽踽西行，朝着他诗歌创作的巅峰而去。大书法家颜真卿、柳公权，画家吴道子、阎立本，此时也在用他们千古不朽的笔墨，共同塑造着大唐盛世空前绝后的艺术精神。

所以从文化角度来讲，这一段时间，无论是音乐、戏剧，包括宗教文化各方面都是非常大气的，它能够容纳世界上各种文化在长安的流传，这在中国历史上是一个非常重要的时期，也是一个非常光辉灿烂的时期。那么从宗教来讲，从佛教来讲，隋唐佛教是中国佛教发展的一个鼎盛时期。

——业露华（上海社会科学院宗教研究所研究员）

佛教是在大唐帝国立国500多年前的东汉时期来到中国的。

1600多年前就坐落在这里的寺院——草堂寺，寺院虽小，气度不凡，因为这里安葬的是中国佛教文化的巨人：鸠摩罗什。

鸠摩罗什生活在公元4世纪，原籍天竺，生于西域古龟兹国。鸠摩罗什七岁出家，20岁受戒，30岁开始讲经，渊博的学识与声名很快就通过丝绸之路，传到了中原。

当时皇帝叫苻坚，苻坚也相信佛法，听说他（鸠摩罗什）这么伟大，就派大将吕光带着七万兵去把鸠摩罗什法师请回来。去了以后当时的龟兹国王不舍，和吕光打了一仗。

——释谛性法师（草堂寺住持）

这场战争，最后以古老的龟兹国灭亡而告终。

鸠摩罗什来到长安的那年51岁，这时的长安虽已成为后秦都城，但后秦皇帝姚兴对鸠摩罗什的崇敬与前朝皇帝相比，并没有丝毫改变。姚兴专为鸠摩罗什建立了中国历史上第一个国立经书翻译场院,并派僧侣3000人,协助鸠摩罗什工作。

就这样,费尽心血与智慧的鸠摩罗什在秦岭四季弥漫的山岚雾霭之中,12年间由一盏青灯相伴,翻译佛经94部共425卷,总计300多万字。

虽然说历史上参与译经的人很多,但是大家常诵的经典就是鸠摩罗什法师译的。

——释谛性法师(草堂寺住持)

鸠摩罗什应该说是对中国佛教贡献最大的一个人,现在对他的评价远远不够,因为中国佛教,以及我们说的后来的几大宗派的主要思想都是鸠摩罗什翻译过来的。

——张弘(西北大学文学院教授)

可以说,是鸠摩罗什的贡献让晦涩深奥的佛教教义,以通俗易懂的方式,用浸润着中国传统文化精神的语言文字,走向了中国社会,接近了普通民众。

就在鸠摩罗什圆寂200年后的公元618年,大唐帝国的建立使得经历400年分裂与战乱的中国,再一次迎来了和平与统一的曙光。十年后,一位旷世奇才从唐高祖李渊手中接过皇帝的权杖,登上了大唐皇帝宝座。

这个人,就是唐代历史上第二位皇帝、唐太宗李世民。

从此,一个纵横四海,令后人无限仰慕的大唐帝国,气宇轩昂地登上了公元7世纪的世界舞台。

唐帝国的强盛崛起,自然震撼与吸引了各国统治者的目光。邻近中国的日本、朝鲜等国,纷纷派遣留学生来到长安。据记载,当时仅日本官方派出的遣唐使就多达数万人。在这些人当中,对唐朝政治、法律以及经济感兴趣的不在少数,而原本来自西域居然又被高度融合与发展的佛教文化,更是得到人们的推崇与赞服。

佛教思想的影响，这很吸引人，和儒家比较起来，儒家在这方面就逊色一些。孔子春秋末期就给他的学生讲，他的学生提问题："人死了以后到哪里去了，老师你给我回答一下。"孔子六个字就回答："未知生，焉知死？"就是活着的生命我还在探索中，我了解的还不够，我哪里知道死后的情况呢？

——张岂之（清华大学历史系教授）

但佛教它恰恰是要去探索，它给你一个解答，它把孔夫子"存而不论"的那个彼岸世界，以及联结彼岸世界跟此岸世界所有的关系，都给你讲得清清楚楚，明明白白。

——王雷泉（复旦大学宗教学系教授）

盛唐之时，中国和日本之间佛教文化的交流达到高峰，而走在这条文明传播之路上的先驱当属和尚鉴真。

为了弘扬佛法，鉴真前后六次越海东渡，无情的海浪一次又一次地使鉴真的雄心壮志遭受挫折，就在第五次东渡过程中，鉴真因染病而导致双目失明，但留存在鉴真心中的弘法信念并没有因此而泯灭。终于，在公元753年，历尽艰辛，第六次东渡的鉴真第一次踏上了日本国土，实现了多年的宏愿。这一年，他66岁。

鉴真和尚受到了世界的赞许，他的顽强东渡无疑是大唐第一人，但是从大唐佛教源头的角度来说，鉴真的前面还有先行者，就在他踏上日本国土126年之前，一位唐代僧人已经走上了西行取经的漫漫长路。

长安城内，始建于公元652年的佛塔名叫大雁塔。与其他佛塔不同，唐高宗李治建造大雁塔的目的，除了供奉玄奘从印度带回的佛像、舍利和佛教经典之外，还有一层意思，就是以大雁塔庞大而华丽的身躯向前来长安朝拜、进贡的各国使臣展示大唐帝国的国威。

玄奘和尚是在贞观二年，即公元628年，启程前往印度的。

他为什么到印度去呢？他因为自己研究佛教觉得有些佛教的理论前后有矛

盾说不清楚，所以为了求得真实的解答，就是他到印度去的最主要目的。

——黄心川（中国社会科学院东方研究中心教授）

当时的西行求法之路是非常艰难的一条路，特别是要越葱岭，又是大沙漠、流沙等等，自然条件非常艰苦。

——业露华（上海社会科学院宗教研究所研究员）

踏上西行之路的玄奘29岁，这位日后终于名震中外的翻译家、旅行家、佛学大师和中印文化交流的开拓者，从长安出发的那一刻，大唐盛世还在孕育之中。但当一轮喷薄而出的朝阳，将秦岭山中的晨雾一扫而光的时候，玄奘被这座山岭的高迈雄浑所深深震撼。他似乎预感到，一个伟大而强盛的时代即将在这座大山的护佑下诞生。

那一刻，秦岭的深沉博大给玄奘留下了难以磨灭的印象。多年以后，当玄奘再一次面对这座山脉时，他敬仰有加地称秦岭为"众山之祖"。

接下来，唐太宗下诏成立国立译经院，由朝廷出资供养，召集全国各地寺庙高僧聚集长安，协助玄奘翻译佛经，并封玄奘为"三藏法师"。唐太宗同时嘱托玄奘把自己在印度学佛17年的所见所闻记录成书，以供国人更好地了解外部世界。在这种背景下，就有了由玄奘率众完成并且千年流传的巨著《大唐西域记》。

《大唐西域记》除了对佛教的贡献，对中国文化的贡献以外，其实对印度、印度历史，对印度的佛教、佛教史，贡献相对说来可能更大。为什么这样说？比如说它里面记了一个释迦牟尼佛，就是释迦牟尼，就是佛祖，就是佛教的创始人，他的生辰年份确定下来了，而这对于印度来说实在是一个大功德。

——芮传明（上海社科院历史研究所研究员）

在玄奘之前对印度的称谓叫身毒，或者叫天竺，玄奘去了以后，学习梵语以后，他认为翻译成身毒或者天竺都不准确，应该翻成印度，所以印度就是玄奘给它定下来的名字。

——张弘（西北大学文学院教授）

贞观二十二年（648），唐太宗接受玄奘的请求，亲自为玄奘主持翻译的佛教经典《瑜伽师地论》撰写序言，这就是之后为大唐文明带来无上荣光的《大唐三藏圣教序》。

李世民亲自撰文的《大唐三藏圣教序》，记述了玄奘西天取经的盛事。皇帝的文章当然应该流传千古，可是又有谁的字能与天子的文章相匹配呢？只能是书圣。但当时，晋代书圣王羲之作古已经250多年了，怎么办呢？由于取经是一件佛教盛事，长安城内弘福寺的高僧怀仁和尚决心收集王羲之的字来对应李世民的文章。据说怀仁在集字过程中，有几个字怎么也找不到，不得已，他奏请朝廷昭告天下，谁能献出碑文中急需的一个字，赏一千金。这就是书法界"一字千金"的典故。

这个序我们现在在大慈恩寺，就是大雁塔底下还可以看到，褚遂良书写的，叫《大唐三藏圣教序》。在这个《圣教序》里头，唐太宗就对玄奘有非常高的评价，叫"法门之领袖"，那对玄奘评价是非常高的。

——李利安（西北大学佛教研究所教授）

玄奘到了晚年，大部分时间住在唐高宗为他建造的大慈恩寺内翻译佛经。佛教这时已经在对印度佛教全面梳理、系统诠释的基础之上，高度融合了中国本土的文化精神，形成了独树一帜的中国佛学体系，而这一切，又通过丝绸之路向外广泛传播，对整个世界产生了重大影响。当时的大唐都城长安，已经成为名副其实的世界佛学文化中心。

从整个佛教发展来讲，唐代佛教是非常重要的，因为印度的佛教到了13世纪以后，在印度本土基本上就灭绝了，没有了。真正保存下来的中国佛教，特别是大乘佛教，是通过中国影响了世界上其他的国家。所以也有人说，中国是佛教的第二故乡。

——业露华（上海社会科学院宗教研究所研究员）

"长安三千金世界，终南百万玉楼台""一片白云遮不住，满山红叶尽为僧"，透过古人的诗句可以想见，在1000多年前，莽莽苍苍的秦岭山中是怎样一派蔚为壮观的学佛盛景。

唐麟德元年（664）二月五日深夜，秦岭上空星辰低垂，暗淡无光。一代佛学大师玄奘，在翻译完成他从印度带回的1335卷佛教经典之后，溘然长逝。

一生对玄奘充满敬意的唐高宗听到消息后，仰天长叹道："朕失国宝矣！"满朝文武，悲哽流涕，为大唐上空一颗文化巨星的陨落，悲痛欲绝。

唐高宗罢朝三天，将玄奘灵柩安放大慈恩寺，供百姓吊唁。就在玄奘安葬那天，古人描绘"京邑及诸州五百里内，送者百余万人"。

玄奘曾经嘱托弟子，去世后把他葬在能看到"万山之祖"的秦岭脚下。唐高宗根据他的遗愿，将玄奘遗骨安葬在秦岭山麓的白鹿原，后来又改葬紧依秦岭的少陵原兴教寺。

位于关中平原的历代帝王陵墓，几乎都选择了与秦岭隔水相望的形制。中国古老风水学解释这种现象时说，因为源头在遥远的昆仑山，所以秦岭山脉就成为建都关中平原历代帝王的龙脉。

天授元年（690），武则天登基。

有谁知道，为了这一天，武则天苦苦等候了30年。

因为武则天说她是菩萨转世，是东方女主临朝，《大云经》里有她，借佛经为她即位当皇帝造舆论。

——张国刚（清华大学历史系教授、中国唐史学会会长）

就说在东方会有女主当政。那中国正好是东方么，女主当政那不就是武则天吗？所以武则天觉得这也是佛教冥冥之中对自己的一种支持，于是就在全国各地大建大云寺，每个州都设立了大云寺，然后抄写这个《大云经》，颁发全国,让大家都要去读《大云经》。

——孟宪实(中国人民大学国学院教授)

尽管有人认为,武则天是不合礼制的窃国者。然而不管怎么说,这位在唐太宗死后削发为尼,又在感业寺度过三年时光的女皇,却是上承贞观之治,下启开元盛世的关键性人物。

武则天出生的时候,佛教已经广泛流行于民间。武则天入宫不久,就接触过刚刚从印度取经回来的玄奘法师,并且从此开始研读佛学。登上皇帝宝座之后,对于推进佛学的深入与传播,武则天起到了至关重要的历史作用。

这时的长安城内早已是佛学鼎盛,国人几乎到了无学不佛的地步。

我们追根溯源说它是外来的,但是我们讲中国的佛教它已经不是单纯的印度佛教了,它已经适应了中国的文化传统。

——楼宇烈(北京大学哲学系教授)

所以赵朴初曾经说过,他说佛教对中国文化的影响,已经深入到我们中国文化的血肉之中了,甚至可以说渗透到我们的骨髓之中了。如果离开了佛教的话,恐怕今天我们连话都讲不出来了。

——王雷泉(复旦大学宗教学系教授)

比如说"世界"就是佛教来的,"实际""绝对""相对""唯心""唯物""真理""真谛",像这些词语,都是从佛教来的。

——张弘(西北大学文学院教授)

在武则天去世114年之后的公元819年正月,整个长安城还沉浸在传统节日的喜庆之中。而就在这个时候,被誉为"百代文宗"的文学大家、刑部侍郎韩愈却情绪低沉,无奈与绝望笼罩心头。

扶风法门寺,是关中地区最古老的皇家佛教寺院。由于寺内佛塔之下供奉有佛祖释迦牟尼的佛骨舍利，法门寺因此就成为大唐帝王顶礼膜拜的地方。从贞观五年（631）开始，大唐每隔30年就要举行一次声势浩大的迎请佛骨法会，其间，从长安到法门寺的百里长路拥众百万，皇室也为这样的活动大肆耗费钱财。

元和十四年（819），唐宪宗下诏，将佛骨从法门寺迎请至长安供奉三天。韩愈得知这一消息，挥笔写下《谏迎佛骨表》上奏，竭力反对这样的活动。

韩愈的言论激怒了唐宪宗，他当即下诏处死韩愈。在众位大臣的苦苦哀求下，韩愈最终免去一死，随即被逐出长安，发配潮州。

这一年，韩愈51岁。在赶赴潮州的路上，距离蓝关不远的地方就是辋川，当年看破红尘的王维，就在那里隐居。沿山谷再向前去，还有王维时常探幽寻访的佛教寺院。同为大唐文人，王维远离喧嚣，换来的却是安然心境和秦岭山水，而此时，自己却不得不以垂老之身，流落千里之外的荒蛮之地。

在漫天风雪之中，韩愈立马驻足，遥望远处被茫茫雪雾遮掩的家园，为自己迷茫暗淡的前途与命运，也为一个令人爱恨交加的王朝，留下了他那首被后世永远传诵的著名诗篇：

> 一封朝奏九重天，夕贬潮阳路八千。
> 欲为圣明除弊事，肯将衰朽惜残年。
> 云横秦岭家何在，雪拥蓝关马不前。
> 知汝远来应有意，好收吾骨瘴江边。

第四集　高山仰止

老子首先是一个政治哲学家，老子的《道德经》首先是君人南面之术，实际上是一部政治哲学的著作。

——俞吾金（复旦大学教授）

他就是要让人恬淡虚无，要放下好多东西。

——楼宇烈（北京大学哲学系教授）

老子在这个地方对人性的这种弱点做了一种预先的提醒。

——朱建民（台湾东吴大学哲学系客座教授）

他的思想滋润了我们中华文化的很多方面。

——刘仲宇（华东师范大学哲学系宗教文化研究中心教授）

老子就是仙风道骨，很飘逸，来无踪去无影。

——肖云儒（文化学者）

实际上从另一个方面讲老子并不玄，他处处在关注人自身的存在，人的活动，人的社会。

——杨国荣（华东师范大学中国现代思想文化研究所教授）

每年到了四五月份，也就到了最能够展示秦岭生命力的季节。来自太平洋的暖湿气流乘势北上，沉默了一个冬季的莽莽群山，仿佛一夜之间就变得满目葱茏，迸发出无限生机。

距今1000多年以前，被称为中国古代医药学奠基者的孙思邈，就是在太白山脚下度过了48年的漫长时光，在这里完成了他那部重要的药物学著作——《千金要方》。

就在孙思邈被中国道教尊为"药王"之后，他在秦岭隐居的动因被披上了神秘的色彩。无论怎么说，孙思邈从小就喜爱"天下万物生于有，有生于无"的哲学智慧确是有据可查。据史书记载，孙思邈20岁的时候，就能把老子著述的《道德经》倒背如流。

天人合一、阴阳协调、辨证施治不单是孙思邈研究医术的核心价值观，同时也是中华中医文化的精髓，而这种辩证思维哲学的创立者，就是中国道家思想的奠基人老子。

古代这个道家，在先秦的诸子里是很重要的一家。这家的特点是什么呢？它的哲学理念是相信客观的东西，它相信这个自然界，相信自然运转的规律。

——吴荣曾（北京大学历史系教授）

公元前771年的烽火之乱后，安享礼乐盛世275年的西周王朝，不得不放弃苦心经营的国都镐京，东迁洛阳。

周王室如日薄西山，一天天走向衰微，中国历史进入了诸侯纷争、争夺霸业的春秋战国。公元前8世纪到公元前3世纪，雄心勃勃的各路诸侯，在以渭河和黄河流域为中心的华夏大地上，展开了持续500年之久的霸业争斗。

剧烈的变革和动荡，为中国缔造了一个具有思想解放、个性张扬与人格凸显特征的时代。一时间，儒、墨、道、法，诸子百家，择木而栖，形成了中国历史上百花齐放、百家争鸣，思想空前活跃的文化奇观。

春秋战国时期的乱世应该怎么办，如何治理这个国家，使天下回到正常的秩序上来，回到正常的轨道上来，这是先秦百家争鸣所关心的问题。

——夏金华（上海社会科学院哲学研究所研究员）

如果说儒家是进步哲学的话，道家就是退步哲学。退步哲学就是说，我退一步，但是我进两步，后发制人，柔弱胜刚强，这个是它很高明的地方。

——黄朴民（中国人民大学国学院教授）

位于秦岭山中的楼观台，2500年前因为有了与老子的联系，自古至今声名远扬。直到今天，从四面八方来到这里的游人，还是要虔诚地给老子——这位和西方的苏格拉底一样，为人类思想夜空带来犀利光芒的圣贤——敬上一炷感恩的香火。

我们现在看到比较完整的、比较详细的记载，实际上就是《史记·老子韩非列传》。司马迁作的这个列传里面提到的老子这个人是李氏，名耳。

——谢维扬（上海古代文明研究中心教授）

那为什么又叫他老聃呢？聃是什么意思？古代也有一些不同的解释，我的解释倾向是这种：耳朵很长的长者谓之聃。很有智慧的一个老者。

——张岂之（清华大学历史系教授）

春秋战国时期，中国社会虽然出现了历史上难得一见的思想解放，但诸侯争霸的战火四处蔓延，百姓生活水深火热。

朝政腐败，民不聊生，杀戮、流血、饥饿和死亡，让老子痛感民间疾苦，王权残暴。如何能够使土地变得宁静，如何能够使人间变得太平，多年以后，他在《道德经》中写道："天地不仁，以万物为刍狗；圣人不仁，以百姓为刍狗。"

老子是说，天地因为无心，所以是没有所谓仁义的，但是它宽厚地养育了万物，让万物合乎自己的本性去自生自长，这就是和谐。

圣人不仁，以百姓为刍狗，它的意思也是这样，就是圣人，那些治理天下治理得好的那种人，那种楷模，他们对老百姓也不讲什么仁，也不讲什么义，老百姓让他自己去生长。

——刘仲宇（华东师范大学哲学系宗教文化研究中心教授）

乍听起来，有点冷酷无情，天地和圣人好像都是冷酷无情的，其实不然。

——谢阳举（西北大学思想文化研究所教授）

他讲的不仁，实际上是大仁。因为他要求万物和百姓都能够按照自己的愿望和本性去生活。

——刘仲宇（华东师范大学哲学系宗教文化研究中心教授）

为了探索礼乐之源，道德之旨，老子从楚国来到周都。

老子在东周王室做守藏史，掌管全国的图书典册和重要文档。

公元前516年，由于宫廷发生内乱，早已对周王室心灰意冷的老子于是骑上一头青牛，往函谷关以西的秦国而去。

就在老子离开洛阳，向函谷关进发的时候，一个后来和老子一样，对中国社会产生重大影响的人，此时也乘坐一辆牛车，急匆匆奔走于列国之间，向各国君王宣讲自己的经世之学。

这个人，就是鲁国人孔子。

论年龄，老子应该是孔子的长辈；论学问，孔子自谦是老子的学生。

早在老子在周朝做史官的时候，博学多才的孔子就已经被老子述而不著的"道"所深深吸引，他特意从鲁国来到洛阳，向老子求教。

《史记》里头，多处提到孔子见老子的情况，说孔子年至五十而不闻道，南至沛见老子，到沛这个地方见到老子。他说："朝闻道，夕死可矣。"

——胡孚琛（中国社会科学院研究员）

孔子离开老子，回去的时候，老子还跟他讲了三句话。第一句话是告诉他历史文化很重要，但是，不是我们唯一的东西；第二个就是一个人在社会中要实现自己的抱负，它是有固存条件的；第三个就是孔子对改造世界的抱负愿望有一点点太迫切了，希望要引起注意。

——方光华（西北大学中国思想文化研究所教授）

回到鲁国，孔子向学生们讲起他对老子的看法时说，老子学识渊深而莫测，志趣高邈而难知，是自己梦寐以求的老师！

当孔子再次向老子请教问题的时候，老子直言不讳地说："我听说，善于经商的人把货物隐藏起来，好像自己什么东西也没有。君子具有高尚的品德，他的容貌谦虚得像愚钝的人。抛弃你的骄气和过多的欲望，抛弃你做作的情态神色和过大的志向，这些对于你自身都是没有好处的。"

他们两个人的对话，是中国文化史上一个非常有意义的事件，这个对话本身可以看成是儒、道的一种碰撞。

——骆玉明（复旦大学中文系教授）

儒家更强调通过教育的方法，来塑造人能够适应社会的这样一种优良的人格和品德；道家更强调让人的本性应有的一种发展，不要受很多的拘束。这两个方面是互补的。

——楼宇烈（北京大学哲学系教授）

像古代埃及文明，古代巴比伦文明，南美洲的玛雅文明，有很多文明产生了后来又消失了，就死掉了。那么中国文明这么源远流长，实际上和它的儒道精神的互补有着非常重要的关系。

——俞吾金（复旦大学教授）

早在1700年前，晋朝学者葛洪就指出："道者儒之本也，儒者道之末也。"这就是说，老子的道家思想对孔子的儒家学说的创立所产生的影响是根本性的。对于两种思想的关系，有人认为老子学说与孔子学说相辅相成，都是指引中华文化发展的重要经典，也有人认为道家哲学才是中国哲学的理论主体。

从十多岁到50岁，孔子先后多次向老子求教，老子也为这位谦逊的晚辈大讲其道法自然的宇宙观以及他的圣人之道、修身之道、治国之道。

直到今天我们从孔子留下的言论中，仍然可以看到孔子对老子的感戴与崇敬之情。他对自己的学生说，老子就是那种神秘莫测，可以腾云驾风、自由驰骋的神龙。

他回来说我见到龙了，他说鸟我能用个网来捉它，兽我挖个坑能抓它，这个龙既能上天，也能入地，怎么逮它？抓不住它，所以老子就是龙啊！所以道学本身是一种龙的文明，它是周易变化的，也可以变成狼，也可以变成羊；也可以是大陆文明，也可以是海洋文明；也可以上天，也可以下海，它随机而变。

——胡孚琛（中国社会科学院研究员）

就在老子离开洛阳到达函谷关之前，一个名叫尹喜的人，已经在那里静候多时了。据说，有一天尹喜观察天象，一团紫色云雾倏然升起，祥光四射。紫气东来使尹喜顿觉天阔地开，内心澄明，隐隐感到会有不凡之人从函谷关经过。

不久，果然有一位鹤发童颜的老者，骑一头青牛，来到关楼之下。

这一年，老子56岁。

可以说老子是诸子百家中最为标新立异的一位。西行函谷关之前，他也只是向学生们口授表达过自己的哲学思想，除此之外，还从未著书立说。

没有人确切知道，尹喜使用了怎样的方法，最终能够使心怀遁世理想的老子一改初衷，在函谷关停下脚步开始了《道德经》的写作。

伴随着秦岭山中那飘忽不定的山岚雾气，昏暗的青灯之下，浩渺宇宙之间，天地万物相依相存、相克相生，无穷无尽的自然法则，在老子的胸中升腾奔涌。他铺开竹简，用黝黑闪亮的笔墨，书写下那足以令后人景仰与骄傲的第一行字："道可道，非常道；名可名，非常名。"

公元前516年，位于秦岭脚下的函谷关，注定要成为世界文明史上最值得记忆和回味的一个地方。因为在老子讲出"一生二，二生三，三生万物"之前，世界上还没有哪一个人能够用如此简洁明了的语言，深刻阐释出宇宙万物之间这种相克相生的哲学关系。

从这个意义上说，2500年前函谷关关楼上的那一盏光焰暗淡的青灯，却注定成为照亮人类文明进程的不灭光焰。

一般人了解老子，大概都是从他《道德经》第一句话"道可道，非常道；名可名，非常名"。

——朱建民（台湾东吴大学哲学系客座教授）

老子书八十一章，每一章长短不拘，七十四章里头都谈了道。那什么是道呢？在春秋末期这个道指的是道路，和我们今天理解的道路也差不多。老子用这个概念表述他对世界的看法，世界的本源是什么。

——张岂之（清华大学历史系教授）

什么东西你都必须遵循这个道，假如违背了道，以后从国家来讲，就治理不好。从万物来讲，失去了道，它就枯萎了。从你个人来讲，失去了道，那你的生命，你的价值也就不复存在了。

——刘仲宇（华东师范大学哲学系宗教文化研究中心教授）

就在老子写作《道德经》的时候，西方宗教经典《圣经》，还孕育在襁褓之中。苏格拉底的《对话录》，100年后才在希腊出现。

16世纪以后，《道德经》被西方的商船和传教士带到西方，很快被译成各种西方文字，传遍欧洲大陆。德国哲学家莱布尼茨看到《道德经》后，根据老子的阴阳学说，提出二进位思想，并为老子学说取了一个洋名：辩证法。

从此，老子被推到了辩证法之父的位置。

他说世界上最软的东西是水，最硬的东西是钢刀，但是刀能切水吗？切不了。

——吴荣曾（北京大学历史系教授）

水是最柔的，但水滴能够穿石，以柔克刚啊。

——楼宇烈（北京大学哲学系教授）

比如说，春天来了，小草非常非常的柔弱，但是正好是小草最有生命力的时候。到秋天的时候，小草已经长高了，感觉是它最有力量的时候，但是也正好是它快要死亡的时候。

——方光华（西北大学中国思想文化研究所教授）

我们为了避免走下坡路，最好的办法，就是始终保持这种柔弱状态，不是很强势的状态，这样可以使生命、生存处于一种持久、更有利的状态。

——杨国荣（华东师范大学中国现代思想文化研究所教授）

老子也许不会想到，他那充满智慧和辩证思想光芒的《道德经》五千言，如同一把钥匙，为人类打开了通往宇宙的大门。

《道德经》蕴含的哲学思想，不但滋养了中华民族，而且在传入欧洲后，为西方的哲学以及社会、科学的发展，注入了强大的思想动力。

几百年来，《道德经》的外文译本涉及17种语言文字，从被译成外国文字的世界文化名著的发行历史来看，《圣经》的发行总量位列第一，《道德经》高居第二，由此可见老子及其思想在世界范围内的巨大影响。直到今天，西方世界依然认为《道德经》和《圣经》并驾齐驱，是能够规范人类思想、行为的哲学经典。

德国哲学家尼采在阅读《道德经》之后说，老子思想"像一个不枯竭的井泉，满载宝藏，放下汲桶，唾手可得"。

所以美国《纽约时报》评世界十大作家，第一个是老子。西方的一些政治家，没有不知道老子的。

——胡孚琛（中国社会科学院研究员）

老子这种哲学表现了我们中华民族非常深刻的理论思维。哲学，什么是哲学？哲学就要从多中求一。你看很多的东西，丰富多彩、形形色色的东西，最里面最本质的东西是什么？一是什么？这也是智慧之学，老子就给中国的智慧之学奠定了基础，很了不得。

——张岂之（清华大学历史系教授）

楼观台是隐身在秦岭山中的一座古老道观。说经台前这块《大唐宗圣观记》，是唐代大书法家欧阳询所书。石碑记述的，是大唐皇族与老子攀亲的事情。

老子姓李，名耳，字伯阳。唐朝建立后，唐高祖李渊为了溯本求源，把自己的祖脉，追到了李姓老子这里。公元620年，李渊专程来到楼观台礼拜，尊老子为李氏皇室先祖，封楼观台为皇室祖庙，由朝廷拨款扩建，赏赐供养。

《大唐宗圣观记》记述的，就是李渊斥资修缮楼观台的历史。

被《道德经》绽放的智慧光芒所深深吸引的尹喜，这时已辞掉函谷关令，追随老子。此时他心中的最大愿望，就是要老子亲口对众人宣讲《道德经》。

终于在尹喜的再三恳求下，老子面对秦岭，驻足楼观台，宣讲了他那"万物之至根，王者之上师，臣民之极宝"的《道德经》。从此之后，老子便去向不明，再无消息了。

司马迁在《老子韩非列传》中写道：老子"言道德之意五千余言而去，莫知其所终"。

相传老子骑青牛，过函谷关，出秦，绝沙漠而行，不知所终。
——马西沙（中国社科院道家研究中心研究员）

然后又有人说老子后来出关去了。有人甚至讲老子出关去哪里呢？去了印度。所以还有一本书叫《老子化胡经》，说他去教化这些蛮夷之人。
——朱建民（台湾东吴大学哲学系客座教授）

老子的去向为后人留下了一个不解之谜，可是老子的道家思想却影响深远，为后人所铭记。

公元前206年，从秦岭南麓汉中崛起的刘邦，建立了西汉王朝。

连年战乱的中国大地，满目疮痍，民不聊生。西汉第四个皇帝汉文帝崇尚黄老之学，不仅生活节欲自持，在政治上，也贯穿了老子无为而治的思想，劝课农桑，减免赋税，其目的是让老百姓休养生息。

在中国历史上，每当一个比较乱的朝代稳定下来以后，需要什么，用的药方是什么，不是用儒家那一套，就是要用道家这一套。
——吴荣曾（北京大学历史系教授）

治大国若烹小鲜。烹小鲜我们知道就是烹一些小鱼小虾，烹小鲜最关键的是不要搅来搅去的，就是不要折腾，你一折腾它就乱了它就烂了，所以治大国若烹小鲜就是应该无为，应该自然，就是不折腾。

——杨庆中（中国人民大学国学院教授）

所以在汉朝文景之治当中，在唐朝的贞观之治当中，都发挥了很深远的影响。所以鲁迅先生讲过一句话，"懂得了道家，就懂得了中国文化的一半"。

——黄朴民（中国人民大学国学院教授）

唐玄宗的后半生，是在一片诟骂声中度过的。但不可否认的是，早年的唐玄宗，却是把大唐王朝推向开元盛世巅峰的重要人物。

唐高祖李渊追认老子为先祖，老子学说开始大行其道。开元三年（715），唐玄宗下诏，以农历二月十五日为老子诞辰，并确定这一天为全国假日。

东汉末年，中国历史又走到了一个重要关口。刚刚享受了400多年和平阳光的华夏大地，再次陷入军阀混战、群雄割据的动荡之中。

这时候，又有人把目光投向了老子。

这一次想起老子和《道德经》的，不是君临天下的皇帝，也不是独霸一方的诸侯，而是西汉开国功臣张良的第八代孙张道陵。

在汉末，江苏人张陵，后称张道陵者，在鹤鸣山，相当于成都大邑这个地方，创五斗米教，有大规模体系的道教在中国出现了。

——马西沙（中国社科院道家研究中心研究员）

公元191年，获得汉中控制权的张鲁接手五斗米教后，开始奉老子为太上老君，作为道教至高无上的尊神，供教徒朝拜。

就这样，那位在函谷关前为人类留下充满哲学智慧光芒的老子，这时被捧上了神圣的宗教祭坛。

老子是中国道家学派的创始人。道教在汉代开始尊奉老子为祖师，并以老子的《道德经》为教义理论最高经典，道家由老子在春秋末年创立，而道教则形成于东汉末年。经过几千年的历史传承，道家哲学已经成为中华民族思想文化发展的源头之一。而道教这棵枝繁叶茂的文明之树，也已经深深扎根于中华沃土之中。可以这样说，道家思想先于道教而存在，道教学说则以道家思想为源头而创立。

有些道教学者，由于把《老子》和《庄子》作为道教经典来讲……在注释和研究过程当中，又把道家研究推进了一步。所以在某种程度上来讲的话，在汉魏之后，道家和道教形成了一种枯荣与共的关系。就是你发展我也发展，你衰我也衰。

——章义和（上海华东师范大学历史系教授）

《史记·老子韩非列传》中始称："老子著书上下篇，言道德之意。"这是老子著书立说的最早记载。今天，我们所能看到的《道德经》最早的古本，是1994年湖北荆门发现的竹简《道德经》，它成书于公元前300年以前，比1973年长沙出土的马王堆帛书还要早100多年。

正是2000多年前尹喜与老子在秦岭山下的结缘，使《道德经》这部伟大的著作从这里得以流传，这一切都为秦岭这座看似普通的大山平添了不同凡响的豪迈，也注定了秦岭与中国道家思想和道教文化相交相融的历史夙命。

再向前追溯，这个秦岭文化的源头，可以追溯到我们中华民族刚生成时候的蓝田文化、仰韶文化、半坡文化。所以这个秦岭，称之为中华民族文化的摇篮，一点都不为过。

——朱恒夫（上海大学教授）

拨开历史的云雾，博大宽厚的群山就像是一个巨大的摇篮，一生二，二生三，三生万物，2500年前老子宣讲《道德经》的地方，如今早已是人去楼空，只有那巍巍秦岭，青山依旧，宁静安详。

后　记

　　这是一本文体很芜杂的书，不过主题只有一个，那就是继续述说我这些年对大秦岭的热爱，以及因为热爱而持续不断地对大秦岭人文地理、自然生态、现状未来的观照与思考。

　　选编这本书的起由，源于我刚刚开通的微信公众号"王若冰的大秦岭"。以2004年秦岭之行为开端，我以莽莽大秦岭为对象的写作、思考和行走从来没有停息。同时，由于我与秦岭的不解情缘，这些年也参加了不少与秦岭有关的活动，还为像我一样热爱大秦岭的个人和机构出版的有关秦岭的书写过不少序、评论一类的文字。在继续写作"大秦岭长篇系列"散文的同时，应一些报刊之约积攒了不少零零星星、从不同侧面写秦岭的文章。所以公众号一开通，我将这些文字进行简单梳理，以《王若冰说大秦岭》的专题方式在微信平台推出。没有想到专题推出后，反响还不错。大约在专题推出十几天后，我接到太白文艺出版社陈明月的微信，说党社长让她与我联系，想让我将《王若冰说大秦岭》这个专题的文章整理成一本书，交由他们社出版。太白文艺出版社是我的故交，2013年《渭河传》尚未完稿，党靖社长和韩霁虹总编就专程跑到天水，和我签了出版合同。这几年，党社长也一直在关注我的写作，但由于杂务日繁，一直没有东西给他。党社长快言快语，电话沟通时说他一直在微信上关注这个专题，感觉很好，让我尽快整理，书名就叫《王若冰说大秦岭》。

　　党社长的鼓励，让我觉得这倒是和读者交流对大秦岭感情与热爱的好机会。还有一点，今年是花城出版社版《走进大秦岭——中华民族父亲山探寻》出版十周年，是时候再有一份礼物献给予我以福祉与激情的大秦岭，以及十多年来一以贯之支持我的读者了。

这本书的文章多为十多年来我从不同侧面关注秦岭、继续探寻大秦岭文化精神的作品。尽管文体杂乱，有演讲稿，有偏重大秦岭文化思考的文论，也有随笔散文，但由于许多文章都是即兴而作，反倒让我在写作时更加自由自在，表达观点时更加率真率性。我甚至以为用这样一种方式与读者交流，更容易让读者理解我对大秦岭的感情，也更容易引领我的读者直接进入大秦岭的情感、精神、灵魂深处。为了便于读者更完整、全面地了解我对大秦岭的认识与理解，我还将纪录片《大秦岭》前四集解说词和一些报刊与我的对话、对我的访谈也收录其中，唯望通过这些文字，能唤醒更多人关注大秦岭、保护大秦岭，并通过对"中华民族父亲山"的热爱与保护，理解、维护和张扬莽莽秦岭所负载的中华民族优秀文化传统，守望我们民族的精神家园。

从《走进大秦岭》的出版、《大秦岭》纪录片的播出，人们对大秦岭的关注、理解和认识已今非昔比。然而，伴随着秦岭旅游热和秦岭开发热的兴起，大秦岭自然生态、文化遗存的保护，又成为一个非常迫切的问题。好在继2015年西安电子科技大学终南文化书院和陕西省文物局着手终南文化申遗后，陕西有关方面和文化机构已经将大秦岭申报世界自然与文化双遗产列入议事日程，陕西、甘肃等相关地区对大秦岭保护与开发也做了不少有益的工作。但作为大秦岭的崇拜者和痴爱者，我还是渴望有更多人从更广泛的社会层面参与到保护大秦岭、关注大秦岭，进一步提升大秦岭和秦岭文化影响力的行列中，为我们民族父亲山青山常在、碧水长流、文化精神更加高迈尽一份力，献一份爱和智慧。

最后，在感谢太白文艺出版社又一次为我提供了与读者交心、交流的机会的同时，我还要向为本书作序的著名作家、在我的家乡挂职的中共天水市委常委、天水市副市长、《小说选刊》副主编李晓东，以及在本书书稿整理、编校工作中付出辛勤劳动的同事霍立红表示谢意。

2017年4月9日于天水城南